센타크논

센타크논

초판 2016년 6월 20일 발행

지은이_ 임웅
펴낸곳_ 도서출판 창조와 지식
인쇄처_ (주) 북모아

출판등록번호_ 제2015-000037호
주소_ 서울 성동구 성수이로18길 31 풍림테크원 1,4층
전화_ 1644-1814
팩스_ 02-2275-8577

ISBN 979-11-6003-014-3 03810

지식의 가치를 창조하는 도서출판 **창조와 지식**
www.mybookmake.com

센타크논

임웅 장편소설

차례

센타크논

CENTAKNON

제1편

센타크논의 우주 항해

제1장 센타크논의 첫 시련

제1화
센타크논이 유성체와의 충돌 사태로 우주선 한 척을 잃다.

입실론(Ypsilon) 은하의 한 행성 올림포스(Olympos)를 출발하여 지구로 향하고 있는 세 척의 우주선 가운데 사령선인 아칸투스(Akanthus)호 내부에서 요란한 경계경보가 울려 퍼진다. 항법사 A-3 대원이 탐사대장 센타크논(Centaknon)에게 다급한 어조로 긴급보고를 한다.

"대장, 긴급 돌발사태입니다. 전방 10.9 광초 거리에서 예측 못한 유성체 무리가 접근하고 있습니다."

센타크논이 즉각 지시한다.

"상호 간 이동물체의 접근 속도, 충돌예상시각, 유성체의 크기, 개수 확인!"

A-3 대원: "초속 본선 2만km, 유성체 5천, 120초 후 충돌, 소형 지름 2m 전후, 대형 200m 전후, 3만여 개, 이상!"

둘 사이에 긴박한 보고와 지시가 오간다.

센타크논: "유성체 회피 가능 여부 확인하라!"

A-3 대원: "파노라마 형 불규칙궤도 접근, 회피 불가!"

센타크논: "1호선 대장이다. 전 대원 비상태세! 유성체 정면 돌파

시스템 가동! 우주선 속도 0.01C까지 점진 감속, 선단의 횡대비행은 직선 종대비행으로 변경, 2호선 선두, 3호선 후미, 우주선 간격 3km, 모든 우주선 보호막 장착!"

명령에 따라 2호선이 앞장선다. 유성체 무리가 근접하자, 2호선에 대장의 명령이 내려진다.

"2호선 전면 레이저 포 8기 모두 연속 발사, 비행진로 앞 유성체 분쇄폭파, 폭파 후 즉각 스웜 로봇(swarm robot) 10개 팀 출동, 진로 앞 대형 분쇄파편 제거, 3초 간격으로 10cm, 1cm 그리드(grid) 그물망 2회 발사, 잔여 파편 포획 후 측면 투척, 5초 후 마이크로 스웜 로봇 60개 팀 출동, 미세 파편 제거!"

선단의 항로를 향해 접근해오던 유성체들은 산산이 부서진 후, 항로 밖으로 제거된다. 항로 일대에 흐릿한 가스와 미세한 먼지가 자욱하다.

2호선이 보고한다.

"임무 수행 끝!"

이제 선단이 유성체 무리를 무사히 통과했다. 센타크논이 정리 조치를 지시한다.

"2호선은 로봇과 그물망을 회수하여 정위치시킨다. 각 우주선은 선체 손상을 점검하고, 자동수리시스템을 작동한다. A-7 대원은 유성체 접근 및 통과 사건경과가 본국의 지구프로젝트 지휘본부에 자동 전송되었는가를 점검하고, 세 우주선에의 기록 자동저장 여부도 확인한다."

모두가 황망한 가운데 채 5분이 지나지 않아, 항법사 A-3 대원이 재차 긴급히 보고한다.

"대장, 제2차 유성체 무리가 빠르게 접근합니다. 상황은 1차 때와 비슷합니다. 90초 후 충돌이 예상됩니다."

얼굴에 다소 경련을 일으키며 센타크논이 명령을 내린다.

"전 대원 다시금 비상 원위치하라! 유성체 정면 돌파 시스템 가동! 2호선 후미로! 3호선이 선두, 일렬종대 비행 개시!"

두 번째 유성체 무리가 선단에 근접한다.

"3호선 레이저 포 8기 연속 발사, 분쇄폭파 후 스웜 로봇 10개 팀 출동, 3초 간격 그물망 발사, 마이크로 스웜 로봇 60개 팀 출동!"

대장의 명령이 떨어진다. 명령대로 3호선이 임무를 완수한다.

그 순간 1호 사령선의 항법사가 항해 스크린 좌측에 급작스럽게 접근해오는 유성체 집단을 발견하고, 대장에게 즉보한다.

"선단 좌측 10시 방향에서 다수의 유성체 급속 접근, 충돌직전!"

대장이 수습 명령을 내린다.

"모든 우주선, 각각 좌측 측면 레이저 포 12기 연속 발사, 그물망 발사, 모든 스웜 로봇 파편제거 출동!"

이때 1호선 부함장 A-2 대원이 즉시 외치듯 말한다.

"대장, 방어수단을 사용한 3호선은 레이저 포 이외 자체 방어능력 상실, 사각(斜角)으로 접근하는 유성체에 대해 1, 2호선 방어수단으로 3호선 엄호 불능!"

거의 같은 시각, 3호선의 측면 레이저 포 12기가 접근하는 대형 유성체를 다수 폭파했으나, 지름 50cm 정도의 파편 물체 8개가 3호선을 들이친다. 3호선의 긴급 발신이다.

"3호선에 파편 유성체 충돌, 재난 사고 발생!"

대장과 3호선이 급박하게 교신한다.

센타크논: "사고 구체(具體) 보고 요망!"

(절망적인 목소리로) 3호선: "핵융합 초고온 증식으로 파손, 140초 후 폭발!"

일순간 싸늘한 정적이 모두의 살을 엔다.

(눈 가를 가볍게 떨면서) 센타크논: "3호선 전 대원 선체에서 비상탈출!"

3호선: "대장, 우주선 보호막 장착시 3분내 탈출 불능, 탈출해도 우주선 반경 1만km 내 핵폭풍 엄습!"

이 교신에 센타크논과 1, 2호선 전 대원이 눈물을 흘린다. 모두들 3호선의 종말을 직감한다. 이윽고 대장이 비장한 어조로 명령한다.

"1, 2호선 12시 방향으로 급가속 현장 이탈! A-5 대원은 3호선 전 대원에게 애도의 조전(弔電) 부호 ‡ 발신!"

2분 후, 1, 2호선 뒤편 아득한 곳에서 엄청난 섬광이 캄캄한 우주를 밝힌다. 대장의 지시가 또 떨어진다.

"1, 2호선은 애도의 푸른 불꽃 4다발 후미로 발사, 전 대원 30초간 머리 숙여 무릎 꿇는다."

"대장이다. 선체 손상 점검 후 보고!"

A-6 대원이 난감한 어조로 보고한다.

"1호선의 농축 산소·수소 주(主) 저장고 파손! 원인은 파편 유성체와의 충돌임. 자동수리 시스템은 작동했습니다!"

대장이 어두운 얼굴로 되묻는다.

"농축 산소·수소의 소실이 발생했는가? 잔량은?"

A-6 대원: "농축량 대량 소실. 2호선의 잔량 보급으로도 지구까지의 소요 생수 25분의 1 생성가능 산소량만이 잔존!"

센타크논이 A-6 대원에게 생수 생성용 산소 조달방안을 다각도로 검색하도록 지시하고, 잠시 후 A-2, A-3 대원과 더불어 넷이서 의논한다. A-2 대원이 운을 떼면서 사태의 심각함을 알린다.

"농축 산소·수소 조달은 대원 생존뿐만 아니라 우주선 에너지 확보에 필수적입니다. 농축 수소의 소실로 핵융합 원자로 가동을 장기간 지속할 수 없습니다. 당분간 암흑 우주공간을 비행하기 때문에 광(光)에너지 축적도 불가능합니다."

센타크논: "산·수소 조달방안은 어떤가?"

A-6 대원: "출항 당시 제공된 자료를 검색한 결과 다행히 산소의 포집이 가능한 얼음 층과 농축 수소 결정체가 매장된 천체가 항로 전면에 존재합니다. 115광시 떨어진 Y-322 항성의 네 번째 행성 P-4입니다. 지표면 아래에 산·수소 포집이 가능한 얼음 및 농축 결정체가 대량 매장되어 있습니다. 이것이 유일한 조달책입니다."

센타크논이 A-3 대원에게 묻는다.

"P-4 행성까지는 얼마나 걸리겠나?"

A-3 대원이 거리자동측정비행장치를 열어 P-4 행성을 띄워보고 대답한다.

"전속력 5차원 비행방식으로 열흘 정돕니다. 남은 산소·수소 농축량은 보름분입니다."

센타크논: "A-3 대원은 P-4 행성의 필요 데이터를 보여라!"

A-3 대원: "P-4 행성 관련정보는 기밀 2등급입니다. 본국 지휘본부의 착륙금지 행성으로 분류되어 있습니다. 2등급 기밀접근에는 우주선 중앙컴퓨터에의 3단계 인식절차를 필요로 합니다. 1단계는 패스워드 입력절차이고, 2단계는 대장님의 생체 인식 프로그램절차입니다. 3단계는 무작위로 주어지는 서로 다른 8자리 숫자 3가지를 곱한 답을 입력하는 연산절차입니다. 입력자가 직접 그 답을 8초 내에 암산해서, 10초 내에 입력해야 합니다. 실패하면 24시간 후에야 재시도 기회가 허용됩니다. 세번째 단계가 요구하는 난이도 높은 암산절차는 이 우주선 안에서 대장님 이외에는 해낼 수 있는 대원이 없습니다."

센타크논이 넌지시 웃으며 덧붙인다.

"그것도 내 정신이 온전하고 안정적일 때나 가능한거야!"

별 어려움 없이 센타크논이 필요한 3단계의 입력작업을 해낸다.

올림포스국의 지구탐사대 제1호선 아칸투스 호에 탑승한 대원 9명은 다음과 같이 구성되어 있다. 탐사대장 직책의 1호선 함장 센타크논이 A-1 대원이며, 나이는 50대 초반이다. 그 외 남성대원은 6명인데, 부함장 직책의 A-2 대원 페터스(Peters, 40대 후반의 나이, 우주선의 동력원을 책임진다), 항법사 A-3 대원 디렉소스(Direksos, 40대 중반, 우주선의 항해를 맡고 있다), 각종 기기(機器)를 담당하는 A-5 대원 퓨타고스(Putagos, 30대 후반), 물자를 담당하는 A-6 대원 클라네스(Klanes, 30대 중반), 통신과 탐색 작업을 담당하는 A-7 대원 헤레스(Heres, 30대 초반), 무기를 담당하고 비상시 전투 및 복구 작업에 우선 투입되는 A-9 대원 마로스(Maros, 20대 중반)가 그 구성원이다. 여성대원은 2명으로서 정보와 기록을 담당하는 A-4 대원 로지티(Roziti, 40대 초반)와 대원들의 건강 및 의료를 담당하는 A-8 대원 아포티(Apoti, 20대 중반)가 있다.

제2장 센타크논과 디감마 행성인

제2화
센타크논이 디감마 행성에 기착하다.

(기밀 2등급 접근 절차를 마친 후)

센타크논이 A-4 로지티 대원에게 묻는다.

"P-4 행성의 기본 정보는 어떠한가?"

로지티 대원: "구형(球型)의 천체로서 생성 연한은 35억년 정도, 크기는 올림포스 행성의 1.4배이며, Y-322 항성을 도는 공전 주기는 520일, 자전 주기는 48시간, 질량은 우리 행성의 1.3배, 표준 중력은 올림포스 행성 중력 1.2배, 기체와 수증기로 된 대기 성분은 주로 질소와 이산화탄소이고 나머지는 황산, 메탄, 수소 및 산소로서, 인체에 상당히 유해합니다. 대기 밀도는 올림포스 밀도의 1.4배, 지표면 온도 분포는 낮 85℃까지, 극지방의 밤 −80℃까지입니다. 지표면은 탄소, 규소, 철, 산소를 주성분으로 한 거친 암석으로 구성되어 있고, 3개의 위성을 갖고 있습니다. 무엇보다도 중요한 정보는 생명체 서식가능 행성이어서 생명체가 생존하고 있다는 점입니다."

센타크논: "어떤 생명체인가?"

로지티 대원: "본국제공 자료에 의하면, 비교적 다양한 동물과 식

물이 서식하고 있으며, 특히 'P-4 행성인'이라고 지칭된 지능 높은 생명체가 살고 있다는 점이 강조되어 있습니다."

바짝 마음이 당기는 표정의 센타크논: "P-4 행성인과 다른 생명체에 관한 정보를 더 알아야겠다."

로지티 대원: "검색 자료가 불충분합니다. 상세 정보는 P-4 행성에 접근해서 탐색해보아야만 알 수 있습니다."

센타크논: "P-4 행성에서 포집 가능한 산소와 수소는 어떤가?"

로지티 대원: "지표면이나 대기 중의 산·수소는 유독성분과 혼화되어 있어 활용이 어렵고, 지표면 아래 대량 매장된 산소 응집 얼음층과 농축 수소 결정체는 포집 및 정화가 용이합니다. 우주선에 그 포집 장비가 적재되어 있고, 나머지 필요한 장비는 3D 프린터로 곧바로 제작하겠습니다."

센타크논: "좋다. 이 기본 정보를 전 대원에게 전송하라!"

센타크논이 로지티 대원을 보내고, 부함장 페터스 대원과 항법사 디렉소스 대원을 불러 지시한다.

센타크논이 디렉소스 대원에게: "이제 전속력 5차원 비행방식으로 P-4 행성으로 간다. 디렉소스 대원은 중력장이용 비행방식에 이용할 중성자별과 자기장(磁氣場)이용 비행방식에 필요한 Y-322 항성의 자기장을 검색해서 즉시 5차원 비행시스템 준비를 완료한다."

센타크논이 페터스 대원에게: "3분 후 1단계 3차원 비행에 돌입한다. 수소핵융합 추력(推力, thrust)로켓을 점화한 후 30분간 관성

비행하고, 2단계로 4차원 중력장이용 비행방식을 가동한다. 곧 바로 3단계 자기장이용 비행방식을 가동해서 0.61C 속도로 5차원 전속력 항진을 지속한다. Y-322 항성 전방 300광초 거리에 도달하면 역(逆) 자기장 감속비행을 시작한다. P-4 행성 50만 km에 접근하면 중력장이용 비행방식을 차단하고, 1단계 비행방식만으로 P-4 행성 상공 400km에 도달한 후 궤도비행하면서 내 지시를 요청하도록! 그 밖에 우주선 내(內) 인공중력상태 유지에 주의하기 바란다."

페터스 대원: "알겠습니다. 임무 수행 위치로 복귀합니다."

1호선 아칸투스호와 2호선 디반투스(Divanthus)호는 광속의 0.61배에 이르는 속도로 거의 열흘 간 입실론 은하의 우주공간을 별 탈 없이 항해하여, Y-322 항성의 P-4 행성 상공 400km 지점에 도달한다. 페터스 대원이 대장 센타크논에게 예정 지점 도착을 알리고, 지시를 구한다.

센타크논: "P-4 행성 상공 200km를 궤도로, 경도로는 4등분해서 4회전, 위도로는 3등분해서 나선형 회전 3회, 도합 7회를 스캔 비행하게 된다. 비행속도는 평균 1회 1시간이다. 7회전 비행을 3차에 걸쳐 수행한다. 전 대원은 스크린으로 행성을 관찰하면서 스캔 비행 시 제공되는 행성 분석자료를 숙지한다. 1차로 표면과 대기층 탐색 스캔 비행을 7회전 수행한다."

두 척 우주선의 탐사대원들은 우주선이 스캔 비행을 하면서 고해상도 망원카메라가 P-4 행성을 촬영해서 항해 스크린에 비춰주는 화면을 예의주시한다. Y-322 항성의 빛을 그대로 받는 낮 시간대에는 행성의 눈부신 반사광을 감광한 광학 망원카메라가, 밤 시간대에는 전파송수신 망원카메라가 영상으로 전환하여 제공하는 선명한 화면을 관찰하게 된다. 스크린에 P-4 행성의 표면과 대기층이 보인다.

행성 표면은 그 태반이 암석층인데, 암석 위로는 누렇고 불그죽죽한 흙먼지가 두텁게 깔려 있어 황폐한 모습이다. 간간이 크고 작은 화산 분화구가 보이고 그 주변에는 용암덩어리가 널려 있다. 흙먼지로 덮인 평원 지대 너머로 이따금 거대한 산맥과 깊숙한 계곡이 대조를 이룬다. 극 지방은 얼음 두터운 동토이다. 스크린 아래 면에 제공되는 분석자료는 극 지방이 얼어붙은 황산과 메탄으로 형성되었고, 온도가 −80℃임을 알린다. 대기는 칙칙한 노란 색을 띠며, 간혹 안개인지 증기인지 모를 음산한 공기층도 드러난다. 분석자료는 대기의 칙칙함이 탄소 오염, 노란빛은 황산과 산화철 성분에 기인하며, 대기에서의 호흡과 신체노출은 매우 해롭다는 경고 표지를 내보내고 있다.

센타크논이 화면을 보면서 나직이 읊조린다.
"풀풀 날리는 흙먼지, 그 아래 던져진 돌덩어리,
가파르게 치솟은 산악, 시커멓게 내리꽂힌 계곡, 누런 증기 세차게 몰아대는 폭풍!
1년여를 빛처럼 내달려, 목숨 부지하러 도착한 이 곳,

항로 앞 수십만 개의 별 가운데 먹을 물이 있다는 이 황량한 행성,

노반투스호 아홉 대원의 눈물어린 넋이 묻힐 법한 이 별,

고향 가족과의 포옹이 간절한 이 순간!

말라 부스러진 풀뿌리라도, 구멍 숭숭 뚫린 조개껍질이라도, 바싹

오그라든 잠자리 날개라도,

두 무릎으로 공손하게, 두 손으로 소중하게, 두 눈으로 거룩하게

맞이하련만!

생명수는 어디서 솟아나고, 생명체는 어디서 움트는가?"

우주선 두 척은 7회전의 1차 스캔 비행이 끝난 후에 행성의 지표
면 아래 지각층을 탐색할 2차 3D 스캔 비행에 들어간다. 이제부터
는 초강력 전파방출 망원카메라가 지표면 아래 900m까지의 지각
구조를 촬영한 동영상과 분석 자료 영상을 동시화면으로 처리해서
항해 스크린에 제공한다. 모두들 P-4 행성에 과연 생명체가 존재하
는가, 무엇보다도 고도의 지적 생명체가 존재하는가를 궁금해 한다.
3D 스캔 화면의 판독과 분석을 담당하는 A-5 퓨타고스 대원이 시
시각각 동영상을 설명하면서 전 대원의 이해를 돕는다. 이제 퓨타고
스 대원의 간략한 설명이 펼쳐진다.

"저기 먼지 덮인 평원이 끝나고 험준한 산맥 자락 부근 깊은 계곡
입구에 보이는 플랫폼에 주목해주기 바랍니다. 이 플랫폼을 행성의
지표면 통로로 사용하는 거대한 지하도시가 대략 360m 아래에 건
설되어 있습니다. 이 지하도시에 P-4 행성인이 거주하고 있습니다.

이 지하도시를 편의상 C-1도시라고 칭하겠습니다. C-1도시를 건설한 P-4 행성인은 수준 높은 지적 생명체임에 틀림없습니다. P-4 행성인에 대해서는 고도의 정밀 스캔을 통해서 추후 분석 자료를 제공하겠습니다.

행성 내부의 맨틀 층은 다량의 금속 성분을 지닌 암석으로 구성되어 있고, 행성 핵(core)을 채우고 있는 고열의 마그마가 맨틀층 군데군데를 뚫고 올라와서 지각층에 인접해 있는 것이 보입니다. 이 마그마를 에너지원으로 하는 지열 이용 동력 시설공간이 지하 2층으로 C-1도시의 맨 밑에 보입니다. 거기에 지열 발전시설이 있습니다. 동력시설 공간 왼편으로 얼음물이 녹은 넓은 지하 호수가 보이고, 또 오른 편으로 여러 종의 식용 생명체를 사육하는 입체 다단계 공간이 크게 자리하고 있습니다.

이 지역 상층부인 지하 1층에 잘 정비된 대형 공간이 있고, 행성인들이 거주하고 활동하는 복합단지로 판단됩니다. 이 복합단지 안쪽 깊숙한 곳에 지하 2층과 지하 1층사이의 소규모 중간층이 조성되어 있는데, 들어선 건축물이 찬란하고 내부 장식이 화려하여 매우 독특한 구역을 형성하고 있습니다. 이 독보적인 중간층은 행성 통치 계층의 집무공간이거나 신전인 것으로 관측됩니다. C-1도시는 전체적인 규모로 보아 5만 명 정도의 행성인이 거주하는 것으로 추정됩니다. 5회 3D 스캔 비행 결과, 이 행성에는 20여개의 지하도시가 자리 잡고 있음이 밝혀졌습니다.

지표면 계곡 어두운 아래쪽에는 비교적 광범위하게 이끼 식물이 서식하고 있는 지대가 있습니다. 대기 성분이 행성인에게는 유해한 반면 식물에게는 자양분의 공급원이 되는 듯합니다. 지표면의 혹독한 환경에도 불구하고 다소간의 지하 용출수와 지열의 흔적이 보이는 곳에 이끼류 식물이 생장하고 있습니다."

퓨타고스 대원이 설명을 잠시 멈춘다. 전 대원은 호기심 넘친 얼굴로 화면을 주시하면서 귀를 쫑긋 세우고 있다. 센타크논이 궁금증을 참지 못하고 퓨타고스 대원에게 요청한다.

센타크논: "C-1도시에 있는 P-4 행성인을 하나 찾아서 초정밀 화면으로 띄우고 정지시킨 후, 행성인 기본 정보를 제공하도록!"

잠시 검색 작업을 수행한 퓨타고스 대원이 대답한다. "행성 지표면과 대기층의 혹독한 악조건으로 말미암아 행성인들에게는 지하 도시가 불가피한 선택입니다. 행성 지각 상층부의 악조건을 보면, P-4 행성인은 자생 행성인이 아니고, 오래 전에 다른 행성으로부터 이주한 것으로 추측됩니다.

저 아래 보이는 한 P-4 행성인을 확대화면으로 보이면서 행성인 기본정보를 숙지하도록 하겠습니다. 보시다시피 직립보행하는 포유류이며, 신장은 150cm 정도, 하체에 비해 상체가 발달하고, 피부색이 하얀 고등 영장목(靈長目)입니다. 군집생활을 하며, 이성 간 짝짓기로 번식합니다. 감각기관은 지하생활에 적응한 생물학적 특성을 보이고 있어서 청각과 후각이 발달한 데 비해 시각이 약합니다. 눈동자가 안구의 대부분을 덮고 있고, 흰자위는 거의 보이지 않으며, 큰 귀가 전후 상하 4방향으로 굴신(屈伸)합니다.

다음으로 우리 올림포스인과 비교되는 중요한 표지를 알려드립니다. 300단위를 기준으로 해서 영성지수가 올림포스인은 170, P-4 행성인은 60, 지능지수가 올림포스인 160, P-4 행성인 120, 체력지수가 올림포스인 165, P-4 행성인 100입니다. 지적 생명체 진화 종합단계 10등급 중, 올림포스인은 8단계, P-4 행성인은 3단계에 위치합니다.

P-4 행성인에 대한 원거리 DNA 분석 결과, 매우 지능적이고 적응력이 뛰어난 생명체인 것으로 나타나고 있습니다. 본국 지휘본부에서 P-4 행성을 착륙금지행성으로 지정한 것은 행성 지표면 및 대기의 유해성분을 이유로 하고 있습니다."

퓨타고스 대원의 설명이 있고 나서 얼마 후, 두 척의 우주선은 세 번째 7회전 스캔 비행을 시작한다. 3차 비행의 목적은 P-4 행성에서 산·수소를 포집·농축하기에 가장 적합한 지점을 찾아내는 일이다. 최종 스캔 비행을 마친 후, 센타크논은 페터스 대원과 함께 A-7 헤레스 대원으로부터 탐색결과를 보고받는다.

헤레스 대원: "지표면 아래 산·수소 포집이 가능한 대량 매장 지점들은 바로 P-4 행성인이 지하도시를 건설해 놓은 지역들과 일치합니다. 지하도시에서 서너 시간 가량 소요될 산·수소 포집 및 농축 작업과정에서 P-4 행성인과의 대면을 피할 수 없을 것이므로, 포집작업을 일방적으로 강행하기보다 먼저 그들의 승낙과 협조 의

향을 알아보는 것이 낫다고 봅니다. 20여개의 지하도시 중, 가장 크고 질서정연하게 건설되어 있는 도시이면서 찬란한 중간층을 갖추고 있는 점으로 미루어보아 P-4 행성인의 통치계층이 집무하는 곳으로 추측되는 C-1도시를 산ㆍ수소 포집 대상지점으로 제안합니다."

이 보고를 듣고 센타크논은 스캔 비행 시 촬영했던 C-1도시의 관측화면을 다시금 주의깊게 살펴보면서 페터스 대원과 잠시 숙의한 후, 산ㆍ수소 포집 지점을 C-1도시로 결정한다. 이제부터는 산ㆍ수소 포집을 위한 P-4 행성에의 착륙절차에 들어간다. 1, 2호 우주선의 선내 방송에 센타크논의 기운찬 음성이 울려 퍼진다.

"모든 탐사 대원에게 알린다. 우리는 1년여 동안 우주항해를 하던 차, 산ㆍ수소 비상 포집이 필요해서 대원 중 일부가 저 아래 P-4 행성의 지하도시 C-1에로 진입작전을 펼치게 된다. 진입할 대원은 본인과 아칸투스호의 A-2, A-5, A-7 대원 및 디반투스호의 D-6, D-7 대원, 총 6명이다. 본인과 A-5 대원은 1호 우주선의 착륙 모듈(Module) A1호에 탑승하여 작전지휘임무를 담당하고, A-2 및 A-7 대원은 필요장비를 탑재한 착륙 모듈 A2호를 타고 산ㆍ수소의 포집ㆍ농축ㆍ저장ㆍ운반 임무를 수행한다. D-6, D-7 대원은 2호 우주선의 착륙 모듈 D1호에 탑승하여 경호 임무를 맡는다. 세 모듈은 레이저 포 1기씩을 장착한다. 진입대원들은 우주복착용의 기본장비 외에 약간의 비상식량과 개인용 우주무기를 휴대한다. 두 우주선은 행성 100km 상공에 정지 비행하면서 착륙선들의 작전수행상황을 관찰하고 경계태세로 유사시에 대비한다. 본인이 1호선에 복귀하기까지 두 우주선의 지휘는 2호선의 함장 D-1 대원이 맡는다. 그리고 A-5 대원은 즉시 P-4 행성인의 언어 체계를 언어판독기로 판독하여, 우리가 그들과 대화할 수 있는 채널을 알려주기 바란다. 30분 후에 작전을 개시한다."

잠시 후 P-4 행성인 간의 녹취 대화를 분석하고 난 A-5 퓨타고스 대원이 전 대원에게 고지한다.

"P-4 행성인의 언어 체계는 타입 L-8019입니다. 모든 대원은 언어 소통기 L-8019 채널에 접속하여 P-4 행성인과 대화하고 그들의 언어와 문자를 해독할 수 있습니다."

제3화
센타크논이 디감마 행성의 지하도시에 들어가다.

작전 개시 시점이 되자 센타크논의 명령이 떨어진다.

"모듈에 탑승한 진입대원에게 알린다. P-4 행성에의 착륙지점은 C-1도시의 플랫폼 전면 30km 지점이다. 착륙 후 모듈 A1이 앞장서고, 모듈 D1, 모듈 A2의 순서로 뒤따른다. 착륙 즉시 플랫폼을 향하여 전진하며, 모듈 A1호는 P-4 행성인에 대한 평화적 교섭의 신호로 C-1도시 상공을 향하여 거대한 무지개 홀로그램을 투사한다. 전진하면서 L-8019 채널로 '도움이 필요하다'는 전파언어를 반복적으로 내보낸다. 이상이다."

착륙지점에 도착한 모듈 A1호는 전진을 시작하자, 즉시 폭 20km 높이 7km 크기의 거대한 무지개 홀로그램을 C-1도시 상공 10km에 비춘다. 선명하고 영롱한 7가지 색이 겹겹이 층을 이루어 둥글게 포개져 하늘 드높이 펼쳐지는 모습은 행성의 칙칙한 대기와 대조를 이루면서 꿈같은 장면을 연출한다. 모듈 안이거나 우주선 안이거나 모든 대원들이 오랜만에 펼쳐지는 장관을 보고 환희에 넘쳐 환호한다.

(이제부터는 C-1도시 안에서 전개되는 일이다.)

C-1도시의 외부 관측을 담당하던 경비병은 도시 밖에서 벌어지는 돌발사태에 놀란 마음을 진정하자마자 경비대장에게 보고하고,

외부상황을 인지한 경비대장은 곧바로 C-1도시 중간층 집무실에 있는 통치자 티로노스(Tyrronos)에게 달려간다. 티로노스는 이 도시국가의 최고위 통치위원 5인과 국사를 논의하던 중 경비대장의 비상보고를 받는다.

경비대장: "각하! 외부인의 침입이 발생했습니다. 우리 디감마(Digamma) 행성 – P-4 행성인은 P-4 행성을 '디감마' 행성이라고 부른다 – 의 동족이 아니라 외계인의 침입입니다. 현재 도시 입구 전방 25km 지점에 침입 차량 3대가 접근하고 있습니다. 그들은 '도움이 필요하다'라는 신호를 계속 보내면서, 대기 상공에 굉장한 그림을 그려 보이고 있습니다. 즉각 대처하셔야 합니다."

티로노스: "아니, 외계인이 침입했다는 말이야? 틀림없는가? 이거, 자네 경비대장 직책을 맡은 지 20년 되어 너무 지루해서 소동이라도 일으키려는 것 아니야! 내가 직접 보아야 하니, 외부 관측 화면을 이 집무실 모니터에 올려라!"

기이하게 생긴 3대의 모듈과 장대하게 펼쳐진 무지개가 집무실 모니터에 뜨면서, 이를 바라보는 티로노스와 5인의 통치위원은 점차 눈과 입이 벌어지며 한편으로 경악하고 또 한편으로 찬탄을 쏟아낸다. P-4 행성인들은 무지개를 본 적이 없다. 6인의 지도층은 잠시 모든 것을 망각하고, 무지개에 넋을 잃다가 온 몸에 전율을 일으킨다. 아름다움의 극치가 주는 전율이다.

이윽고 정신을 차린 최고 통치자 티로노스가 통치위원들과 상의한다.

티로노스: "이거, 외계인의 도래가 현실인거지요! 이거, 처음 일어나는 일이지요! 이거, 우리 마음을 가라앉히고 상황정리를 합시다. 이런 일이 일어나리라고 예상은 했나요?" (티로노스는 좀 불안하거나 흥분하면, 입에서 "이거"라는 간투사가 잘 튀어 나온다.)

통치위원3: "우리 과학자들은 오래 전부터 외계인의 도래를 예고해 왔습니다. 과학자들의 관련 보고서가 여러 차례 제 소관인 과학부서 통치위원실에 접수된 바 있습니다."

티로노스: "이거, 시간이 다급하니 간략히 의견을 내고, 정리하고, 대처방안을 세웁시다. 과학자들의 보고서 요지는 무엇입니까?"

통치위원3: "우리 행성에 도착할 정도로 우주항해를 할 수 있는 외계인은 우리보다 월등히 우수한 지적 생명체임에 틀림없습니다. 우리 과학자들은 외계인과 우리의 교섭이 평화롭다거나 이롭다고는 판단하지 않습니다. 월등히 우수한 외계인은 침입 후 우리를 정복하고 지배하고 약탈할 것이며, 우리는 기껏해야 식민지 노예 신분으로 전락할 것입니다. 외계인이 우리를 멸종시키고 행성을 독차지 할 수도 있으며, 전대미문의 역병을 전염시켜 우리 모르게 우리에게 치명타를 입힐 수도 있다는 예측 보고서조차 제출되어 있습니다. 우월한 행성인과 열등한 행성인 사이에 진정한 공존공영은 있을 수 없으며, 우수함과 열등함 사이에는 지배와 복종이 있을 뿐입니다. 초전에 그들을 섬멸하고 그들의 흔적을 완전 소각해야 한다는 것이 제 의견입니다."

티로노스: "저들이 우리보다 월등히 우수하다면, 이거, 우리가 어

떻게 그들을 섬멸할 수 있겠소?"

통치위원3: "저들이 우수하다 해도 이번 도래는 탐사적 성격일 것입니다. 탐사단계에서는 인원과 장비, 물자가 미미할 것이고, 지니고 온 공격무기수준도 대단하지 않을 수 있습니다. 그들이 본격적으로 침입할 때가 되어서야 굉장한 무기가 등장할 것입니다. 이번에 우리가 무력으로가 아니라, 교묘히 그들을 유인해서 생포하거나 회유한 후, 그들의 뛰어난 지식과 신기술을 알아내어, 장차 있을 그들의 침공에 대비하는 방안을 세울 수도 있습니다."

이에 대해 수석 통치위원이 반대의견을 낸다.

통치위원1: "제3위원의 의견은 우리 국가를 피할 수 없는 위험에 처하게 할 수 있습니다. 그들은 정말 도움이 필요해서 부득이 우리 행성에 도래한 것일 수 있고, 필요로 하는 용무가 끝나면 떠날 것이며, 황량한 우리행성을 침공할 가치가 없다고 판단할 가능성도 충분하다고 생각합니다. 가버리면 그만일 외계인을 왜 죽여서 후환을 만듭니까?"

티로노스: "이거, 시간이 없으니, 대처방안은 계속 논의하기로 하고, 일단 그들을 만나서 도울 일이 무엇인지, 그들이 어떤 종족인지, 그들의 속셈이 무엇인지 알아보도록 합시다. 그들을 우리 도시에 들어오게 허락하고, 보석궁전 - P-4 행성인들은 도시의 지하 1, 2층 사이에 있는 중간층을 '보석궁전'이라고 부른다 - 의 접견실에 반시간 정도 대기하도록 한 후, 우리 모두 접견실로 가서 만나봅시다. 그 동안 시간을 좀 이용하도록 합시다. 그리고 이거, 제3위원은

당장 신뢰할만한 외계인 연구학자 2인과 우주과학자 1인을 초치하여 수시로 우리의 자문에 응할 수 있도록 하시오."

티로노스가 경비대장에게 지시한다.

"경비대장! 내가 통치위원 5인과 함께 일단 외계인을 만나보고자 한다. 그들에게 다음 조치를 전달하라! 우리가 만나보고자 하니, 도움을 청하는 책임자는 약간의 수행인을 데리고 C-1도시 안으로 들어오라. 차량은 모두 도시 플랫폼 입구에 정차해둔다. 그들이 도시에 입장하면, 경비대장은 그들을 보석궁전의 접견실로 인도하되, 먼저 접견 대기실에 머무르게 하라. 우리는 그들 대기 30분 후 접견실로 간다. 그들이 도시에 입장한 후부터 대기하고 있는 상황까지 전 과정을 위원들의 개인 수신기 화면에 전송하라. 경비병들과 외빈 접견 행사 담당자들에게 상황을 알리고, 전원 1급 근무태세에 들어가도록 하라!"

경비대장이 지시대로 수행한다. 센타크논은 C-1도시로부터 입장 허락 통지를 접하자, 3대의 모듈을 도시 입구에 주차시키고, A-2, A-5, A-7 대원을 데리고 플랫폼 문이 열리기를 기다린다. D-6, D-7 대원은 모듈 D1호에 탑승한 채로 만일의 사태에 대비한다. 도시에 입장하는 대원 4명의 우주복에 장착된 카메라와 무선통신기(radio)를 통해 D-6, D-7 대원 및 100km 상공 우주선 내의 대원들 모두가 작전 실황을 모니터링하게 된다.

우주복을 입고 플랫폼 앞에 서서 기다리고 있는 센타크논과 대원

셋은 자못 긴장한다. 도대체 어떤 외계인이 어떤 지하도시에서 어떻게 자신들을 맞이할 것인지, 순탄히 도움을 받을 수 있을 것인지, 위험에 빠질 일은 없을 것인지, 무엇보다도 외계인이라곤 이제껏 한 번도 만나본 적이 없는데, 그것도 착륙금지된 행성의 행성인인데…. 짧은 순간에 오만가지 상념이 스친다.

드디어 플랫폼 문이 열린다. 방호복장을 하고 일단의 부하들을 대동한 C-1도시 경비대장이 센타크논 일행을 도시 안으로 인도한다. 플랫폼 바로 안쪽에서 레일 탑승차량을 타고 도시 중간층, 이른바 보석궁전으로 향한다. 궁전 앞에서 하차한 그들을 경비대장이 궁전 안으로 안내한다. 이제부터는 걸어서 입장한다. C-1 도시 내부는 공기정화와 온도조절의 에어컨이 되어 있어서 우주복헬멧을 벗고 호흡해도 무방하다는 설명이 있었으나, 센타크논 일행은 만일의 사태를 염려하여 헬멧을 쓴 채로 나아간다. 방호복을 벗은 경비대장과 다른 P-4 행성 근무자들을 바라보는 센타크논 일행은 느낌이 착잡하다. 올림포스인보다 신장이 상당히 작고 약한 하체에 비해 상체가 떡 벌어져서 다소 뒤뚱 뒤뚱 걷는 모습으로 보이며, 눈과 귀가 별나게 생겼고 격하고도 빠른 어조로 말하는 P-4 행성인들을 보고, 대원들은 별 세계로 온 것을 실감한다.

궁전 앞에 이르자, 궁전 문이 열리고 일행은 안으로 따라 들어간다. 궁전 안으로 들어선 순간 일행 앞에는 경악을 금치 못할 눈부신 광경이 펼쳐진다. 궁전 안의 모든 낭하와 회랑이 그야말로 진귀한 보석과 희귀한 돌로 휘감겨 있다. 낭하의 바닥은 광택 없는 새카만 대리석인데, 티 없이 투명한 수정덩어리가 알알이 박힌 천장은 조명을 받아 36쪽 입체방향으로 영롱한 빛을 쏘아내고, 벽면은 한 팔간격의 폭으로 청색 사파이어, 빨간색 루비, 녹색 에메랄드, 검정색 석류석(garnet) 등 네 가지 보석이 번갈아 채우고 있으며, 육십 걸음마다 좌우에 늘어서 있는 기둥들은 세 팔 굵기의 둘레 크기, 여섯 길 높이로 솟아 있는데, 그 우람한 기둥들이 온통 무색투명하고 벽돌크기만한 고품질의 다이아몬드로 만들어져 있다. 이 엄청난 보석들을 어떻게 이렇게 모을 수 있었는가 하는 궁금증이 고개를 들기 전에, 육백 육십 걸음이나 되는 긴 복도를 걸어가는 내내, 천장과 벽 그리고 열 쌍의 기둥에서 쏟아지는 휘황찬란한 광채가 천상의 하늘나라에 온 듯 정신을 마취시켜 버린다. 위엄과 긴장을 잃지 않으려고 꼿꼿한 자세로 당당히 걸어가던 대원 중 두 명은 다리를 후들거리며 비틀거리기까지 한다. 몸이 비틀거리는 것은 보석의 휘광에 취해 혼이 먼저 비틀거린 까닭이다.

센타크논이 조용히 읊조린다.

"황량한 지상에서 찬연한 지하로 왔네.
우린 땅 위로 땅 위로 아찔한 성을 쌓아 놓는데,
여긴 땅 밑으로 땅 밑으로 황홀한 궁을 쌓아 놓았네.
한번 보기만 하고 죽어도 여한이 없을 보석궁전이
찬연히 내 눈 앞에 굳건하네.

우주의 예측 못할 신비함에

너 나 없이 비틀거리네."

경비대장이 일행을 접견대기실로 이끌어 자리를 권하면서, 반시
간 후 쯤 국가를 다스리는 통치자 그룹이 면담하러 올 것이라 하고,
자신도 맞은 편 자리에 앉아 기다린다. 접견대기실은 바닥 면적이
20m×10m 크기인데, 이 바닥 역시 검은 대리석으로 깔고, 천장은
투명한 수정이며, 네 벽면은 다홍빛 석류석으로 몽땅 덮고 있어서,
따스한 반짝임이 방을 가득 채우고 있다.

한편, 티로노스와 5인의 통치위원은 집무실 맞은 편 안쪽 깊숙한
위치에 장엄한 분위기로 주위를 압도하고 있는 신전으로 들어가 최
고위 신관(神官)을 찾는다. C-1 도시국가의 통치자는 중대한 국사
를 결정하기 전에 신관의 신탁을 구한다. 신관을 만난 티로노스는
외계인이 접근한 이후 진척되어온 사태를 휴대 화면으로 보여주면
서 간략히 상황을 설명하고 지체 없이 신탁을 내려 줄 것을 청한다.

신관의 우두머리인 지오맨(Geoman)은 자신만의 은밀한 신전 별
실에 들어가 몸을 정결히 하고 제의(祭衣)를 걸친 후 자신을 명상 최
면에 들인다. 몽롱한 엑스터시 상태가 되자 신탁을 구하는 의식을
시작한다. 별실의 북쪽 벽에는 땅 속을 향해 몸을 거꾸로 세워 기도
하는 벽감(niche) 시설이 되어 있다. 신관은 벽감 땅 속을 향해 몸을

거꾸로 깊이 세 번 세워 절하고, 벌겋게 충혈된 얼굴로 신탁을 구한다.

"열과 물로 우리를 살리시며, 이끼와 벌레로 우리를 살찌워주시며, 우리에게 한 없이 축복 내려주시는 거룩하신 지오(Geo) 신께 고하나이다. 우리 평화로운 땅 속 마을에 불현듯 외계인이 내려와, 이제 우매한 우리는 어찌 할 바를 모릅니다. 저희를 어여삐 여기사 나아갈 길을 보여 주소서. 저 지오맨이 혼신을 다 바쳐, 지혜롭고 자비로우시며 전지전능하신 불사(不死)의 신 지오님께 신탁을 간구하나이다."

간절한 기도를 마친 지오맨은 다양한 문양이 그려진 지름 1.5m 정도의 원판 위로 각설탕만한 다섯 가지 보석, 즉 다이아몬드, 사파이어, 루비, 에메랄드, 석류석을 던진다. 그리고 보석이 떨어진 위치의 문양과 보석의 종류를 유심히 살핀 후에 통치위원들이 기다리고 있는 신전으로 나아간다.

신관을 맞이한 통치위원단 여섯은 무릎을 꿇고 경건한 자세로 신탁을 경청한다. 신관이 떨리는 음성으로 고한다.

"왕관을 쓴 기이한 몸체 형상 위에 빨간색 보석 루비가 떨어졌고, 궁전의 형상 위에 검정색 보석 석류석이 떨어졌습니다. 나머지 세 개의 보석은 원판 변두리에 흩어졌습니다. 왕관을 쓴 기이한 몸체 형상은 외계인 대장을 가리키고, 보석 루비의 빨간색은 피를 뜻합니다. 그러니 외계인 대장을 지오 신께 제물로 바치라는 신탁입니다.

석류석의 검정색은 붕괴와 파멸을 의미합니다. 궁전 형상은 우리 보석궁전을 가리키는 것이니, 보석 궁전이 붕괴된다는 신탁입니다. 나중 신탁은 참으로 무섭습니다."

신관은 몸을 떨며 서둘러 그 자리에서 사라져 버린다. 통치위원단 6인은 이 불길한 신탁에 몸이 굳어 있다가, 티로노스의 묵직한 목소리에 신경을 곤두세운다.

"이거, 접견실로 가야 합니다. 나는 이 나중 신탁을 외계인을 극히 경계하라는 지오 신의 뜻으로 해석합니다. 우리 모두 아주 조심하기로 합시다!"

제4화
센타크논이 디감마 행성인과 대화하다.

티로노스와 통치위원 5인은 보석궁전의 접견실로 들어선 후, 접견 행사 담당자에게 대기실에서 기다리던 센타크논 일행을 들여보내라고 한다.

(티로노스 측 6인과 센타크논 측 4인의 긴장된 대면 장면이 벌어진다.)

방 안으로 맨 먼저 들어오는 센타크논에게 티로노스가 인사한다.

"어서 오십시요. 나는 티로노스라고 하는데, 이곳 디감마 행성의 통치자입니다. 내 옆의 다섯 분은 내 통치를 보좌하는 위원들입니다. 이 만남이 우리에겐 신기하기 짝이 없습니다. 우리는 외부 행성인을 처음 만나는 겁니다."

센타크논이 응답한다.

"이렇게 만남의 기회를 주셔서 감사합니다. 나는 Y-391 누스 (Nus) 항성계의 올림포스 행성에서 온 우주선의 함장이자 탐사대장인 센타크논이라고 합니다. 내 옆은 탐사대원들입니다. 도움을 청할 일이 있어서 귀하의 행성에 착륙하였습니다. 불시에 착륙한 결례를 용서해주시기 바랍니다."

티로노스: "먼저 모두들 자리에 앉읍시다."

양 측은 큼직한 테이블에 서로 마주 보는 자리를 일렬로 잡아 정좌한다. 센타크논은 우주복 헬멧을 벗는 것이 분위기에 맞는다고 보아, 다른 대원들에게 신호하고, 함께 헬멧을 벗어 테이블 위 가까운 곳에 올려놓는다. 양 측 사이에 말없이 서로를 탐색하는 팽팽한 시간이 잠시 지속된다. 센타크논은 티로노스 일행을 일별한 후, 접견실을 잠시 둘러본다.

접견실은 바닥 면적이 어림짐작으로 40m × 25m 쯤 되는데, 황금 비율의 균형미를 염두에 둔 듯하다. 선명한 홍색, 옥색, 담갈색, 청록색, 황록색 다섯 가지 빛깔의 줄무늬가 아름답게 아로새겨진 오닉스(onyx)가 바닥을 두터이 덮고 있고, 다섯 길 높이의 천장은 투명한 수정 구슬이 촘촘히 박혀 눈부신 조명을 뿜어내고 있으며, 네 벽은 손바닥 크기의 무색투명한 다이아몬드가 벽면을 가득 채우고 있다. 천장에는 주먹만한 크기의 스타 사파이어가 수백 개 늘여 뜨려져 있는데, 이 보석에 붉은 빛을 쏘아서 뿜어져 나오는 성채(星彩, asterism)가 황홀한 광경을 연출한다. 이 성채는 붉은 색 조명이 사파이어의 청색에 반사광과 투사광으로 어우러져서 빚어낸 것으로서, 6방형(方形) 별모양의 수많은 광채 덩어리가 접견실 안에서 빛과 색과 모양의 향연을 펼친다. 천장에 매달린 사파이어가 흔들릴 때마다 별모양의 성채는 하늘에서 일렁이는 별처럼 반짝인다. 광학 예술의 최고 경지이다. 그리고 접견실에 사용된 보석은 그 엄청난 양도 양이지만, 그 보석을 절차탁마하여 기둥, 벽, 바닥, 천장으로 건축한 것은 보석 예술의 극치를 이루고 있다. 보석궁전의 최고 보석은 바로 접견실이다. 올림포스 행성의 온갖 뛰어난 건축술과 예술도 이 보석궁전에 비하면 초라한 듯해서 센타크논은 나직이 한숨을 쉰다.

티로노스가 침묵의 시간을 깬다.
"그런데 우리가 도울 일은 무엇인지요?"
센타크논이 대답한다.
"우리 탐사대가 우주를 항해하던 중에 유성체의 파편이 우주선을 뚫고 들어와 농축 산소·수소 저장고를 파손했습니다. 이로 인하여 식수원이 부족하게 되어 산·수소 포집이 가능한 귀하의 행성에 착륙하게 된 것입니다. 산·수소 포집을 허락해 주시기 바랍니다."
티로노스: "우리 행성 어디에서 산·수소 포집을 하려고 하십니까?"
센타크논: "우리가 행성 상공에서 탐색해 본 바에 의하면, 귀하가 다스리는 이 도시의 지하 2층 호수 변에 물을 공급하는 두터운 얼음층이 있고 이 얼음층 부근에 산·수소 응결물질이 있어서, 이들을 포집·정화한 후, 약 35톤 무게의 농축 산·수소를 가져 갈 수 있도록 허락해주시면 고맙겠습니다."
티로노스가 통치위원3을 향해 말한다.
"이 분의 요청 내용을 과학부서 담당관에게 알아보도록 조처해주시요!"
위원3은 부속실로 가서 몇 가지 지시를 하고 다시 돌아온다.

티로노스가 센타크논에게: "곧 담당자로부터 하회(下回)가 있을 겁니다. 그런데 내가 궁금한 점이 많으니, 그동안 이야기를 좀 나눕시다. 이거, 도대체 귀하의 우주선은 어디서 와서 어디로 향하는 겁니까?"

센타크논: "우리는 같은 입실론 은하의 누스(Nus) 항성계에 있는 올림포스 행성을 출발하여, 밀키 웨이(Milky Way) 은하에 있는 태양계의 세 번째 행성인 지구로 항해하는 중입니다."

티로노스: "이거, 올림포스 행성과 지구 행성이 여기서 얼마나 떨어져있는지 도무지 짐작이 되지 않습니다. 귀하의 우주선 속도가 문제이긴 합니다만, 두 행성까지 얼마나 걸리는지요?"

센타크논: "우리 우주선은 광속의 0.61배까지 속도를 낼 수 있습니다. 출발한지 여기까지 대략 올림포스 행성의 자전주기로 350일이 소요되었습니다. 귀하 행성의 자전주기로는 175일입니다. 여기서 지구까지는 우리 자전주기로 약 380일이 걸릴 것으로 예상됩니다. 여기서 지구까지는 0.635광년 거리이고, 여기서 올림포스까지는 0.585광년의 거리입니다. 그러니까 우리는 도합 1.22광년 거리의 우주를 비행하는 게 되고, 우주선의 최고속도로 2년 정도 소요하게 됩니다."

티로노스: "이거, 엄청난 거리구만요. 거리도 거리지만 귀하의 우주선이 광속의 0.61배까지 속도를 낼 수 있다는 것은 매우 놀라운 사실입니다."

센타크논: "기본 원리는 과학적으로 그리 어렵지 않습니다. 중성

자별과 같이 엄청난 중력장을 가진 별의 인력을 이용하고, 항로 전면에 위치한 항성이 품고 있는 자기장의 인력과 척력(斥力)을 이용하면, 광속에 가까운 속도를 낼 수 있으며 필요할 때 용이하게 감속할 수도 있습니다. 문제의 핵심은 행성 올림포스가 위치한 입실론 은하와 행성 지구가 위치한 밀키 웨이 은하가 모두 핵(Nucleus)을 중심으로 회전하는 나선형 은하이므로, 올림포스와 지구가 최단거리에 있게 되는 두 은하의 회전시점을 포착하여 그 시점에 우주선으로 왕복하는 데 있습니다."

티로노스: "어떻게 두 행성 간 거리가 1.22광년이 되는 최단거리를 잡을 수 있게 되었습니까? 이거, 그게 제일 신기합니다."

센타크논: "두 행성을 품고 있는 두 은하의 회전이 그렇게 가까이 겹칠 수 있는 것은 1억년에 한번 일어날까 말까한 기적 같은 일입니다. 그런 기적 같은 초근접 회전이 벌어진 덕택에 우리가 기나긴 우주항해에 나서게 된 겁니다."

티로노스: "그런데 두 행성을 1.22광년이라는 초근접 거리에 두게 된 서로 다른 두 은하의 회전은 어떻게 일어난 겁니까? 하도 신기해서 이거, 자세히 듣고 싶습니다."

센타크논: "나선 은하의 모양은 비행접시처럼 납작한 원반 형태에 비유할 수 있습니다. 말이 원반이지 입실론 은하의 원반 직경거리는 14만 광년이나 되고, 밀키 웨이 은하의 원반 직경거리는 10만 광년이 됩니다. 그 거대한 원반에 찍힌 미세한 한 점이 올림포스이고, 또 다른 원반에 찍힌 미세한 점이 지구입니다. 회전하는 두 원

반이 떨어진 거리는 원반 가장자리를 기준으로 해서 서로 215만 광년입니다. 그런데 두 은하가 떨어져 회전하다가 기적같이 초근접하게 되었는데, 서로 충돌하지는 않은 채로 입실론 은하 원반이 위로 밀리고 밀키웨이 은하 원반이 아래로 밀린 형태로, 즉 위 아래로 1.22광년의 간격을 둔 채, 한 원반 면의 4분의 1, 다른 하나는 3분의 1면 정도가 겹쳐 회전하는 일이 벌어진 겁니다. 정확히 말하자면, 위에서 회전하는 은하의 한 나선 팔(spiral arm)의 2분의 1과 아래에서 회전하는 은하의 다른 나선 팔의 3분의 2가 겹치는 상황입니다. 서로 위 아래로 아슬아슬하게 겹쳐서 돌게 된 거지요. 두 은하가 충돌하지 않는 것만 해도 정말 다행한 일입니다. 충돌 없이 두 은하가 겹쳐 회전하는 아래 위의 초근접 지점에 우연히도 올림포스와 지구가 위치하게 된 것이고, 1.2 내지 1.3 광년이라는 초근접 거리로 서로 맞닿아 회전하는 기간이 약 370년 정도 지속되지요. 그 후엔 두 은하가 점차 멀어지게 됩니다. 우주선만이 아니고 은하도 우주 비행을 하는 것인데, 아마 우주 역사상 두 은하의 이렇게 많은 별들이 가까이 서로 마주 보면서 400년 가까이 회전 비행하는 일은 없을 겁니다. 지금 장대한 우주 쇼가 펼쳐지고 있는 것입니다. 상상이 되시는지요?"

티로노스: "이거, 엄청 재미있고, 엄청 신기한 이야기입니다."

이 때 접견부속실의 근무자가 들어와 통치위원3과 티로노스에게 차례로 귓속말을 하고 나간다.

티로노스가 좌중 모두에게 양해를 구한다.

"산 · 수소 포집에 관해서 현장으로부터 연락이 왔답니다. 위원3과 잠시 자리를 비워야겠습니다."

티로노스와 위원3이 부속실로 나가니, 그곳에는 과학자 3인과 경비대장 및 티로노스의 부관이 대기하고 있다.

티로노스가 수석 과학자를 향해: "현장으로부터의 보고는 어떤가?"

수석 과학자: "지하 2층 호수 변에 농축 수소를 포집할 수 있는 암석층이 실제로 존재합니다. 매장량도 상당합니다. 산소 응집 얼음층도 당연하고요."

티로노스: "그들의 요청대로 포집을 허가하는 데 별 문제라도 있는가? 과학, 사회의 안전, 경제, 호수 오염과 같은 환경 등등 여러 측면에서 말일세."

수석 과학자: "그들이 필요로 하는 양이 적어서 별 문제는 야기되지 않을 것입니다. 다만 산 · 수소 포집 · 운반을 위해 그들이 가져온 모듈 한 대는 도시 안으로 들어와야 할 터인데, 이를 허용하는 게 어떨지 모르겠습니다."

티로노스: "그게 무슨 말인가?"

수석 과학자: "모듈 안에 대량살상무기가 감춰져 있다든가, 역병의 전염원이 있다든가 하는 만일의 문제를 걱정하는 것입니다."

티로노스: "관계 과학자들과 경비대 감식팀이 모듈을 정밀 감식하더라도 발견하지 못할 위험원이 있을 수 있는가?"

수석 과학자와 경비대장은 이구동성으로 외친다.

"우리 수준이 그걸 발견할 정도는 됩니다."

티로노스는 위원 3까지 고개를 끄덕이는 것을 보고, 중대한 국사를 결정한다.

"그러면 올림포스 행성인에게 산·수소 포집을 허가하도록 한다. 필요한 소수인원과 모듈 한 대만을 도시 안으로 들여보내, 포집 장소로 안내하라. 입장 전에 모듈을 철저히 검색한다고 통보하고, 정밀 감식을 실시하라! 그리고 그들의 작업 전 과정을 감시하고, 현장을 녹화하도록 하라."

티로노스와 위원 3은 다시 접견실로 들어간다.

티로노스가 센타크논에게

"귀하의 도움 요청에 응하기로 했습니다. 다만 우리 측에서는 도시에 입장할 모듈을 검색할 필요가 있습니다. 작업할 요원들이 우리 경비대장의 지시에 따르도록 조처해주시기 바랍니다."

센타크논: "무어라고 감사해야 할 지 모르겠습니다. 귀하의 허락은 우리의 험난한 우주항해에 지대한 도움이 될 것입니다. 그 은혜를 잊지 않겠습니다. 맨 먼저 이 기쁜 소식을 도시 밖에서 대기하고 있는 대원들과 우주선에 알리고, 작업준비를 시키고자 합니다."

센타크논이 도시 입구에 대기하고 있는 대원들에게 수차례 통신을 시도하지만 '통신 불가'라는 신호음만 들리고, 이번에는 우주선에 연락을 시도해보지만 역시 접속되지 않는다. 도시 밖의 진입대원들이나 우주선 대원들도 센타크논이 보석궁전으로 들어간 이후 시점부터는 전혀 행적이 모니터링되지 않아서 불안해하고 있던 중이다. 통신이 안되는 이유는 보석궁전 안에 있는 엄청나게 두터운 보석층이 궁전 밖으로부터의 전파와 그 외 일체의 복사(radiation)를 차단하기 때문이다. 다시 말하면, 보석에 복사 차단 기능이 있기 때문이다. 그래서 디감마 행성인은 보석궁전 안과 밖의 통신만큼은 유선으로 한다. 보석이 왜 보석이겠는가? 온갖 잡물이 함부로 범접할 수 없는 고귀한 순수 결정체가 아닌가?

센타크논이 티로노스를 향해서: "외부 대원들과 통신이 되지 않으니, 귀하의 허락이 도시 입구에 있는 제 대원들에게 전달될 수 있도록 부탁드립니다. 그리고 포집에 사용할 모듈을 여기 있는 두 대원이 조종하기로 되어 있으니, 두 대원이 도시 밖으로 나갈 수 있도록 선처해주시기 바랍니다."

(그럴 줄 알았다는 듯이 웃으면서) 티로노스: "그렇게 지시하겠습니다. 그런데 우리가 궁금한 것도 많고 지금 저녁 식사 즈음이기도 해서, 여기에 남는 두 분을 식사에 초대하고 싶으니, 제 통치위원들과 저녁 자리를 함께 하는 것이 어떻겠습니까?"

어차피 산·수소 포집·농축 소요에 서너 시간이 걸리는지라, 저녁 초대를 거절할 이유가 없는 센타크논이다.

"예, 초대해주셔서 정말 감사합니다. 기꺼이 저녁을 같이 하겠습니다."

티로노스: "저녁하시면서 좋은 말씀 들려주시기 바랍니다. 1시간 후 쯤 식사를 하시게 되는데, 경비대원이 연회실로 안내할 겁니다. 그리고 그 때까진 시간이 있으니, 먼저 산·수소를 포집할 장소를 둘러보시고, 다음에 도시 지하 2층에 있는 곤충 사육농장을 한번 구경해보시는 게 흥미로울 겁니다. 과학자 한 사람이 동행하면서 설명을 해 드릴 겁니다."

양 측 일행은 여기서 헤어진다. 센타크논과 A-5대원은 과학자를 따라 나서고, A-2대원과 A-7 대원은 도시 밖으로 나간다. 도시 플랫폼 입구에서 대기하고 있던 D-6 및 D-7 대원은 디감마 행성 측으로부터 산·수소 포집이 허가되고, 필요인원과 모듈 1대의 입장이 가능하되, 입장할 모듈을 검색하겠다는 통보를 미리 받았다. 잠시 후, 도시 밖으로 나간 A-2, A-7 두 대원은 모듈 A2호의 레이저 포 1기를 모듈 A1호에 옮겨 실은 후, 모듈 A2호를 이동해서 디감마 행성의 과학자들과 경비대원들로부터 도시 입장에 필요한 검색을 받고, 도시 안으로 들어가 산·수소 포집장소로 안내받는다. 모듈 A1호와 D1호는 계속 플랫폼 입구에 대기하고 있다.

걸어서 보석궁전을 나선 센타크논 일행 두 명은 안내하는 과학자를 따라 차량을 타고 도시 지하 2층에 있는 거대한 호수 변두리 산·수소 포집 예정 장소에 도착한다. A-5대원이 암석과 광물을 분석할 수 있는 X선 분광(分光)분석기(X-ray spectometry)로 예상 암석층

하부를 원격 진단한 후, 흡족한 시선을 센타크논에게 보내며 말한다.

"대장님, 산·수소를 포집하기에 적합한 순도 높은 얼음층과 암석이 이 밑 26m 지점 부근에 서로 인접해서 매장되어 있습니다. 작업에 큰 어려움은 없으리라고 봅니다."

이즈음에 모듈 A2호가 포집 장소에 도착하여, A-2와 A-7대원이 A-5대원으로부터 분석 결과를 들은 후, 즉각 포집 장비를 가동하기 시작한다.

포집 지점을 떠난 센타크논과 A-5 퓨타고스 대원은 차량을 타고 호수 주변을 둘러보면서, 곤충 사육농장으로 향한다. 거대한 지하호수는 C-1 도시 주민에게 식수와 생활용수를 공급하는 필수 터전이다.

센타크논이 동행한 과학자에게 질문한다.

"주민이 사용하고 난 생활 오수는 어떻게 처리합니까?"

과학자가 대답한다.

"생활 오수는 정화해서 도시 밖으로 배출하는데, 그 물을 계곡 안쪽 광대한 이끼 서식지에 골고루 공급합니다. 계곡 안쪽에는 선태(蘇苔) 식물인 이끼 이외에 버섯, 누룩곰팡이 등 진균류(眞菌類)와 고사리 같은 양치(羊齒) 식물도 서식하고 있습니다. 바위에 붙어사는 지의류(地衣類)도 있지요. 정화된 오수가 식물 서식지의 수분 공급원으로 이용되는 겁니다."

일행이 탑승한 차량은 우주선이 행성 상공에서 스캔 비행을 할 때, 식용 생명체를 사육하는 입체 다단계 공간으로 관측된 도시 지하 2층 오른편에 도착한다. 이곳이 바로 P-4 행성인들이 말하는 곤충 사육농장이다. 이 농장은 지하도시 안에 인공적으로 조성된 것인데, 4단 층으로 구성되어 있고, 각개의 층에는 수많은 선반(rack)이 상하 종횡으로 줄지어 있다.

농장 1단 층으로 들어서자 동행한 과학자가 설명을 시작한다.

"우리 주민의 주된 식량 공급원은 행성 지표면에서 서식하고 있는 이끼 등 선태 식물과 버섯 같은 진균류, 고사리 그리고 여러 농장에서 사육하는 다양한 곤충과 각종 벌레입니다. 지표면에서 생산되는 식물은 곤충과 벌레의 사료로도 사용됩니다. 듣기 거북하시겠지만, 주민의 배설물도 가공·처리하여 곤충과 벌레의 먹이로 공급합니다. 여러분이 구경하실 이 농장은 우리 행성에서 가장 규모가 큰 식용 곤충과 벌레의 사육농장입니다. 농장 1단의 좌측 공간은 산란된 곤충의 알(egg)을 부화하기까지 건사하는 곳입니다. 농장에서 가장 중요시되어 정성껏 돌보고 있습니다. 1단 우측 공간은 최고급 요리의 식자재가 되는 달팽이 전용 사육장입니다. 이끼와 고사리를 사료로 줍니다."

1단 층을 둘러본 일행은 2단 층으로 올라간다. 2단에는 선반이 촘촘히 늘어서 있다. 과학자의 설명이 이어진다.

"알이 부화한 후 애벌레가 되면 여기 2단에서 사육합니다. 각종 곤충의 애벌레가 칸막이로 구분되어 자라고 있습니다. 거미, 지네 같은 벌레도 식용으로 육종(育種)해서, 2단 층에서 사육하지요."

여러 벌레가 징그럽게 느껴져 2단 층을 빠르게 통과한 일행이 3단
층으로 올라간다.

"3단 층은 곤충의 번데기를 사육하는 곳입니다. 번데기는 우리 아
이들이 즐겨 먹는 간식거리이기도 합니다. 여기 시식용 번데기가 있
습니다. 한번 드셔 보시겠습니까?"

마지못해 센타크논이 번데기 하나를 집어 입안에 넣고 우물우물
씹어 보는데, 제법 고소한 맛이 난다. 센타크논의 밝은 표정을 보더
니, 퓨타고스 대원은 번데기 서너 개를 집어 한꺼번에 씹어 먹는다.

"이건 무슨 곤충의 번데기인가요?"

"왕파리 번데기입니다. 왕파리 구더기도 번데기만큼이나 맛이 좋
습니다."

과학자의 대답이다.

4단 층에 이르니 윙윙거리는 곤충의 날개 짓 소리가 난다. 칸칸이
그물망이 쳐져있다. 과학자의 설명이 이어진다.

"이곳 4단 층은 성충이 된 곤충을 사육하는 곳입니다. 다 자라서
요리해먹으면 가장 맛있을 놈들이지요. 날 것으로도 먹습니다. 딱정
벌레, 메뚜기, 왕파리, 개미, 귀뚜라미, 땅강아지의 맛이 괜찮습니
다. 아까 번데기를 맛있게 드시던데, 시식용 곤충을 좀 가져 오라고
해볼까요? 우리는 풍뎅이, 왕파리, 메뚜기를 즐겨 먹습니다."

별로 내키지 않은 센타크논이 얼른 둘러댄다.

"조금 후 만찬 코스에서 즐길 터인데, 시식이 지나치면 흥이 식을
지 모르지요."

제5화
센타크논이 디감마 행성인과 식사하다.

이로써 식용곤충 사육농장 구경이 끝나고, 차량으로 이동한 센타크논 일행은 보석궁전의 연회실로 안내된다. 연회실로 들어서니, 접견실 반 정도의 크기인데, 내부 보석장식은 접견실 못지않게 휘황찬란하다.

연회실 바닥은 앙증맞은 곤충들이 여기저기 들어박힌 갈색의 호박(amber)으로 깔려 있다. 네 벽은 온통 청색 사파이어로 채워져 있어서, 청청하게 내뿜는 색이 눈과 머리를 청량하게 한다. 천장은 여느 방처럼 투명한 수정으로 드리워져 있는데, 수정 덩어리 마다 조명을 받아 사방팔방으로 쪼개져 나오는 밝은 빛이 사파이어의 새파란 빛과 어우러져 빛의 교향악을 연출하는 듯하다.

연회실에 센타크논 일행이 도착했다는 전갈을 받고, 티로노스와 4인의 통치위원이 방으로 들어온다.

티로노스: "이거, 포집 장소와 곤충 농장은 어땠습니까? 올림포스 행성과는 달리 생소한 장면이 많았겠습니다."

센타크논: "덕택에 좋은 구경을 했습니다. 곤충 농장은 아주 흥미로웠습니다. 농축 산·수소의 포집작업은 잘 되리라고 봅니다."

티로노스: "자리에 앉으시지요. 이 연회실은 국빈을 대접하거나

최고위층의 공식 파티에 사용하는 장소입니다. 귀하에게 식사가 어떨지 모르겠습니다만, 우리로선 최고의 요리를 대접한다고 자부하는 곳입니다. 그런데 제2 통치위원은 갑자기 위경련을 일으켜 참석하지 못하게 되었습니다."

30여명 정도는 둘러앉아 식사를 할 수 있는 널찍한 식탁은 옥(jade) 중에서도 광택을 띤 반투명의 귀한 녹색 비취(jadeite)로 제작된 것이다. 식기 같은 식탁용 집기도 거의 다 비취로 만들어졌는데, 다만 연한 옥색(玉色)이라는 점이 다르다.

P-4 행성인은 대접할 요리를 식탁에 한꺼번에 풍성하게 늘어놓고, 그 중 먹고 싶은 것을 내키는 대로 집어먹는 식습관을 갖고 있다. 식어서 안 될 요리는 식탁 위 가열 기구로 데워 가면서 먹는다. 그리고 각자에게 식사 시중을 드는 전속 요리사가 한명씩 붙어 있다. 요리가 무엇인지 알아야 식사 시중도 제대로 할 수 있다는 생각에 티로노스가 초대하는 연회에는 숙달된 요리사로 하여금 식사 시중을 들게 한다.

티로노스가 일행에게 음식을 권한다.
"먼저 이 이끼 수프를 드셔 보시지요. 이끼를 초무침해서 석류석 단지 안에 보름간 숙성시킨 후 호박 솥 안에 넣어 연한 불로 5시간 익힌 것입니다. 드실 만 할 겁니다. 옆에 있는 버섯과 고사리 샐러드도 알맞게 삭은 것을 써서 감칠맛이 나지요."

센타크논과 A-5 대원은 올림포스를 출발하여 우주식(宇宙食)만 먹으면서 1년 가까이 지낸 터라, 치아에 제법 씹히고 혀에 그런대로 탱탱한 식감의 음식을 입안에 넣는다는 것 자체가 감격스럽기 짝이 없다.

티로노스: "우리 행성엔 음료가 변변치 않습니다. 앞의 큰 잔에 있는 음료는 탄산수입니다. 좀 드셔보시지요. 톡 쏘는 맛이 그만입니다. 지하 암반층에서 솟아나는 천연 광천수로 만든 음료입니다. 작은 잔에 있는 전갈 주(酒)는 누룩곰팡이를 전갈 속에 넣어 발효시킨 후 자수정 병에 담아 5년간 숙성시킨 귀한 것입니다. 다 같이 전갈 술잔을 들고 건배하십시다."

센타크논 일행이 디감마 행성에 도착한 것을 환영하고 앞으로의 여정이 순탄하기를 비는 티로노스의 건배사가 있고 나서, 건배주를 곁들여 식사가 계속된다.

"본격적인 식사를 하시기 전에, 작은 종지 안에 한 숟가락 정도 들어있는 걸 드시기 바랍니다. 그건 달팽이 더듬이만을 모아서 살짝 데친 것입니다. 이걸 먹고 나면 감각기관이 비상하게 예리해지는 것을 느낄 수 있습니다. 미각도 배가(倍加)됩니다. 정말인지 한번 시험해보시지요."

이런 저런 음식을 권하던 티로노스가 궁금증을 참지 못하는 듯 센타크논에게 묻는다.

"그런데 귀하의 우주선은 왜 지구로 가려합니까? 지구는 도대체 어떤 행성이기에 그리로 향하십니까?"

센타크논: "먼저 우리가 떠나온 올림포스 행성 이야기부터 시작해야겠습니다. 우리 고향 올림포스는 축복받은 별이지요. 숨쉬고 먹고 마시고 잠자고 뛰놀기에 아무 부족함이 없는 별입니다. 올림포스에 사는 우리 행성인은 고도의 문명을 누리고 있습니다. 그리고 비록 종교는 사라졌으나 올림포스 행성인은 영성이 드높아서, 남의 것을 탐내지 않고 남을 해치지 않고 거짓을 일삼지 않으며, 어려운 이웃을 기꺼이 돕고 다른 이의 고난에 더불어 마음 아파할 줄 아는 고결한 성품을 지니고 있습니다. 정말 축복받은 별이지요. (잠시 숨을 고르면서) 그러나 이 별에 대재앙이 찾아오게 되었습니다. 최근 잦아지는 화산폭발에 위기를 감지한 과학자들이 연구에 연구를 거듭한 결과, 올림포스 행성의 화산활동주기를 정확히 예측하게 되었습니다. 그 예측은 절망적이었지요. 화산폭발이 더욱 거세지다가 대략 800년 후에는 전 행성에 걸쳐서 화산폭발이 절정에 이르고 엄청난 지진과 해일이 더해져서, 하늘은 컴컴한 잿빛으로 가득차고 바닷물은 들끓고 육지는 용암과 화산재로 뒤덮여, 올림포스는 죽음의 별로 화하게 된답니다. 결국 행성인들이 모두 이주해서 살아갈 별을 찾지 않으면 안 되었습니다. 이주 시한은 700여 년입니다. 우리는 모든 과학기술을 동원하여 필사적으로 이주할 별을 찾기 시작했습니다. 절망의 문을 지나면 희망의 문이 열리는 모양이지요. 올림포스가 위치한 입실론 은하와 밀키 웨이 은하가 1억년 만에 초근접하는 기적같은 일이 일어나게 되고, 그 밀키 웨이 은하에서 우리 올림포스와 흡

사한 지구라는 행성을 포착하게 된 것입니다. 지구 행성은 올림포스와 비슷한 천문(天文)적, 구조적, 지질적, 환경적 조건을 보이고 있습니다. 우리 행성인과 닮은 지적 생명체가 번성하고 있다는 점도 놀라웠습니다. 올림포스와 쌍둥이 별입니다. 아득히 먼 옛날, 서로가 쌍둥이 별로 탄생했던 것 같습니다. 그래서 이 지구 행성으로의 이주를 보다 확실하게 알아보기 위하여 우리 대원들이 선발대로 우주항해를 하게 된 것입니다. 지구는 우리 올림포스 행성인에게 희망의 별입니다."

이 말을 들은 티로노스는 잠시 식사하는 것도 멈추고 생각에 빠져 있다가, 또 질문한다.

"이거, 그 지구라는 행성과 우리 디감마 행성의 생활환경을 비교한다면 어떻습니까?"

센타크논: "사실대로 말씀드리면 귀하가 상심하실 것이고, 거짓을 말할 수도 없고 해서, 지구는 지하보다는 지상에서 생활하는 것이 훨씬 더 낫다는 말씀만을 드리겠습니다. 그런데 저도 궁금한 것이 있는데, 몇 가지 질문을 드려도 되겠습니까?"

티로노스: "아, 물론이지요. 무엇을 알고 싶으십니까?"

센타크논: "디감마 행성의 생활환경이 극히 열악함에도 불구하고, 이런 대단한 지하도시를 건설할 정도로 뛰어난 행성인이 거주한다는 사실이 저희로서는 불가사의한 일입니다. 이곳 다른 생명체들을 보자면, 진화 단계가 낮은 식물과 동물들만이 서식하는데, 여러 진화단계를 훌쩍 뛰어넘은 지적 생명체가 존재한다는 것은 의외입

니다. 저희들은 디감마 행성인이 다른 행성에서 이주한 것으로 추측하고 있는데, 혹시 그 내력을 말씀해주실 수 있는지요?"

티로노스: "귀하의 추측이 맞습니다. 지금쯤 지하도시 밖으로 나가면, 잘 보일 겁니다. 우리 행성으로부터 얼추 76만km 떨어진 곳에 이 행성 직경 크기의 3분의 1 정도 되는 행성이 있습니다. 우리는 그 행성을 프리감마(Pregamma)라고 부르지요. 우리의 선조는 그 프리감마 행성에서 살고 있었습니다. 그곳의 생활환경은 여기보다 훨씬 좋아서, 지하가 아니라 지상에 제법 정연(整然)한 도시를 건설해서 살고 있었습니다. 그런데 그곳에도 대재앙이 찾아왔습니다. 우린 모두 이 광대무변한 우주가 빚어내는 신묘불측(神妙不測)의 운명에 매달려 있는 미물에 지나지 않습니다. 우리 선조가 겪은 대재앙이란 것은 소행성이 프리감마 행성에 충돌한 사건입니다. 그 충돌은 매우 심대해서 프리감마 행성의 모든 생명체를 절멸시킬 정도였고, 이후 몇십만 년 동안은 생명체가 자리 잡을 수 없는 죽음의 별이 되어버린 겁니다. 우리 선조도 소행성 충돌 80여 년 전에 그 충돌을 예측했었기에, 그리고 그리 멀지 않은 곳에 디감마 행성이 위치해 있은 까닭에, 당시 나름대로 발달된 우주항해술 개발에 더욱 박차를 가하여 이 행성에로의 이주가 가능하게 되었습니다. 그게 대략 2천 년 전의 일입니다. 이주 후에 이 행성의 열악한 환경 때문에 지하도시를 건설해 생명을 부지하게 되었고, 그런대로 먹고 이용할 수 있는 최소한의 자원은 존재하는 터라 지금까지 연명하고 있습니다. 한 가지 통탄할 일은 우리 선조가 이 행성에 착륙하여 필수적

인 생활터전을 마련하자마자, 행성 지표면에 불어 닥친 엄청난 모래 폭풍이 타고 온 우주선들을 행성 밖으로 날려 보내 버려서, 우주선 뿐만 아니라 우주선 안에 있던 우주항해 자료와 기술정보까지 송두리째 상실한 불행입니다. 그 후 지금까지 우리는 선조들의 발달했던 우주항해술을 복원하지 못하고 있습니다. 이게 우리의 간략한 이주 내력입니다."

센타크논: "귀하의 말씀을 듣고, 저의 큰 궁금증이 풀렸습니다. 그런데 제 우측 맨 앞에 있는 그릇에 담긴 이끼와 그 위에 있는 음식 은 무엇입니까?"

티로노스: "이끼는 그냥 장식입니다. 그 위에 있는 것은 기름에 살짝 튀긴 왕파리 알과 호박 냄비 안에서 쪄낸 달팽이 찜입니다. 왕 파리 알의 고소한 맛과 달팽이 찜의 쫄깃한 맛이 잘 어울리지요. 그 그릇 뒤 넙적한 옥돌 위에 있는 음식은 약간 소금을 쳐 구운 번데기 입니다. 모두들 좋아하는 음식입니다. 지금 내가 먹고 있는 것은 에 메랄드 단지에 넣어 두 달간 연한 식초로 삭힌 풍뎅이입니다. 내가 즐겨 먹는 음식 중 하나입니다. 내 왼편에 앉은 통치위원은 돌에 붙 은 버섯을 얇게 저며서 삶은 고사리와 버무린 음식을 얼마나 좋아하 는지, 벌써 세 접시 째 먹고 있네요."

센타크논: "이 행성에서는 식자재뿐만 아니라 양념류도 조달하기 어려울 터인데, 짜거나 신 맛이 나는 조미료 그리고 고소한 맛이 나 게 튀길 기름은 어디서 얻습니까?"

티로노스: "우리는 지하의 암석층에서 많은 것을 얻고 있습니다. 소금과 기름도 거기서 얻습니다. 기름을 품고 있는 암석이 의외로 많습니다. 여기서 기름을 채취하여 식용으로 가공합니다. 튀기는 데 사용할 뿐만 아니라 영양에 필요한 지방 성분을 여기서 보충하지요. 이른바 암유(岩油)입니다. 소금도 암석에서 얻는 암염(岩鹽)을 사용합니다. 식초는 진균류의 발효 기능을 써서 제조합니다."

디감마 행성인은 굽고 찌고 삶고 볶고 튀기고 지지고 재우고 삭히고 우리고 무치고 데치고 하는 각종의 요리법을 사용하되, 조리에 사용하는 그릇, 냄비, 솥, 단지, 병 등등의 용기를 중시한다는 특징이 있다. 아무래도 식자재의 맛이 떨어지니까, 음식이 주는 후각과 색감, 형태가 발달했다. 형태라고 해봐야 지네, 전갈, 구더기 등등이 올림포스 행성인에게 어떻게 비칠지는 알 수 없다. 예의를 지키느라 조심하지만, 센타크논의 표정은 별로이다.

센타크논이 또 다시 궁금해 하는 질문을 던진다. 바로 보석에 관한 것이다.

"우리 일행이 귀하의 행성에 온 이래로 정말 놀란 것은 엄청나게 많고도 다채롭게 빛나는 여러 종류의 귀한 보석들입니다. 올림포스 행성의 모든 다이아몬드를 합쳐놓아도 이 식탁 아래를 채울까 말까 할 겁니다. 그렇게 엄청나게 많은 진귀한 보석들은 어찌된 것입니까?"

티로노스: "우리 선조들도 이 행성에 이주한 후로 지하 암석층에

다양한 보석류가 무진장 매장되어 있는 것을 발견하고 엄청 놀랐답니다. 그러나 우리 후손에겐 돌처럼 흔한 보석이 일상(日常)이 되어, 보석 보기를 돌같이 합니다. 디감마 행성이 이처럼 보석류를 잔뜩 품고 있게 된 것은 나름대로 지질학적 조건과 천체물리학(astrophysics)상의 영향이 맞아 떨어졌기 때문입니다.

다이아몬드 탄생의 경우를 들어보겠습니다. 이 행성 지각 아래층 여러 곳에 순도와 경도(硬度)가 아주 높은 탄소 띠가 두텁게 자리 잡고 있는데, 오래 전 혜성들이 이 행성에 충돌하면서 발생한 초고압 초고온 상태가 충돌 지점 아래의 탄소 층을 순식간에 다이아몬드로 변화시켰습니다. 순간에서 영원이 탄생한 것이지요. 다른 종류의 보석들도 행성 맨틀 내부의 초고압 초고온 상태에서 생성되는 등, 나름대로의 탄생 스토리를 갖고 있습니다. 그래서 디감마 행성은 거대한 보석 저장 행성이 된 것이지요. 귀하의 우주선에 실을 수 있을 만큼 마음껏 보석을 가져가세요. 우리 행성이 좀 가벼워져야 되니까요. 하하하…."

식사하던 좌중에 폭소가 터진다.

제6화
센타크논이 디감마 행성인의 반란 사건을 겪다.

티로노스가 다시 음식을 권한다.

"왼쪽 둘째 줄 작은 호박 종지 안에 조금 들어있는 음식을 좀 드셔 보시지요. 여왕개미만을 모아 증기에 쩌서 닷새 동안 말린 후 가볍게 튀긴 것입니다. 나도 한 해에 두어 번 맛볼 수 있을까 말까한 귀한 것입니다. 그 옆의 양념을 얹어 먹어야 하는데, 누룩곰팡이 속에 재워 다이아몬드 병 안에서 세 달간 발효시킨 지네 양념입니다. 지네 다리에 얼키설키 뒤얽혀 있는 가느다란 실은 효모균이 자라다가 굳은 것이니까, 함께 드시는 게 좋습니다. 그런데 보석 이야기가 나온 김에 드리는 말씀인데, 다이아몬드는 가공해서 건축재로 사용하는 공정이 제일 어렵습니다. 다이아몬드의 절단과 연마는 다른 어떠한 금속이나 보석으로도 불가능하고, 경도가 같거나 더 높은 다이아몬드를 사용하든지, 우리가 개발한 특수 광선을 절삭도로 사용해야만 가능합니다. 그 작업이 보통 힘든 게 아니었습니다."

바로 이 때 경비대장이 연회실 안으로 뛰어 들어오면서 황망한 어조로 외친다.

"각하, 큰 일 났습니다. 반란이 일어났습니다. 반란을 일으킨 무리가 지금 보석궁전 안으로 쳐들어오고 있습니다."

티로노스: "이거, 무슨 소린가? 자네 오늘 두 번씩이나 경천동지할 소리를 내뱉고 있어. 이거, 경비대장 20년 동안 그렇게 무료했나?"

경비대장: "이토록 놀랄 일이 하루 세 번 일어난다면, 전 심장이 멎어 죽고 말 겁니다. 이렇게 한가하게 말 할 시간이 없습니다. 촌각을 다투는 변고입니다. 제2 통치위원이 반란을 일으켰습니다."

제2 통치위원이란 말을 듣는 순간, 티로노스에겐 무언가 짚이는 게 있었다.

여기서 디감마 도시국가의 속사정, 무엇보다도 권력체계의 내면을 살펴볼 필요가 있다. 티로노스는 디감마 행성의 모든 주민을 다스리는 1인 전제권력자이다. 그리고 종신직이다. 그를 보좌하는 5명의 통치위원이 있는데, 각자 보좌하는 업무가 다르다. 통치위원1은 국정 전반에 관하여 통치자를 보좌하되, 전속으로 관장하는 업무는 국방과 행정이다. 통치자 승계 서열 1위이다. 통치위원2는 사회안전과 사법 업무를 관장하는데, 통치위원1 다음으로 강력한 권력을 행사한다. 통치위원3의 관장 업무는 과학, 기술, 교육이다. 통치위원4는 국가 재정, 주민의 식량과 건강을 관장한다. 통치위원5는 공공시설의 건설, 유지, 관리를 담당한다. 그리고 통치자 직속의 경비대가 있는데, 도시 경비뿐만 아니라 통치자의 경호까지 관장한다.

제2 통치위원은 음험하고 야심을 주체하지 못하는 자이다. 통치자에게 아부하지 않는 듯이 아부하면서 통치자 자리를 넘보고 있다.

관장 업무가 사회안전인지라, 그의 산하에 있는 사회안전요원들에겐 범죄 진압용 무기가 제공되어 있으므로 언제든지 물리력을 행사할 수 있는 요직을 맡고 있는 자이다. 이러한 자가 평소 만반의 준비를 해놓고, 통치자 자리를 찬탈할 기회만을 호시탐탐 엿보고 있다가, 오늘 그 호기를 잡았다고 생각한 것이다. 티로노스는 빈틈없이 노회한 통치자인데, 오늘만큼은 외계인이 도래하여 온통 외계인 사태에 정신을 쏟고 있어서, 다른 국사에는 소홀하다. 외부에 신경이 곤두선 만큼, 내부의 적에 대한 경계심은 풀어져 있다. 통치위원2가 고대하던 적기(適期)를 만난 것이다. 저녁 연회에 통치자와 자신을 제외한 모든 통치위원이 모여 있으니, 권력층을 한꺼번에 제거할 수 있고, 불길한 신탁을 꺼림칙하게 여겨서 이참에 외계인 대장까지 손에 넣어 신전의 제물로 바칠 수 있다고 내심 하늘이 준 기회로 생각하고 있다. 그래서 칭병하여 저녁 자리에 불참한 후, 중무장한 측근 사회안전요원 300여 명을 이끌고 보석궁전을 급습한 것이다. 때때로 제2 통치위원에게서 내비치는 야욕을 어렴풋이나마 감지하고 있던 티로노스가 경비대장의 반란 급보를 듣고 정신이 버쩍 든 것이다.

티로노스가 혼잣말로 중얼거린다.
"이거, 오늘은 분명 어제가 아니지! 내일은 분명 오늘이 아니지! 이거, 내가 이럴 때가 아니지. 오늘을 어제와 내일로 붙잡아 매어두어야지.
어제의 왕좌가 오늘은 감옥, 내일은 무덤이 안 되도록!"

단호하게 티로노스가 변고에 대처한다.

"경비대장! 반란 패거리가 궁전 어디까지 침입했는가? 그 패거리들은 도대체 몇 명이나 되는가? 궁전 안의 우리 경비 병력은 얼마나 되는가? 격퇴할 수 있는가? 격퇴가 어렵다면, 그놈들이 여기까지 오는데 얼마나 걸리겠는가? 내가 제대로 판단하기 위해서 종합보고를 해주게!"

센타크논 일행은 뜻밖의 사태에 어안이 벙벙하여, 그냥 사태를 지켜보고 있을 따름이다. 다른 통치위원들도 별 수 있겠는가! 티로노스의 부관 셋이 달려와 티로노스를 옹위한다.

경비대장: "쳐들어온 반란 도당은 한 300명가량 됩니다. 궁전 안의 우리 측 병력은 백여 명에 불과하구요. 병력 숫자보다 더 불리한 것은, 그쪽은 치밀하게 사전 준비를 해서 중무장하고 급습해온 놈들이고, 우리 측은 전혀 감을 못 잡고 허를 찔린 것이라는 점입니다. 궁전 입구에서도 다른 사람이 아니고 제2 통치위원이 문을 열어달라고 하니, 경비병이 아무런 의심 없이 문을 열어준 모양입니다. 지금 경비대가 궁전 낭하의 기둥 여러 군데를 방어선으로 삼아 결사 항전을 하고 있습니다. 허나 이곳까지 뚫리는 것은 시간문제입니다. 경비대장으로서 정말 치욕입니다만, 각하께서는 잠시 피신하시어 대처 방안을 강구하시도록 진언드립니다."

이 보고에 티로노스는 말문을 열지 못하고, 한동안 생각에 잠긴다. 몹시 어둡고 외로워 보인다. 누구 하나 어쩌지 못하고 있다. 이윽고 최고 통치자는 최종 결단을 내린다.

"궁전 밖의 병력을 사용해서 반란 무리를 격멸하려면, 일단 궁전 밖으로 나가는 수밖에 없다. 우리 선조가 만일의 사태에 대비하여 궁전에 비밀스런 비상 탈출로를 설치해 두었다는 내 전임자의 유여(遺與)가 비상 매뉴얼로 보관되어 있는데, 경비대장은 즉시 내 집무실 금고에 있는 붉은 상자를 찾아서, 궁전 입구 반대편 쪽의 복도 끝으로 가져 오게. 금고 열쇠는 여기 있네. 그리고 이곳으로 정예 경비병 열 명을 보내게."

이제 거의 평상심을 되찾은 티로노스가 좌중에게 고한다.

"여러분, 뜻하지 아니한 변고에 놀라셨지요! 사태를 들어서 잘 아시겠지만, 반란은 곧 진압될 겁니다. 저를 믿고 침착하게 저와 함께 행동해 주십시오."

곧바로 도착한 경비병 열 명의 호위를 받으며, 일행은 티로노스를 따라 움직인다. 일행이 복도 끝에 다다르기 무섭게 경비대장이 상자 하나를 들고 나는 듯이 달려온다. 상자를 받아든 티로노스가 급히 상자 속에서 도면을 꺼내 경비대장과 함께 들여다본다. 표정이 환히 밝아진 티로노스가 낭하 우측에 있는 마지막 기둥으로 가더니, 상자 안에서 손바닥만한 금속판을 꺼내 기둥 눈높이에 박혀 있는 다이아몬드 조각에 맞추어 붙인다. 기둥 자재는 모두 무색투명한 다이아몬드인데, 금속판을 맞댄 곳의 다이아몬드는 옅은 청색이다. 모두들 숨죽여 바라보고 있다. 기둥 앞 바로 밑의 대리석 바닥이 서서히 열리면서 복도 밑으로 내려가는 계단이 드러난다. 일행은 티로노스와 경비대장을 따라 계단을 내려간다. 티로노스가 맨 마지막 계단 옆 표지석에 또 한번 금속판을 맞대니, 종전에 열렸던 복도 대리석 바닥이 닫히기 시작한다. 모두들 비상 탈출로를 달려 나가, 궁전 밖에 다다른다.

경비대장이 작심한 듯 티로노스에게 허락을 구한다.
"각하, 우선 한 숨을 돌렸습니다만, 반란 패거리를 단번에 도륙내 야겠습니다. 각하도 아시다시피, 외적의 침입에 대비해서 도시 내 일정 구역 단위로 격벽(隔壁)이 처져 있고, 격벽마다 격벽 안쪽 구역을 모두 함몰시킬 수 있는 대량의 폭약이 설치되어 있습니다. 보석 궁전 내벽에도 폭약이 설치되어 있습니다. 이 반란 패거리들을 일거에 섬멸하기에 이보다 더 좋은 방책이 없습니다. 각하가 폭약 사용을 명령하시면, 반란은 단숨에 종식됩니다."
티로노스는 말을 잃고, 또다시 깊은 생각에 잠긴다. 몹시 어둡고 외로워 보인다. 반란을 종식시키고자 보석궁전을 폭파하는 최후수단이 호화찬란한 보석 문화재를 모조리 파괴하는 결과를 가져오는 것이기에 상심하는 고뇌도 있지만, 궁전 안에 남겨진 충성스런 부하들과 신전 및 신관들을 희생시켜야 한다는 것이 더욱 더 티로노스를 고뇌에 빠뜨린다. 명령을 재촉하는 경비대장의 눈빛을 보며, 마음이 타고 또 타들어간다. 티로노스는 망설인다.

온통 침묵이 압도하는 분위기에서 경비대장이 먼저 말문을 연다.

"각하, 통치자의 제1덕목은 분별력이고, 제2덕목은 인내심이며, 제3덕목은 냉혹함이라는 선조들의 유훈을 잊으셨습니까? 저 도당을 박멸하려면, 냉혹해지셔야 합니다."

제1 통치위원도 경비대장을 거든다.

"각하, 냉혹해야 할 때 유약한 통치자는 간신에게 생명을 주고, 관대해야 할 때 냉혹한 통치자는 충신에게 죽음을 줍니다. 냉혹해야 할 때 냉혹해져야 하고, 관대해야 할 때 관대해져야 합니다. 지금은 냉혹하셔야 할 때입니다. 이를 잘 분별하셔서 제1덕목까지 보여 주십시오."

경비대장과 제1 통치위원으로부터 냉혹해져야 한다는 말을 거듭 들으면서, 티로노스에겐 제2 통치위원의 배신이 불러일으켰던 통한의 분노와 증오심이 재차 살아난다. 최고 통치자의 운명적인 국사 결정이라고 하더라도 이성보다는 불같은 감정이 좌우하는 수가 많다. 티로노스 마음속의 분노와 증오심이 드디어 보석궁전에 대한 미련을 누르고 마지막 결단을 내리게 한다. 미련을 갖는다는 것은 미련한 일인가?

눈은 눈물을 머금고, 목소리는 비애에 잠겨서 티로노스가 입을 연다.

"경비대장, 긴 말 하지 않겠다. 보석궁전을 폭파하라. 폭파를 허락한다."

티로노스는 고개가 꺾이며 그 자리에 주저앉는다. 부관이 그를 부축하여 일으켜 세운다.

티로노스의 허락이 떨어지자, 경비대장이 일행에게 주의시킨다.

"각하 그리고 여러분! 엄청난 폭파가 예상되오니, 저편 궁전 건립 기념탑 뒤편으로 몸을 피해 주시기 바랍니다. 5분 후 발파 리모컨을 작동하겠습니다."

일행 모두가 피신한 것을 확인한 경비대장은 자신도 부하들과 함께 뒤편으로 물러선 후, 허리 벨트에 부착된 케이스를 열고 폭파용 리모컨을 꺼내 폭파 준비 입력작업을 끝낸다. 그리곤 몸을 돌려 보석궁전 쪽을 향한다. 그 역시 리모컨 발파단추를 즉시 누르지 못하고, 한동안 주춤한다. 그러나 이를 악무는 듯하더니, 세차게 단추를 누른다.

일순간 시각을 잃을 정도로 밝은 섬광이 번쩍하더니, 이윽고 산더미 같은 파도가 밀려오듯 폭파의 열풍과 굉음이 몰려온다. 몸이 휘청한다. 잠시 후, 위편에서 가득히 보석의 눈송이가 내려온다. 보석의 눈보라도 몰아친다. 주먹만큼이나 큰 보석의 덩어리가 떨어지고 나서, 팥알만큼이나 잔 보석의 눈송이와 가루가 된 보석의 눈보라가 우수수 일행의 몸을 덮는다. 모두들 보석으로 몸을 도배한다. 보석궁전이 폭파되는 것은 애석하기 짝이 없는 불행이지만, 반짝이는 보석의 눈송이가 머리 위편 사방팔방에서 후드득 후드득 떨어지는 장면은 만고천하의 장관이다. 비극도 이토록 아름다울 수 있다니….

비탄의 아름다움이 환희의 아름다움 보다 더 절절히 마음을 파고들다니….

티로노스가 몸을 털면서 센타크논에게 말한다.

"귀하는 이 행성을 빨리 떠나셔야겠습니다. 먼저 작업 모듈로 가셔서 산·수소 포집작업을 속히 끝내고, 도시 밖으로 나가십시오. 작별 인사는 생략하기로 합시다. 나는 한시 바삐 궁전 밖에 있는 반란세력의 잔당이 마지막 발악으로 살육을 자행하기 전에, 그리고 다른 지하도시로 탈출하기 전에 모조리 섬멸하러 가야 합니다."

그리곤 부관 한 사람에게 지시한다.

"올림포스인들을 대동해서 저 경비차량을 타고 그들의 포집장소에 가서 작업이 끝나는 대로 대원들을 도시 밖으로 나갈 수 있게 인도하라!"

지시를 하자마자 티로노스는 경비대장을 앞세우고 디감마 행성인들과 함께 경비대 본부로 향한다.

센타크논 일행은 티로노스 부관의 차량을 타고 산·수소 포집장소에 도착한다. 산소 응집 얼음층과 농축 수소 결정체가 순도 높은 것이어서 작업속도가 빨라진 덕택에, A-2, A-7 대원은 포집과 농축 작업을 끝내고 때 마침 모듈 저장탱크에 옮겨 싣는 중이었다. 센타크논과 A-5 대원은 얼른 차량에서 내려 모듈로 갈아탄다. 모듈 안에서나마 놀랜 마음을 진정시키고 안도감을 가질 수 있으리라고 생각한다.

모듈 안에서 숨을 고른 후, A-5 퓨타고스 대원은 놀란 듯 우주복 헬멧을 센타크논에게 내보이면서

"대장님, 이거, 이 헬멧 안에 크고 작은 보석들이 꽤나 많이 들어 있습니다. 이거, 궁전 폭파 후 떨어져 내린 보석 덩어리가 팔에 끼고 있던 헬멧 속으로 들어올 정도로 많았던 모양입니다. 이거, 대장님 헬멧은 어떻습니까?"

(그새 퓨타고스 대원은 티로노스의 말버릇을 닮아 있다. 퓨타고스 대원이 가져 온 것은 보석만이 아니고, 외계인의 말버릇까지다.) 그런데 센타크논의 헬멧 안에는 보석이 없다. 헬멧 외부 장치에 팥알만한 보석들이 끼어 있는 게 고작이다. 센타크논은 퓨타고스 대원의 헬멧 안에 보석이 들어간 것이 우연이 아니라 고의일 수도 있다는 어림짐작을 해보고, 쓴웃음을 짓는다.

"우리가 본국에 돌아가서 보석궁전 이야기를 해도 모두들 반신반의할 터인데, 헬멧 안의 보석들은 좋은 증거물이 될 거다. 모듈 안 1번 보관함에 넣어두도록 하라."

농축 산·수소를 저장탱크에 옮겨 싣고 나서, 티로노스 부관 차량의 인도 하에 모듈 A2호는 곧바로 지하도시를 빠져나간다. 센타크논과 퓨타고스 대원이 모듈 A1호에 옮겨 탄 후, 모듈 세 대는 행성 상공 100km에서 정지비행하고 있는 두 척의 우주선에 입거(入渠)한다. 작전을 무사히 마친 대원들은 우주선 안의 대원들과 뜨거운

인사를 나눈다. 행성 상공에 오래 지체할 필요가 없기에, 센타크논은 1호와 2호 우주선의 항법사에게 행성 지구를 향해 전속력 항해할 것을 지시한다. 아울러 우주선 후미로 디감마 행성을 향해 작별의 노란 불꽃 3다발씩을 발사하도록 한다.

우주선이 우주 비행을 시작한지 한 시간 가량이 지나서, 약간의 휴식을 취한 센타크논의 머릿속에는 디감마 행성에서 벌어진 일들이 주마등처럼 스쳐지나간다. 마지막 극적인 무대를 연출한 제2 통치위원의 반란사건과 보석궁전의 폭파사건이 강렬하게 떠오른다. 센타크논이 탄식하듯 읊조린다.

"십년의 신뢰가 한 순간에 배신으로 돌아오는구나!
천년의 건설이 한 순간에 파괴로 무너지는구나!
역사는 그런 것!
역사의 첫 장은 하루아침에 써지지 않지만,
역사의 끝 장은 하루저녁에 지워진다.
건설은 어렵고, 파괴는 쉽다.
건설은 누군가가 하지만,
파괴는 아무나 한다."

한탄하는 가운데, 센타크논의 깨달음은 행성 차원에서 우주 차원으로 심화된다. 지도자의 진정한 덕목과 지혜가 무엇인가도 반추한다.

제3장 센타크논의 두 번째 시련

제7화
센타크논이 우주폭풍을 만나 우주선 한 척을 잃다.

디감마 행성을 떠난 뒤, 우주선 아칸투스호와 디반투스호는 한 달간 우주를 순항(順航)한다. 그동안 대원들은 나름대로의 개인생활을 즐긴다. 영화를 보기도 하고, 게임에 몰두하기도 하고, 책도 읽고, 운동도 하고, 노래도 부르고, 나름대로 기록도 정리하고, 우주선 창밖으로 캄캄한 세계를 내다보며 상념에 잠기기도 하고…. 그 중에는 우주선이 향하는 행성 지구의 기본 정보를 검색해보고, 곰곰이 생각에 잠기는 대원도 있다.

가장 기다려지는 시간은 본국의 가족, 친지들과 화상으로 소식을 주고받는 때이다. 개인적 화상 통신은 일주일에 한 번 1시간씩 허용되는데, 우주선 속도가 광속의 절반을 넘으니까 고향으로부터의 소식이라고 해도 올림포스를 출항하고 반년쯤 지난 소식을 그제야 접하게 되는 셈이다.

가장 호된 시간은 매일 아침 체력 검사를 하고 나서, 대원 개인별로 뒤떨어지는 기능의 체력을 보강하기 위하여 특수훈련을 실시하는 때이다. 미소중력상태에서 장기간 우주항해를 하는 우주인은 뼈와 근육의 손실이 발생하지만, 두 우주선은 올림포스 행성의 지표면 중력과 다름없는 환경에서 대원들이 살아갈 수 있도록 인공중력상태를 조성해 놓고 있다. 크다고 하면 크다고 할 수 있는 대형 우주선인데, 그래도 우주선 안인만큼 대원들에게 운동이 부족할 것은 당연한 일이다. 센타크논은 대원들의 체력이 약화되지 않도록 엄격한 체력검사와 체력강화 프로그램을 실시하고 있다.

우주 순항을 한 지 한 달쯤 지나, 센타크논은 1호선 전 대원을 함교(艦橋)로 소집하고, 2호선 전 대원은 1호선과 접속된 대형 화상회의 스크린 앞에 집합시킨다. 자못 긴장된 얼굴로 센타크논이 말한다. "대원들, 그동안 괜찮은 시간을 보냈다. 그러나 이제 우리의 우주항해 중 가장 위험한 구역을 통과해야 하는 시련의 순간이 다가오고 있다. 우리 우주선이 입실론 은하를 벗어나서 밀키 웨이 은하에 접어드는 가공(可恐)할 순간이다. 바로 내일! 입실론 은하와 밀키 웨이 은하의 회전운동 에너지가 위 아래에서 서로 부딪치는 지점을 통과하게 된다. 이 지점을 두 은하의 '대치구간'이라고 한다. 입실론 은하는 상대적으로 느리게 회전하고 밀키 웨이 은하는 빠르게 회전하며, 두 은하의 중력과 자기장의 세기 그리고 복사 강도의 차이로 말미암아 우주 역학의 변곡점(Singularity)을 형성하는 대치구간에서는 때때로 가공할만한 우주폭풍(cosmic storm)이 발생한다. 이 우주폭풍을 우주 역학적 관점에서 보자면, 회전하는 두 은하의 충돌을 억지하는 조절기능을 수행하는 것이다. 그러나 우주비행의 관점에서 보자면, 가장 위험한 통과 구역이 된다. 대치구간에 우주먼지가 밀집된 거대한 구름층, 즉 성운이 있으며, 그 성운 내에서 먼지 폭풍(dust storm)이 발생하여 우주선에 심대한 타격을 줄 수 있다. 대원들도 알다시피, 성운 지대의 규모는 지름 2–3 광년 정도는 예사이기 때문에, 성운 지대를 우회해서 항해할 수는 없다. 우리는 비교적 성긴 먼지구름층을 항로로 잡아서 통과하고자 하겠지만, 우주의 오묘함이 불확실성, 불가측성(不可測性)에 있는 만큼, 대치구간 통과 시에 최상의 주의를 기울여주기 바란다. 내일을 대비해서 오늘 하루 충분한 휴식을 취하도록 하라. 다 같이 행운을 기원합시다. 이상이다."

이튿날 센타크논이 크게 걱정하던 날이 시작된다. 아직은 고요한 우주 공간을 미끄러지듯 항해하고 있다. 그러나 센타크논은 폭풍 전야의 고요함이라는 걸 잘 알고 있다. 우주선은 일순간 무슨 일이 일어날지 모르는 대치구간에 들어섰기 때문에, 함교 정면의 항해 스크린을 마주보고 있는 센타크논 옆에는 부함장 A-2 대원과 항법사 A-3 대원이 꼭 붙어있다. 아칸투스호를 뒤따르는 2호 우주선 디반투스호 안에서도 함장 D-1 대원을 둘러싸고 마찬가지 상황이 벌어져 있다.

센타크논의 명령이 떨어진다.
"우주선 속도 0.03C로 감속한다. 자동항법 비행시스템을 수동비행방식으로 변경한다. 항법사는 수동비행에 임한다. 속도 0.03C에 이르면, 성운 관측카메라의 해상도를 5배 높이고, 우주폭풍 관측용 분광기(分光器, spectroscope)를 가동한다."

우주먼지폭풍의 출현 장소와 진로가 불확실하기 때문에 그때그때 돌발적으로 내습하는 폭풍을 파악하고 회피하기 위해서는 우주선 속도를 낮추고 우주선을 수동으로 조종할 필요가 있다. 감속한지 1시간가량이 지나자 우주공간 환경이 변하기 시작한다. 입실론 은하와 밀키 웨이 은하의 중력의 차이와 내뿜는 복사 강도의 차이로 말미암아, 근접 회전하는 두 은하의 나선팔이 다소 뒤틀리면서, 에너지의 팽팽한 대치국면이 형성된 우주 공간에서 우주먼지와 성간가스가 위 아래로 요동친다. 이 대치구간을 비행하는 우주선도 함께 흔들리면서 항진하게 되는데, 단거리 항로를 수정해가면서 먼 목표지점을 잃지 않으려고 한다.

우주선 전면에 우주먼지와 성간가스가 엷게 모여 있는 성무층(星霧層)이 먼저 나타난다. 안개가 낀 듯 시야가 어렴풋한 성무 지대를 반시간가량 비행한 다음에 먼지와 가스가 밀집되어 있는 성운층(星雲層)이 나타난다. 이제 우주선은 성운 지대로 들어선다. 대치구간에 있는 성운은 평화로운 녀석이 아니다. 잔뜩 성이 나있다. 화가 나서 불끈 불끈 성질을 부리고 있는 것이 육안으로도 관측카메라로도 보인다. 그 화풀이가 우주폭풍이다. 거인 타이탄(Titan)이 진노해서 땅을 두드리면 행성 전체가 흔들리듯, 화난 성운의 포효는 두 은하를 갈라놓는 듯하다.

우주폭풍지대에서는 뭉쳐진 우주먼지가 거대한 깔때기 모양의 돌개바람으로 휘몰아쳐온다. 회오리 깔때기의 수평방향 크기는 아래쪽 폭이 일이백 km, 위쪽 폭이 수천 km, 수직 방향 길이는 일이만 km, 이동 속도는 초속 수천 km이다. 이 녀석들이 제일 무서운 건 아무 때나 불쑥 불쑥 나타나서, 아무 방향으로나 진로를 종잡을 수 없이 휘몰아쳐 나간다는 것이다. 그리고 엄청난 흡인력으로 주변의 먼지와 가스를 빨아들이면서 덩치를 키우고, 운 나쁘게 폭풍 중심부에 들어오게 된 물질은 미친 듯 집어 삼켜 버린다. 우주폭풍의 중심부에 눈(eye)이 있어서 눈꺼풀(eye wall) 밖에서는 모든 것을 휘감아 올리고, 눈꺼풀 안에서는 들어온 모든 것을 순식간에 빨아 내린다. 마치 폭풍 중심부에 소형 블랙홀을 갖고 있는 듯한 거대한 회전 먼지기둥이다.

성운지역에 들어서자 우주선 항로 전면에 우주폭풍 한두 개씩 나타난다. 다소 시간이 지나자, 우주폭풍은 점점 늘어나면서 대여섯 개가 빈 우주공간을 이리저리 휘젓고 다닌다. 우주선은 그 사이를 곡예 하듯 빠져나간다. 우주폭풍들이 품고 있는 음에너지 전자와 양에너지 전자 사이에 강력한 방전(放電) 현상이 발생해서, 어렴풋한 밝기의 성운 공간에 수시로 눈부신 번개가 친다. 이곳의 성운은 연한 분홍빛을 내는 발광(發光) 성운(emission nebula)이다. 분홍빛 우주 공간을 번쩍이는 하얀 칼로 이리 저리 베어내듯 번개가 친다. 우주폭풍의 숫자가 더욱 늘어난다. 열개가 넘는 녀석들이 우주선 앞과 뒤에서, 좌우에서, 위아래에서 정신 차리기 힘들 만큼 출몰한다. 도깨비를 상대하듯 우주선을 조종하는 항법사의 얼굴이 흠뻑 땀에 젖는다.

초긴장상태에서 항진하는 2호선 디반투스호에 불행이 찾아든다. 2호선이 두 개의 우주폭풍 사이를 빠져나가는 것까지는 좋았는데, 그 두 폭풍이 일순 합쳐져서 하나의 큰 회오리 먼지기둥으로 변하리라는 것만큼은 예상하지 못한 것이다. 2호선은 불행히도 이동 경로가 같고 회오리치는 방향이 같은 두 개의 우주폭풍이 접근하는 길목에 들어선 것이다. 이 때 두 폭풍이 순식간에 합쳐지면서 강력해진 소용돌이 에너지에 휩쓸려, 2호선은 새로 만들어진 폭풍 한가운데로 끌려들어가게 된다. 하나가 된 새로운 우주폭풍의 중심부에는 '2중의 눈'이 형성되어 - 흡사 블랙홀 안에 또 하나의 블랙홀이 만들어진 듯 -, 그 안에서는 우리가 도저히 상상할 수 없는 해괴망측한 일이 벌어질 것으로 짐작된다.

2호선이 우주폭풍의 눈 속으로 사라지는 것을 생생히 목격하고 2호선과의 모든 교신이 끊어진 것을 확인한 센타크논은 혼절할 듯이 절망한다. 2호선이 우주폭풍 2중 눈의 밑바닥에 도달하면, 믹서기 (blender) 아래의 칼날에 갈리듯, 모든 게 가루가 되게끔 갈아져서 우주먼지로 화할 수도 있다. 아니면, 2호선이 우주폭풍의 눈의 마지막 밑바닥까지 도달했다가 좁은 깔때기 아래 구멍 밖으로 내팽겨 쳐져서, 순식간에 은하의 변두리 몇 만 광년의 거리 밖으로 내던져질 수도 있다.

우리는 디반투스호가 처한 불행한 운명을 알 길이 없다.

센타크논이 망연자실해 있는 시간도 잠시, 1호선은 남아 있는 대치구간을 무사히 빠져나가야 하는 숙제를 풀어야 한다. 또다시 출몰한 예닐곱 개의 우주 폭풍을 잘 회피하고 나자, 성운지대는 약간 잠잠해진다. 성운의 화풀이가 거의 끝난 듯하다. 그래도 1호선 대원들 모두가 긴장을 놓지 않고 두 시간 정도 더 비행을 한다. 성운 관측 카메라와 분광기가 두 은하 사이의 대치구간을 완전히 통과했음을 알린다. 우주선의 속도를 높인다. 한 시간 가량 지나자 거리자동측정비행장치는 아칸투스호가 입실론 은하를 벗어나서 밀키 웨이 은하에 들어섰음을 알린다. 이젠 안심해도 된다.

곧바로 센타크논은 디반투스호와 그 대원들의 최후를 애도하는 장례식을 치른다. 먼저 A-5 대원으로 하여금 2호선 전 대원에게 애도의 조전 부호 ♯를 발신하도록 한다. 그 다음 1호선 후미로 애도의 푸른 불꽃 4다발을 발사하게 한다. 1호선 전 대원은 30초간 머리 숙여 무릎 꿇고, 2호선 대원들의 얼굴을 떠올린다. 센타크논은 2호선 대원들의 이름과 사진이 찍힌 올림포스 행성국의 국기 9개를 잘 접어서 개개의 특수포장 상자에 넣은 후, 우주선 밖으로 날려 보내도록 명령한다.

간소한 장례식을 끝낸 센타크논은 전속력 5차원 비행방식으로 지구를 향해 항진할 것을 지시하고 나서, 1호선 함장실에 혼자 틀어박힌다. 지구로의 우주항해에 우주선 2척을 잃고 나니, 지구탐사 후에 올림포스 귀환 비행을 하기까지 1호선이 살아남을 수 있을지 자신이 없다. 1호선마저 불행을 당한다고 하더라도 - 동포가 이주할 행성을 찾아 떠난 3척의 우주선이 모두 허망하게 사라진다고 하더라도 - 그동안의 우주항해 화상기록은 고스란히 본국으로 자동전송되어 있어서, 앞으로 있을 우주탐사대 제2진에게 귀한 우주사(宇宙史)를 남기게 되는 것이라고 스스로를 위로한다.

'큰 성공은 당대에 빛나는 역사의 한 장면이고, 큰 패배는 후대에 뼈아픈 역사의 한 장면이다.'

온갖 상념과 비탄에 잠겨, 센타크논이 읊는다.

"억겁 세월을 살면서,
　우주먼지에서 빚어져, 우주먼지로 돌아가는 행성,
　백년 세월을 살면서,
　흙에서 빚어져, 흙으로 돌아가는 행성인,
　광대무변한 우주의 한 티끌인 그 행성 위에서
　찰나의 순간을 한 티끌로 살아가는 이 행성인에게

　허무가 무엇이고, 영광이 무엇인가?
　무엇이 비탄이고, 무엇이 환희인가?

국가는 무엇이고, 개인은 무엇인가?
무엇이 예술이고, 무엇이 학문인가?

왜 사랑에 웃고, 우는가?
왜 믿으면서, 의심하는가?
왜 절망하면서, 꿈을 갖는가?
왜 남을 죽이면서, 자신도 죽이는가?

우주는 어디서 와서, 어디로 가는가?
우리는 어디서 와서, 어디로 가는가?
우주는 왜 존재하는가?
우리는 왜 존재하는가?

삶이 무엇이고, 죽음은 무엇인가?
모두들 어찌 살고, 어찌 죽는가?

우린 모두,
티끌 행성 위에서 찰나를 살아가는 티끌 인간인 것을…."

이제 지구에로의 우주항해는 1호선 아칸투스호 단독으로 수행하게 된다.

CENTAKNON

제2편

센타크논의 지구 도착

제1장 센타크논과 지구

제8화
아칸투스호가 지구에 착륙하다.

밀키 웨이 은하에 들어선 아칸투스호는 전속력으로 순항(順航)을 지속한다. 센타크논이 부함장 A-2 페터스 대원과 항법사 A-3 디렉소스 대원에게 지시한다.

"행성 지구와 접근 거리 50만km가 되면, 전속력 비행방식을 수소 핵융합 추력비행방식으로 변경하여 우주선 비행속도를 0.01C로 감속한다. 동시에 우주선에 보호막을 장착하여 지구인의 레이더망에 포착되지 않도록 한다. 지구 상공 500km에 도달하면 궤도 비행하면서 내 지시를 기다린다."

대치구간을 벗어난 후, 남은 지구까지의 거리는 0.59광년, 우주선 최고속도 0.61C로는 대략 350일이 걸린다. 올림포스 출항 시 준비된 관측자료에 의하면, 밀키 웨이 은하에 들어선 이후 지구 도착까지는 별다른 장애 구간이 없는 것으로 되어있다. 모든 대원들이 순탄한 우주항해기간을 누린다.

함장실에서 자고 있는 센타크논의 팔찌에 신호음이 진동한다. 잠에서 깨어나 두어 번 심호흡을 하고 나서, 팔찌에 내장된 우주선 통신망에 접속한다. 항법사 디렉소스 대원이 알린다.

"대장님, 현재 지구 상공 500km에 도달하여 궤도 비행을 하고 있
는 중입니다. 지시를 기다리고 있습니다."

센타크논: "잠시 후 함교로 가겠다. 모든 대원들을 함교 앞에 집
합시켜라."

함교에 도착한 센타크논이 앞에 정렬한 대원 8명에게 연설한다.

"대원 제군! 우리는 이제 오랜 우주항해의 최종 목적지인 행성 지
구 상공 500km에 도착하였다. 우주선 두 척을 잃는 아픔을 겪고, 2
년 가까이 소요하여, 드디어 우리의 동포 올림포스인이 살아남을 행
성을 탐사하게 된다. 대원 모두가 목적지에 오기까지 겪은 신고(辛
苦)에 감읍하면서, 앞으로의 지구탐사와 지구인 탐색에 최선을 다해
주기 바란다. 올림포스인이 우주에서 멸종되느냐 살아남느냐 하는
운명이 앞으로 치를 우리의 희생에 달려 있다.

우리는 먼저 지구 표면을 경도로는 8등분해서 8회전, 위도로는 5
등분해서 나선형 회전 5회, 도합 13회를 행성 상공 100km에서 스
캔 비행하게 된다. 비행속도는 1회전에 평균 1시간, 위도 회전비행
에서는 거리에 따라 비행시간을 증감한다. 제1차 13회전 스캔 비행
에서는 지구 지표면을 정밀 관찰한다. 2차 13회전 스캔 비행에서는
지구 대기층과 지표면 아래 900m까지의 지각 구조를 탐색한다. 3
차 13회전 스캔 비행의 목적은 지구인으로부터 아칸투스호를 은폐
할 정박 장소를 물색하는 것이다. 1차와 2차 비행 후 정지궤도에서
의 휴식시간은 12시간씩이다. 전 대원은 스캔 비행 시 제공되는 지

구 탐색화면과 분석자료를 숙지하고, 개인용 팔찌 컴퓨터에 저장하도록 한다.

지구인이 현재 사용하고 있는 언어체계는 타입 L-35001에서부터 35098까지이고, 그들의 고대 언어와 상형문자는 타입 S-65001에서부터 65045까지이다. 지구인의 고대어의 기본체계인 S-65001은 우리 고대어의 기본체계와 일치한다. S-65001은 그들이 바벨탑을 쌓기 전에 존재했던 언어라고 한다. 언어소통기 L-350 채널에 접속하면, 지구인의 서로 다른 언어를 자동 변환하여 그들의 언어로 대화하고 문자를 해독할 수 있다. 고대어에의 접속은 S-650 채널을 사용한다.

2시간 후 1차 13회전 스캔 비행을 시작한다. 질문이 없으면 해산하여 각자의 위치로 복귀한다. 복귀 후, 지구의 병원균에 대한 복합면역제를 즉시 복용하도록 한다. 이상이다."

약간의 휴식시간이 주어지고 나서, 우주선은 1차 스캔 비행에 돌입한다. 모두들 흥분한 분위기에서 항해 스크린을 주시한다. 우선 행성 지구와 지구인에 관한 기본정보가 제공된다. 올림포스 출항 전, 대원들을 위한 탐사준비 사전교육에서 철저히 주지된 내용이지만, 워낙 중요한 자료이어서 화면 첫 장면을 장식한다. 앞으로 뜨는 항해 스크린의 실황 화면이 이 기본정보에 살과 피와 숨을 불어넣게 되어, 대원들은 지구의 생생한 모습을 체험하게 된다.

다음은 항해 스크린에 제공된 행성 '지구'(Earth)에 관한 기본정보이다.

[공 모양의 천체로서 생성 연한은 46억년. 태양계 8개 행성 중 세 번째, 지름 12800km의 크기로, 질량, 표준 중력, 대기 두께, 대기 밀도, 대기 압력이 올림포스 행성과 흡사함. 대기 하부층 성분은 질소 78%, 산소 21%이고, 지표면 온도 분포는 58℃에서 −88℃까지임. 항성 태양(Sun)을 도는 지구의 공전주기는 항성 누스(Nus)를 도는 올림포스의 공전 주기와 마찬가지로 365일이고, 자전 주기 24시간도 동일함. 다른 점은 위성의 개수로서 지구는 1개의 달(Moon)을 갖고 있고, 올림포스는 2개임. 지구의 내부는 지각, 맨틀, 외핵, 내핵의 4개 층으로 구성되어 있으며, 5–50km 두께의 지각 층 표면은 70%가 물, 30%가 육지로 덮여 있음.

지구에 분포하고 있는 생물은 약 300만 종인데, 100만 종 가량의 곤충을 포함한 대략 150만 종의 동물, 30만 종 이상의 식물, 기타 균류(菌類, fungi)와 미생물(microorganism) 등 극히 다양하게 구성됨.]

'지구인'(Earthling)에 관하여 항해 스크린에 제공된 기본정보는 다음과 같다.

[직립보행하는 포유류로서, 두뇌와 감각기관이 발달한 고등 영장목(靈長目)임. 군집생활을 하고, 이성 간 짝짓기로 번식함. 체격과 생김새는 올림포스 행성인과 흡사함. 피부는 백색, 흑색, 황색 세

종류임.

원인류(猿人類)가 수백만 년 동안 진화를 거듭해서 도달하게 된 신인류(新人類, Homo sapiens sapiens)가 오늘날의 지구인으로서, 신인류는 출현한 지 3만5천년 정도가 된 것으로 추정함. 현재 개체수 73억이 넘는 신인류가 지구 지표면의 육지 전역에 서식하고 있음.

다음은 올림포스인과 비교되는 중요한 표지임. 300단위를 기준으로 해서 영성지수가 올림포스인은 170, 지구인은 60. 지구인 중, 신을 믿는 신도 수는 많으나, 영성은 낮음. 지능지수가 올림포스인 160, 지구인 115, 체력지수가 올림포스인 165, 지구인 120. 지적 생명체 진화 종합단계 10등급 중, 올림포스인은 8단계, 지구인은 3단계에 위치함.

지구인은 과학과 기술의 효율성, 편의성 그리고 문화의 보편성을 토대로 결속하는 평화적 측면이 있는가 하면, 종교, 민족, 피부색의 상이함을 이유로 반목하고 살육, 전쟁을 일삼는 잔인한 측면도 있음.]

아칸투스호가 지구의 5대양 6대주를 스캔 비행한다. 지표면을 촬영하는 우주선의 망원카메라는 흡사 고공에서 사냥감을 찾는 독수리의 눈과 같다. 우주선 아래를 넓게 훑어보기도 하고, 한 지점을 떠올려 자세히 들여다보기도 한다. 대원들은 그 동안 아름다운 고향 올림포스 행성이 무척이나 그리웠다. 그러나 2년여의 적막하기 짝이 없는 우주여행 다음에 홀연히 나타난 지구의 자태는 짜릿하리만큼 황홀하다. 어머니 곁을 오래도록 충성스럽게 지킨 아들도 대견하지만, 10년 만에 초췌해져 집으로 돌아온 탕아 자식도 눈에 놓칠세라 자꾸 바라보는 어머니의 시선 이상으로 절절하게, 대원 모두가 지구를 관찰한다기보다는 감상하고 있다.

해 뜰 즈음 황금빛으로 출렁이는 바다에 점점이 박혀있는 섬들, 한낮 건강한 땀 냄새를 풀풀 쏟아내는 짙푸른 삼림, 해질 무렵 진홍빛 구름 사이로 얼굴 내미는 산하(山河), 한밤 중 지구인들이 요란하게 빚어내는 불빛 찬란한 도시의 야경, 우뚝 솟아오른 산봉우리의 만년설, 내리 쏟아지는 빙산 조각 먼 너머로 대양을 가르는 고래떼, 드넓은 초원을 종횡무진 뛰노는 망아지들, 수십 마리 수백 마리씩 대오를 갖춰 대륙 간을 이동하는 창공의 철새 무리, 자글자글 일렁이는 아지랑이, 세차게 몰아치는 폭풍우, 그 무엇 하나 감격스럽지 않은 광경이 없다.

센타크논이 경이로운 지구를 보면서, 그 지구에서 살고 있는 지구인들에게 들려줄 법한 이야기를 혼자 읊조린다.

"지구는 아름답지, 참으로 아름다워!
지구가 아름다운지 모른다면,
캄캄한 우주를 날아 보고, 황량한 행성에 있어 보아!
그러면 알게 될 거야, 지구가 얼마나 아름다운지,
당신이 태어난 걸 저주한다 해도,

지구의 아름다움을 알게 되면, 태어난 걸 축복으로 생각할 거야,

당신의 아픔과 울음을, 지구는 기쁨과 웃음으로 치유해주지!

그러니 지구는 천국이지!

당신이 지옥에서 살더라도, 당신을 둘러싼 지구는 천국이야!

그걸 이제야 알게 되었어? 당신은 정말 바보야!

아름답고 귀중한 지구는 바로 당신 옆에 있어!

같이 한번 지구를 구경 가겠어?

눈물을 씻고, 아픔을 털고, 내 손을 잡아!

내가 너와 함께 지구를 여행해 볼게!

지구 여행은 바보와 함께 해야 해!

눈물 씻어도 눈물 나고, 아픔 털어도 아파 오면,

너는 바보야!

어떻게 할지 모르겠다고?

그냥 바라보면 돼,

지구는 네 엄마야! 이 바보야!"

아칸투스호는 2차와 3차의 스캔 비행까지도 끝마친다. 센타크논은 우주선이 지구인에게 포착되지 않을 은폐 장소를 선정하기 위하여 페터스 대원과 디렉소스 대원을 모아 놓고 의논한다. 먼저 페터스 대원이 말한다.

"저는 아시아 대륙에 위치한 높은 산맥 안쪽 한적한 협곡을 후보지로 관찰했습니다. 다음으론 아프리카 대륙의 내버려진 사막도 눈

여겨보았습니다."

다음으로 디렉소스 대원이 말한다.

"저는 남아메리카 대륙에 있는 깊숙한 동굴 속을 후보지로 검토하였습니다. 북빙양에 있는 빙산 안도 고려해보았습니다."

모두 지구인들의 발길과 시선이 거의 닿지 않는 오지이다.

마지막으로 센타크논이 말한다.

"나는 서태평양 바다 깊이 자리 잡은 해구를 살펴보았다."

셋이서 후보지 다섯 곳의 지형과 지구인과의 접근성을 면밀히 검토하고, 장단점을 따져본다. 한참 만에 결론에 다다른다. 그들은 바다 속 깊은 절벽 아래 해구 중 한 곳을 택했다. 북위 11° 22′, 동경 142° 35′ 부근, 수심 10km가 넘는 곳이다. 지구인의 해저탐사선이 선호하는 심해 지점인가도 유의하였다.

아칸투스호는 보호막을 장착한 채 목표지점인 해구로 이동하여 심해 밑으로 잠수한 후, 필요한 위장을 끝냈다. 아칸투스호는 올림포스인의 첨단과학기술 덕택에 해저 10km에서의 엄청난 수압도 끄떡없이 견뎌낼 수 있도록 건조되었다. 탐사대원들이 아칸투스호 안에서 잠수상태로 2-3년을 조용히 보내는 것에 아무런 어려움이 없다. 필요한 일체의 생활재(生活財)를 우주선 내로 조달하는 일이나, 심해를 벗어나 지구 지표면 위로 올라가서 해야 할 일은 우주선이 보유하고 있는 다섯 대의 모듈을 사용해서 처리한다. 우주선의 외부 통신 문제는 해구 인근에 설치된 지구인의 해저통신케이블에 양방향 레이저광파 칩과 수중 안테나를 심어 놓는 것으로 쉽고 간단하게 해결한다. 통신 기능을 몰래 빌려 쓰는 셈이다. 대원들이 지구와 지구인에 관하여 알고 싶어 하는 지식·정보도 이 해저통신케이블에 접속하여 무엇이든 얻어낸다.

제2장 센타크논의 지구인 멸종 논의

제9화
센타크논이 지구인의 멸종 여부를 논의하다.

아칸투스호가 해구에 정착하고 나서 다섯 시간 정도 정비작업을 하고 상당한 휴식 시간을 가진 후, 센타크논은 대원 모두를 모아놓고, 중요한 임무를 시달한다.

"제군들! 우리는 세 차례의 스캔 비행을 통해 지구를 면밀히 관찰하였다. 여기서 나온 각종 기록과 분석 자료는 본국의 지구프로젝트 지휘본부에 자동 전송되었다. 지구가 우리 동포들이 살기에 적합한 생활환경을 갖고 있는가 하는 문제는 앞으로 본국의 과학자들이 전송된 자료를 가지고 본격적으로 연구할 것이다.

이제 내가 제군들에게 시달할 임무는 후일 본국으로 귀환하는 경우에 우주선 내에 싣고 본국으로 운반할 지구 고유(固有)의 샘플을 채집하는 일이다. 우주선이 보유한 5대의 모듈 가운데 세 대에 대원 2명씩 탑승하여 순차적으로 출동하여, 지표면 100km 상공에서 채집대상 물체를 레이저 광선으로 정밀 표시한 후, 초강력 흡입기로 모듈 내로 끌어올려 운반하면 된다. 채집에 앞서 대상 물체를 선정하는 작업이 중요하다. 지구의 다양한 암석, 광물, 식물, 동물 등의 표본, 동·식물의 종자(種子), 지구인이 고안·발명한 물건 등, 올림포스 출항 전 본부의 지시 품목 외에 우리 자체 판단으로 운반할 지구 재화를 추가하도록 한다. 지구인의 표본으로는 방부·소독 처리한 젊은 남녀 사체 1구씩을 가져가기로 한다. 채집 기간은 한 달 정도로 계획하고 있다. 그리고 지구인이 그동안 이룩한 지적(知的) 성과물은 일주일 내로 본국 지휘본부에 복사·전송할 계획이다.

또 하나의 중요한 임무가 있다. 우리 동포가 지구로 이주하는 경우에 올림포스인들과 지구인들이 평화롭게 공존할 수 있을지, 아니면 공존 전망이 극히 어두워 지구인을 완전히 멸종시켜버려야 할지를 결정함에 있어서 1차 결론을 내려 본국에 제시하는 임무이다. 지구인들이 신뢰할 수 있는 고등 생명체인지, 그리고 우리와 함께 지구를 책임질 수 있는 지적 생명체인가를 논의하는 회의를 열 계획이다. 이 회의에서 내려질 결론이 우리에게는 크게 심각한 문제는 아닐지라도, 지구인에게는 절체절명의 참극으로 닥칠 수 있는 운명지사(運命之事)이다. 우주에 있는 그 어떤 생명체도 거룩하지 않은 것이 없는 만큼, 지구인의 멸종 여부에 관한 논의는 영성의 경건함으로 마음을 가다듬고 신중에 신중을 거듭하여 한 달 후에 있을 회의에서 다루어주기 바란다. 귀국 시 운반할 대상물 채집기간 한 달 동안, 대원 모두는 지구인 멸종 여부에 관해서도 숙고해주기 바란다. 관련 논의를 하기 위하여 한 달 후 대원 전체 회의를 개최한다. 질문이 없으면 해산한다."

예정했던 한 달이 지난 후, 우주선 내 회의실에 센타크논까지 총

9명의 대원이 모여, 지구인을 말살시킬 것인가 하는 문제를 논의하기 시작한다. 지난 한 달 동안 대원들은 지구와 지구인에 관하여 엄청난 정보와 지식을 쌓았다. 대원들의 머리는 지구와 지구인에 관한 백과사전이 되어 있다. 이제 대원 각자는 어렵고도 무거운 숙제를 나름대로 풀어보고자, 준비한 자료를 잔뜩 모아 회의용 탁자 위에 쌓아 놓고 있다. 센타크논이 맨 먼저 부함장 페터스 대원의 의견을 듣고 싶어 한다. 페터스 대원이 거대 담론의 운을 뗀다.

페터스 대원: "저는 지구인이 지구 보전의 능력을 갖지 못한 무책임한 행성인이라고 판단하였기에, 지구인을 지구에서 멸종시켜야 한다는 의견입니다.
지구인은 지구를 엉망진창으로 만들어 놓았습니다. 지구의 몸뚱이는 환경오염으로 독성화되었고, 체온은 지구온난화로 고열에 시달리고 있으며, 체질은 기후변화로 이상해져, 지구는 중증의 환자가 되어버렸습니다. 지구인은 잘 모릅니다. 자연이 얼마나 속속들이 멍들었는지를! 그들이 직접 땅을 파내려가서 쓰레기 퀴퀴한 흙을 몸에 발라보고, 하천과 바다 속 깊이 내려가서 썩은 퇴적물 그리고 썩지도 않는 침전물로 빽빽한 밑바닥에 누워 보고, 분진과 악취가 진동하는 대기를 숨 쉬어 보아야 화들짝 놀랄 겁니다. 이렇게까지 되었나, 이렇게 되기까지 무얼 하고 있었나 하고, 한탄하겠지요. 그러나 때는 너무 늦었습니다.
'지구 파국의 속도는 빠르고, 지구 회복의 속도는 더딥니다.'

지구인은 다들 '살아남기 위해서'라든가 '먹고살기 위해서' 그랬다고 합니다. 살아남아야 한다는 것이 최상의 덕목이기도 하면서 구실이 되어서, 살아남기 위해서는 무슨 짓이든 하고 살아 온 고등동물이 지구인입니다. 살아남을 수만 있다면, 자연파괴는 물론이고 같은 지구인에게도 살육, 약탈, 모함, 배신, 사취, 착취, 학대 등등 못하는 짓이 없었습니다. 지구인의 살아남기 위한 악행이 몇천 년, 몇만 년 쌓여서, 지구인의 몸에는 악(惡)의 DNA가 심어졌습니다. 지구인의 악의 DNA는 종교로도, 도덕으로도, 교육으로도, 법으로도, 총칼로도 지워질 수 없습니다. 악의 DNA의 화살이 이제 지구인에게 환류(還流)되어, 지구파괴라는 재앙으로 날아오게 된 것입니다. '살아남기 위해서'라고 정당화한 악행이 마지막에는 '살아남기 위한' 환경을 무너뜨리게 된 것입니다.

선(善)한 DNA만이 지구를 구할 수 있습니다만, 지구인에게 선의 DNA가 뿌리내리기까지 수천 년, 수만 년을 기다릴 시간적 여유가 없습니다. 우리에겐 700년 정도의 시한밖에 남아 있지 않습니다. 살아남기 위해 무슨 짓이든 하는 지구인을 살아남지 못하게 합시다. 이들을 멸종시켜야 합니다. 우리 올림포스인이 이 아름다운 지구를 지킵시다. 그래서 우리가 진정한 지구인이 됩시다."

모두들 침울한 분위기에서 페터스 대원의 마지막 말을 듣고 있다. 그 어느 누가, 그 어느 생명체의 멸종을 달가워하겠는가?

센타크논이 계속한다.

"지구인 멸종에 또 찬성하는 대원이 있습니까? 찬성하는 대원들은 계속 발언해주기 바랍니다."

A-4 로지티 대원: "저는 지구인을 멸종시켜야 한다는 페터스 대원의 의견에 동조합니다. 저는 비참한 구렁텅이에 떨어져 있는 이웃을 태연하게 바라보고만 있는 지구인의 무자비함, 뻔뻔스러움을 멸종의 이유로 들고자 합니다.

지구에는 두 가지 계층의 지구인이 살아가고 있습니다. 한 계층은 진종일 땀 흘려 한 움큼 음식을 손에 넣는데, 다른 계층은 놀면서 먹다 버린 음식을 수레 가득 채웁니다. 한 계층은 뙤약볕 몇 십 리 걸어서 물 한통을 얻는데, 다른 계층은 자랑삼아 집 앞 수영장에 물을 가득 채웁니다. 한 계층은 하루를 살아갈 한 닢 동전에 감사하는데, 다른 계층은 잔치할 만 닢 금화에 불평합니다. 한 양푼 곡식이면, 굶는 이웃 살릴 수 있는데! 한 봉지 양약이면, 눈먼 이웃 눈뜰 수 있는데! 팔 뻗어 부축하면, 아픈 이웃 숨 쉴 수 있는데! 분연히 나서주면, 눌린 이웃 기뻘 수 있는데! 이편의 무심(無心)에 저편의 기아(飢餓)가 극심하며, 이편의 외면(外面)에 저편의 절규가 처절하고, 이편의 뻔뻔함에 저편의 고통이 지극합니다. 한 편의 침묵에 다른 편의 거악(巨惡)이 자행되고, 한 편의 방관에 다른 편의 부정(不正)이 창성하며, 한 편의 비겁에 다른 편의 만행이 방자합니다.

지구인은 자기들 중에 약간의 착한 사람들이 있어서 그래도 세상은 살 만한 곳이라고 미화하고 위로하는 모양입니다. 그러나 착각하고 있는 것입니다. 악한 지구인들 간의 견제와 균형이라는 역학 관계가 지구인의 위태위태한 삶을 떠받치고 있을 따름입니다. 악의 견제와 균형이 깨지면 지구인 사회에 비극이 일어납니다.

지구인들은 서로 뜯어먹으면서 살아가고, 지구를 뜯어먹으면서 살아 왔습니다. 그러다가 이 지경이 된 거지요. 그게 지구인의 삶의 모습이고, 신인류의 됨됨이입니다. 통탄해 땅을 치는 이웃의 억울함을 '그건 네 일이야, 내 일이 아니야'하고 아무렇지 않게 바라보고 있는 지구인을 어떻게 해야 하겠습니까?

멸종당하는 것은 지구인의 일이고, 멸종하는 과업은 올림포스인의 일입니다. 멸종당하는 것은 우리의 일이 아닙니다. 우리는 우리의 일을 합시다."

A-6 클라네스 대원: "무분별한 지구인의 인구증가문제도 지구인을 멸종시킬 이유가 됩니다. 지구인의 서식 개체수는 지구가 부담할 수 있는 적정 규모를 훨씬 초과하였습니다. 지구자원 소비가 높은 선진국에서는 저출산으로 인한 인구감소를 걱정하여 다산(多産)을 장려하고, 자원 소비가 낮은 후진국에서는 아무 대책 없이 무작정 낳다보니 다산하게 되어, 지구적 차원에서 보면 과도한 인구증가를 우려하지 않을 수 없습니다. 지구인 개인으로 보자면, 낳은 아이를 양육할 능력도 없이 책임지지도 못할 아이를 출산하는 것도 죄악입니다.

그 밖에 인구수에 더하여, 지구인의 삶의 질도 생각해보아야 합니다. 삶의 질을 높인다는 목표는 궁극적으로 왕족처럼 귀족처럼 살겠다는 것입니다. 선진국 지구인은 대부분 왕족처럼 엄청나게 소비하고 또 버리면서 살아갑니다. 고도 비만으로 걷기조차 힘든 지구인이 지천입니다. 그러면서도 먹고 또 먹습니다. 고대 로마가 최후에는 시민들의 고도비만으로 말미암아 멸망했음에도 불구하고, 어리석은 지구인은 다른 곳에서 멸망의 원인을 찾고 있습니다. 그들의 발등에 불이 떨어진 것도 모르고 있지요.

지구의 후진국까지도 생활수준, 그러니까 소비수준을 선진국처럼 올리게 된다면, 지구가 어떻게 73억 명이 넘는 공주님과 왕자님을 부양할 수 있겠습니까? 그들을 마지막으로 부양하는 것은 지구이니, 결국 지구가 헐벗는 수밖에 없지요. 지구는 지구인에게 자꾸 자꾸 자원을 빼앗기면서 초라해지고 메말라가고 여위어져, 드디어 죽게 됩니다. 지구는 지구인으로 말미암아 죽음의 별이 됩니다. 지구인은 이 뻔한 파국을 뻔히 내다보면서도, 전 지구적 차원에서 인구감축의 필요성을 공론화하려고 나서질 않습니다.

적정한 인구수라는 양적 관점과 소박한 삶이라는 질적 관점에서 책임지지 못할 지구인을 우리가 끝내 줍시다."

A-9 마로스 대원: "저도 앞서 발언한 세 분의 대원과 같은 의견입니다. 차제에 지구인을 멸종시키는 것이 옳습니다. 저는 지구인이 스스로 창조한 신에게 저지르는 가증스런 죄악을 고발하고자 합니다.

지구인은 불사의 거룩한 신을 예사롭게 만들어놓고, 예사롭게 죽입니다. 신을 죽이고 나서도, 또 자꾸 새로운 신을 만들어냅니다. 신을 철석같이 믿고 자신의 모든 것을 바치는 신도들을 기만하고 패악을 저지르는 자칭 성직자의 죄악도 하늘을 찌릅니다. 이제는 지구인이 신을 자처합니다. 지구에는 온갖 반신 반인(半神 半人)이 들끓습니다. 하찮은 능력을 가지고 입신의 경지니, 신의 한수니, 신의 품격이니 하면서, 식신(食神), 몸신, 야신(野神), 장사의 신, 공부의 신, 놀이의 신, 운동의 신 등등을 자처하고, 오만가지 일에 신의 칭호를 예사로 붙이는 교만의 극치를 달리는 지구인이 부지기수입니다. 신을 내세우고 죽이는 일을 장난처럼 하다가 지구인의 영성은 곤두박질쳤습니다. 신은 없어도, 영성은 있다는 사실을 그들이 알고 있을까요?

진정 신이 존재한다면, 신은 인간을 용서하고 구원하기보다는 인간을 절멸시키고야 말 것입니다. 신 앞에 패악무도한 자들을 어찌신이 살려 두겠습니까? 지구인들이 거룩한 신을 죽이듯, 우리가 지구인을 죽여야 할 차례입니다. 우리가 신을 대신해서 지구인을 단죄합시다."

A-6 클라네스 대원이 한 가지 주장을 더 한다.

"저는 지구인의 인구증가문제를 고발하였습니다. 거기에 더하여지구인의 동성애라는 죄악을 지적하고자 합니다. 지구인은 순수를 따르려는 맑은 영혼과 혼탁을 분별하는 이성을 가지고 태어납니다. 그래서 그들은 자칭 인간은 만물의 영장이라고 합니다. 그러한 인간이 - 출신과 신분이 천한 것이 아니라 드높음에도 불구하고 - 하는 짓은 천하기 짝이 없습니다. 제자리를 찾아 누릴 수 있는 아름다운 환희의 은총을 저버리고, 똥덩어리가 뭉친 똥구멍에나 해대는 천한 짓을 저지르면서, 그것을 성의 자유니 소수자의 인권이니 주장하고, 숨어서 해도 부끄러울 짓을 남더러 배워보라고 나대고 다니면서 하며, 심지어 똥구멍에 박을 합법적 결혼제도니, 동등한 사회보장이니 하면서 열을 올립니다."

"잠깐"

클라네스 대원의 발언을 제지하면서 센타크논이 주의를 준다.

"클라네스 대원은 똥구멍이라는 듣기 거북한 표현을 삼가하도록 하세요. 진지한 논의 자리에서 천한 말로 감정을 자극하는 것은 좋지 않습니다."

클라네스 대원: "잘 알겠습니다. 저급한 그 표현을 삼가하고, '그것'이라는 말로 대신하겠습니다."

클라네스 대원이 발언을 계속한다.

"동성애의 자유는 지구인의 집안 모습을 남녀 간의 권력의 평등, 부의 평등, 지식의 평등 세계가 아니라, 남녀 이외에 남남(男男)이 모이는 집안, 여여(女女)가 모이는 집안이라는 왜곡된 세계로 뒤엎어 버리고 맙니다. 이에 아빠가 엄마되고, 엄마가 아빠되는 성의 혼란에 들어섰습니다. 성의 혼란을 성의 자유라 하여 기뻐 날뛰고 인류문화의 다양한 진보라 하여 그것 박기를 가속화하고 있습니다. 지구인은 부모가 준 신성한 몸뚱이를 뭉개버리고 성정체성을 찾는다는 미명하에 몸 안에 또 다른 구멍을 팝니다. 이제 지구인은 자신도 모르게 인류 파멸의 구멍을 판 것입니다.

지구인은 항변할 것입니다. 동성애가 죽을 죄를 지은 것이냐고? 이성에 대한 실망과 절망이 동성에 대한 기대와 희망의 다리를 놓은 것이라고, 인간에 대한 환멸이 강아지에 집착하는 사랑으로 넘어가듯이, 동성 간의 사랑에서 내일 죽어도 좋을 지극한 환희를 맛본다면, 당신에게 아무런 해도 주지 않는 우리들만의 사랑에 돌을 던질 필요가 있느냐고, 기본적인 차이점이라곤 당신들의 사랑은 이성 간이고, 우리들의 사랑은 동성 간이라는 것뿐이라고.

그런데 저는 고발합니다. 바로 그러한 방자한 생각과 짓거리가 지구인의 참람함의 극치라는 것을 말입니다. 그 죄악은 지구인의 일부에 그치는 까닭에 지구인의 전부가 함께 돌을 맞을 수는 없다고 변명하더라도 일부인의 죄악에 침묵하고 방임한 다수는 침몰하는 지구호와 운명을 같이 할 수밖에 없습니다. 그 다수에는 지구호를 끌고 나갈 선장과 항해사가 있기에 더욱 그러합니다. 지구인의 참람함은 위에서 거론한 네 가지 것 이외에 동성애까지 더하여 5개조(個條)의 참람함이 함께 어우러집니다. 동성애만으로는 인류를 절멸시킬 이유가 되지 않을지 몰라도 다른 죄악에 더하여 축조된 참람함의 바벨탑은 우리로 하여금 지구인을 지구에서 영구히 쫓아낼 결단을 자아냅니다. 지구인들에게는 진리를 설파하던 예수라는 선지자가 있었고, 그가 말한 진리를 담은 성스러운 경전이 있습니다. 그런데 소돔과 고모라의 파멸이라는 성경의 경고를 지상명령으로 여기던 예수의 사도들마저 소수자의 성의 자유라는 거센 외침 앞에 책임도, 배려도, 교훈도, 지혜도, 마지막에는 자연의 이치라는 진리마저도 저버리고 있습니다. 진리가 그들을 자유롭게 한다는 금언을 내세우면서, 진리를 사수해야 할 최후의 보루인 성직자마저도 진리의 혼란에 방향을 잃고 자유와 방자함 사이에서 분별력을 잃어버리고 있습니다. 무엇이 진리고, 무엇이 자유입니까? 자연과 반자연(反自然)조차도, 정상과 변태조차도 분별하지 못하게 된 눈먼 영혼이 지구인의 영혼입니다.

반자연을 확대 재생산해 나가는 지구인은 자연의 처벌을 감수해야 합니다. 그들은 자연의 처벌을 천벌이라고 합니다. 그들은 천벌을 받아 마땅합니다. 이제 지구인은 더 이상 지구를 누릴 자격이 없습니다. 지구인은 우리에게 지구를 물려주어야 합니다. 우리가 지구를 누리고, 우리가 지구를 지킵시다. 우리는 지구인의 파멸에서 지구를 지킬 지혜를 얻습니다. 지구인의 파멸이 극렬할수록 우리의 지혜는 더욱 깊고도 영구할 것입니다."

센타크논: "지구인을 멸종해야 한다는 주장이 무척이나 신랄합니다. 그러나 이제부터는 지구인의 멸종에 반대하는 대원들의 주장도 듣고 싶습니다. 지구인을 변호할 대원은 누구인가요? 좋은 의견을 들려주세요."

센타크논의 말을 기다렸다는 듯이 A-3 디렉소스 대원이 나선다.

"저는 지구인을 살려야 한다는 입장입니다.

지구인에게는 두 계층이 있다고 한 로지티 대원의 말이 맞습니다. 그러나 제가 보기에 지구에는 다음과 같은 두 부류의 지구인이 있습니다. 한 부류는 욕심이 뻗쳐, 더 많이 가지려 하고, 마구 쓰고, 마구 버리면서, 남에게 주기는 싫어하는 이기심과 심술 가득한 지구인입니다. '내가 먼저'인 부류입니다. 또 다른 부류는 욕심을 줄여, 가질 만큼만 가지려 하고, 아껴 쓰고, 나눠 쓰면서, 이타심과 절약을 체득한 지구인입니다. '남과 함께'인 부류입니다. 이 상생(相生) 부류는 지구와 지구인을 살리려는 노력에 적극적입니다. 욕심꾸러기가 그득한 세상에 그래도 극소수의 의인이 있어, 세상은 구원을 받는 법입니다.

상생 부류의 지구인은 비록 뒤늦긴 했어도 지구환경을 보호하고 파괴된 자연을 회복하기 위해 행동에 나서고 있습니다. 지구를 구하기 위하여, 지구를 살리기 위하여, 지구를 지속가능한 생태계로 지키기 위하여 안간 힘을 씁니다. 그들은 온실효과로 더워진 지구의 체온을 식히기 위하여 가쁜 숨 쉬기를 고르잡고자 합니다. 바로 탄소배출을 감축하려는 노력입니다. 환경오염으로 독성화된 지구의 몸뚱이를 건강하게 개선하기 위하여 유해물질을 추방하고자 합니다. 바로 쓰레기 처리와 유독성 화학물질의 관리에 기울이는 노력이고, 핵에너지 사용에도 힘껏 저항합니다. 기후변화로 이상해진 지구의 체질을 정상화하기 위하여 체질강화에 신경쓰고자 합니다. 바로 삼림을 보존·확장하고 해양을 비롯한 수자원을 정화하려는 노력입니다. 그러한 노력과 함께 그들은 친환경에너지의 개발과 보급에 지구의 미래를 걸고 있습니다. 중증 환자가 된 지구를 살리려는 지구인 환경운동가의 노력은 눈물겹습니다. 거시적으로는 녹색혁명을 이룩하고자 할 뿐만 아니라, 미시적으로는 대왕판다곰, 오랑우탄, 황새, 장수하늘소, 한란 등 멸종위기의 동식물을 살리려는 실천에도 앞장서고 있습니다.

저는 우리 올림포스인에 의해 멸종될 수도 있는 지구인, 그렇다면 우리의 손 안에서 멸종위기에 처한 지구인을 살리기 위해 지금 변호하고 있는 것입니다. 제게는 멸종위기에 처한 향유고래를 살리기 위해 포경선에서 날아오는 작살 앞에 몸을 던지는 자연수호의 지구인이 마치 귀부인을 수호하는 중세 기사가 환생한 듯한 모습으로 보입니다.

우리 올림포스인은 지구인과 상생합시다. 올림포스인과 지구인이 함께 지구를 가꾸어 나가는 광경은 우주에서 가장 아름답고 평화로운 정경일 것입니다."

그 다음으로 A-5 퓨타고스 대원이 발언하고자 나선다.

"저는 살아남기 위해 무엇이든 서슴지 않고 하는 지구인이 아니라, 죽지 못해 '살아남은' 지구인에 주목하고자 합니다.

미국에는 아프리카 흑인노예들의 후손이 살고 있습니다. 그들의 선조 흑인들은 아프리카 고향 땅에서 백인에게 사로잡힌 후, 노예선 바닥에 짐짝처럼 실려서, 배안에서 숱하게 죽어나가는 흑인 동향인들을 보아가며, 오랜 항해에 천신만고 끝에 살아남아, 미국대륙에 도착하였습니다. 그들을 기다리고 있는 것은 무자비한 채찍질과 중노동이었습니다. 노예의 삶이었습니다. 그들의 잘못은 그저 백인에게 사로잡힌 것뿐입니다. 그들은 살아남기 위해 몸부림칠 것도 없었습니다. 그저 죽지 않고 살아 남겨졌을 뿐입니다. 살아 남겨진 그들의 몸뚱이에는 노동력과 떨리는 영혼만이 들어 있었습니다. 그들의 자손들이 선조의 떨리는 영혼을 간직하면서 지금까지 미국에서 살고 있습니다. 그들만의 소울(Soul) 문화를 간직하면서 살아가고 있습니다. 그들은 자연파괴가 무엇인지 알지도 못하고 살아가는 지구인입니다.

삶이 워낙 피폐해서, 자연을, 지구를 오염시킬 능력조차 없는 지구인이 많이 있습니다. 지금도 아프리카와 아시아에는 지구 환경을 오염시킨다는 쓰레기에서 먹을 것을 찾고, 쓰레기를 뒤져서 입을 것과 덮을 것을 찾는 궁핍한 지구인이 많습니다. 그들은 쓰레기를 청소하면서 살아갑니다. 그들은 지구의 환경을 파괴한다기보다 정화하면서 살아가는 지구인입니다. 그들도 지구인의 일부입니다. 그들까지도 멸종되어야 합니까? 영성지수 높은 우리 올림포스인이 할 짓입니까?"

퓨타고스 대원 다음으로 A-7 헤레스 대원이 나선다.

"저는 A-9 마로스 대원의 주장에 반론을 제기합니다.

지구인이 신을 죽이고 능멸하는 것에는 나름대로의 이유가 있습니다. 지구인은 수천 년이 넘도록 신을 섬기고 살아왔습니다. 지구인은 신에게 간절히 기도하고 예배하며, 심지어 생명까지 바쳐 순교해가며 신에게 헌신해 왔습니다. 애초에 인간정신의 불굴의 굳건한 정수, 인간 희망의 꺾이지 않는 절절함은 신앙심으로 결정체를 이루어 신을 섬깁니다. 지구인이 섬기는 신은 오랜 세월동안 실재하는 신이었습니다. 그러나 간절한 기도에 아무 대답 없는 신에 실망하고, 절절한 간구에 아무 응답 없는 신에 절망하는 수천 년이 지나자, 지구인의 머리는 신을 향한 대반전을 획책하기에 이릅니다. 이 반전은 신을 저주하고 끝내는 신을 죽이는 일에 다다르게 됩니다. 지구인의 신은 존재하지 않는 것이 아니라, 존재했던 신이 죽은 것입니다. 그것만이 아닙니다. 필요에 따라 개인 또 민족은 제 각각의 신을 만들거나 부활시키고, 이교도와의 숱한 반목을 자아내며, 서로를 잔학하게 죽이고 영원히 치유할 수 없는 불행을 안깁니다. 이 모든 불행이 신에게서 출발했음을 깨달은 지구인은 자신들의 착각이 빚어낸 허상의 신에 분노와 복수심을 드러내면서 마지막에는 신을 여지없이 죽여 버리고 능멸하는 것입니다. 그러므로 인간이 창조한 신을 인간이 어떻게 하든, 그것은 인간의 일이지 신의 일이 아닙니다. 그것은 우리의 일도 아닙니다. 만들어내든 버리든, 살리든 죽이든, 신사(神事)를 인사(人事)에 맡깁시다. 지구인이 마음대로 할 수 있는 신사가 지구인 멸종의 이유가 될 수는 없습니다."

A-8 아포티 대원도 지구인 멸종 반대에 가세한다.
"저는 지구인의 동성애를 변호하고자 합니다.

지구인의 참람함이 동성애라는 극치에 이른 것은 부정할 수 없는 사실입니다. 그러나 동성애가 무분별이나 오만함에서 비롯된 것이 아니고, 어쩔 수 없는 가련한 잘못, 선대로부터의 구겨진 잘못에서 나오거나 좌절과 절망과 고통만을 안겨준 이성애에의 작별에서 나온 것이라면, 다시금 생각해보아야 합니다. 동성 간의 배려와 따사로움과 격려로 데워진 삶이 진정 행복을 주는 것이라면, 숙고해보아야 합니다.

동성애가 비록 도덕적, 종교적 지탄의 대상이 된다고 하더라도 지구인의 절멸이라는 극약처방을 내릴 것인지는 의문입니다. 더구나 동성애가 공공연히 행해지는 것이 아니라 은밀하게 행해지고, 타인에게 아무런 해를 주는 것도 아니라면, 당사자뿐만 아니라 타인까지도 모두 멸할 것인지요? 동성애의 당사자에게 내려질 천벌도 이미 에이즈라고 하는 천형(天刑)으로 다스려져 있습니다. 동성애에 내릴 자연의 처벌은 자연이 스스로 마련한 셈입니다. 말로 안 되면 매를 들어야 한다고 주장하는 사람들에게는 에이즈라는 천형이 동성애의 비극으로 처절히 매질하고 있다는 점을 상기시킬 필요가 있습니다. 그러니까 구태여 우리가 지구인의 멸종이라는 극단적인 매를 들 필요가 없다고 하겠습니다.

또 한 가지, 이제 지구가 감당할 지구인의 적정수를 초과했다는 점에 눈을 돌려 보겠습니다. 동성 간의 성교섭에는 자손생산이 따르지 않는다는 인과율은 지구인의 번식에 제동을 검으로써 결과적으로 지구인 인구수를 조절합니다. 동성애자들이 종족보존본능을 도외시하는 반자연적 행동은 인구감소에 의한 자연회복의 길이라는 지구적 차원의 역설로 회귀합니다.

그러니 이성애를 하든 동성애를 하든 지구인들에게 맡깁시다. 우리가 동성애를 극악한 죄악이라고 단정 짓고, 지구인의 멸종에 나설 사안은 아니라고 봅니다. 동성애의 잘못에 천형의 처벌이 따르고 그 처벌이 초래하는 역설적인 자연의 이치는 지구인을 하나라도 덜 생산하게 하는 것이므로, 그들이 뿌린 씨를 그들이 거두고 있는 것입니다."

지구인 멸종에 반대하는 견해가 줄줄이 나온 끝에, 디렉소스 대원이 결론적인 주장을 펼친다.

"저는 지구를 책임질 수 없는 지구인이라고 하더라도 반드시 멸종이라는 방법으로 대처해야 할 것인지에 대하여 이견(異見)을 갖고 있습니다. 저는 지구인을 멸종할 것이 아니라, 지구인에게 우리처럼 다른 행성을 찾아 이주할 기회를 줄 수도 있다고 생각합니다. 일이백년의 시간적 여유를 주고, 그들의 과학이 발달해서 자신의 능력으로 이주하든, 우리가 이주 기회를 제공하든, 지구인을 멸종시키기보다 지구를 떠나게 하는 것도 하나의 방안이 되지 않겠습니까? 예컨대 우리가 거쳐 온 디감마 행성은 지구인에게 생존가능한 이주 기회가 됩니다. 멸종이 아니라 지구로부터 지구인을 추방하는 방안도 본국에 제안합시다."

제3장 추적관찰할 지구인의 선정

제10화
센타크논이 추적관찰할 지구인을 선정하다.

센타크논이 대원들의 논의를 정리하고 나름대로 매듭을 짓고자
한다.

"우리는 그동안 지구인에 대하여 신랄히 규탄하거나 도탑게 변호
하는 진지한 시간을 가졌습니다. 그러나 지구인을 멸종해야 할 것인
가라는 결론에 도달하기에는 찬반 그 어느 편의 주장도 상대편을 압
도하기에는 충분치 않다는 것이 본인의 생각입니다. 여러분들의 표
정을 보니, 대원들의 생각도 거의 마찬가지인 것으로 짐작됩니다.
지구인 멸종 여부에 관한 논의에 있어서 우주에 대한 우리 올림포스
인의 책임이, 그러니까 우주를 보호하고 가꾸어나가야 할 우리의 책
임이 지구인을 보호할 책임을 포섭하는 것이기 때문에, 지구인 멸종
여부의 판단은 신중에 신중을 거듭해도 지나치다고 말할 수 없을 것
입니다. 지구인 멸종 여부에 관한 결론을 우리가 다수결로 종결지울
수는 없습니다. 우리 9명 대원 중 다섯이 멸종에 찬성하고 넷이 반
대한다고 할 경우에 지구인을 멸종시키는 쪽으로 최종 결론을 내린
다면, 얼마나 어리석은 일이 되겠습니까!

이에 본인은 멸종 여부에 관한 그 동안의 원론적인 논의를 마감하

고, 앞으로는 지구인에 대하여 구체적으로 눈길을 돌려볼 것을 제안합니다. 구체적인 눈길이란 개체로서의 지구인 개인을 관찰해 본 후에 지구인 멸종 여부를 다시금 논의해보자는 것입니다. 약간 명의 지구인을 선정하여 구체적으로 들여다보면서 과연 지구인이 어떤 존재인가를, 무엇보다도 살려둘 가치가 있는 고등생명체인가를 평가해봅시다. 이러한 내 제안에 좋은 의견을 제시해주기 바랍니다."

A-4 로지티 대원이 상체를 앞으로 내밀며 상기된 표정으로 발언한다.

"개론(槪論)으로부터 결론내기 어려울 경우에는 개론(個論)으로 결론지어 보자는 대장님의 제안에 전적으로 찬성합니다. 개론(槪論)은 골격일진데, 피와 살과 숨이 결여되어 있습니다. 개론(個論)에 들어가서 지구인의 맥박과 살결과 숨결을 생생히 느껴보는 것이 좋다고 생각합니다. 지구인은 외계인 앞으로의 메시지를 기록한 금속판을 탑재한 무인 우주탐사선을 쏘아 올리고, 지구 여기저기에 지구인 문화의 각종 시대적 산물이 들어있는 타임캡슐을 묻어 놓았지만, 우리가 정작 알고 싶은 것은 지구인의 생생한 영광, 기쁨, 고뇌와 비참함이 아니겠습니까?

문제는 관찰대상이 될 지구인 개개인을 어떤 기준으로 선정할 것인가에 있습니다. 그래서 그 기준에 관하여 제가 의견을 내어보고자 합니다. 먼저 말하자면, 평균적이고 범용(凡庸)한 지구인을 선정해서 관찰하는 것은 별 도움이 되지 않는다고 생각합니다. 평균적인 것은 항상 미지근하기 때문입니다. 미지근한 지구인이 아니라, '뜨거운' 지구인은 우리에게 무언가 보여줄 것이 있을 것입니다. 넘치는 욕망 – 이를 탐욕이라고 표현해도 무방합니다 – 과 욕심을 이루고자 끓는 에너지로 '뜨거운' 지구인 몇을 선정하고, 또 고난과 비참함 속에 분노의 들끓는 열로 '뜨겁게 달구어진' 지구인 몇을 선정해서 우리가 예의 주시해보기로 합시다. 그들한테서는 지구인이 어떤 존재인가라는 분명한 메시지를 받아볼 수 있을 것이라고 확신합니다."

로지티 대원이 뜨거운 지구인과 미지근한 지구인을 대비시켜 관찰대상을 선정하자는 발언은 무척 흥미롭고 타당함도 있기에 나머지 대원들이 긍정적 시선을 보낸다.

센타크논이 질문한다.

"뜨거운 지구인을 어떻게 찾아내지요?"

우주선 내의 각종 전자기기를 담당하고 있는 A-5 퓨타고스 대원이 센타크논에게 손을 들어 보인 후, 의견을 내놓는다.

"가열찬 사악함으로 뜨겁게 달구어진 지구인과 고통스런 분노로 열 받친 지구인을 추려내는 것은 과학적으로 매우 간단합니다. 우리는 여러 종류의 인체에너지 감지기를 갖고 있습니다. 그 중 제3의 인체에너지 감지기는 지구인의 뜨거움을 측정하는 데 아주 유용하고도 정확합니다. 우리의 제3 감지기는 고등동물의 탐욕에너지에 대하여 적색으로 반응하고, 분노에너지에 대하여는 갈색으로 반응합니다. 그 에너지가 강할수록 감지기의 색의 농도가 짙어집니다.

우주선의 모듈을 지구 상공에 띄어 놓고 거기서 일정 지역이나 집단의 지구인에게 감지기의 레이저 광선을 넓게 비춰보면서 그 중 특정인을 겨냥하여 집중 투사하여, 그 감지반응의 색 농도가 1급으로 짙은 지구인을 찾아내면, 바로 그 지구인이 1급으로 뜨거운 지구인인 것입니다. 가장 진한 빨간 색의 지구인이 가장 탐욕스러운 지구인인 것이고, 가장 진한 갈색의 지구인이 가장 분노에 찬 지구인인 것입니다. 뜨겁기 짝이 없는 지구인을 선정해서 지구인의 탐욕과 분노를 관찰하고, 지구인이 어떤 존재인가를 판단하면 됩니다."

개론(個論)의 논의는 예상 외로 쉽고도 빠르게 진척된다. 대원 모두들 진지하면서도 흥미롭게 논의에 빠져든 것이다. 전원이 센타크논에게 동의한다는 끄덕임을 보낸다.

센타크논: "지구인 개인을 구체적으로 관찰해보고 판단하자는 본인의 제안에 대원 모두가 동의한 것으로 알고, 또한 관찰대상이 될 지구인의 선정은 퓨타고스 대원이 제시한 제3의 인체에너지 감지기라는 수단에 의거하도록 하겠습니다.

그런데 지구의 표면적이 광대하고 지구인의 숫자가 73억 명이 넘는 만큼, 모듈을 띄워놓고 열감지기를 작동할 대상 지역이나 집단을 어느 정도 한정할 필요가 있습니다. 그 점에 관해서는 어떻게 생각하는지요?"

페터스 대원: "지당하신 말씀입니다. 73억 명을 모조리 다 인체에너지 감지기로 탐색할 수는 없겠지요. 단지 그 대상의 '한정'과 관련

해서 제가 경험했던 한 관점을 말해보고자 합니다. 제가 자료 수집을 하려고 지구인의 해저통신케이블에 슬쩍 접속하던 중에 알게 된 사실입니다. 지구상의 많은 도시 가운데 한국의 서울이라는 도시에서 착·발신되는 통신량이 유독 많다는 사실입니다. 그래서 서울이라는 도시가 제 인상에 남았습니다. 서울이라는 도시는 아주 활발하고, 또 로지티 대원의 표현을 빌리자면 아주 '뜨거운' 도시가 아닌가 합니다. 뜨거운 도시 서울 상공에 모듈을 띄워놓고 뜨거운 지구인을 찾아내는 게 어떨까 합니다. 그리고 한국이라는 국가는 우리 우주선이 지금 정박하고 있는 해구에서 비교적 가까운 곳에 위치하고 있어서 필요시 모듈 파견의 이점이 있습니다."

센타크논: "오늘 개론(個論)에 관련된 논의에서는 재미있는 의견이 많이 나오는 구만요. 서울이라는 도시가 지구의 다른 도시에 비하여 지구인의 본성이나 성정(性情)을 왜곡할만한 특수여건에 놓여 있지만 않다면, 대상 한정 지역을 서울로 하는 것이 무방하다고 봅니다."

페터스 대원: "서울을 수도로 하고 있는 나라인 남한은 지구상 유일한 분단국으로서 남한과 북한이 대치하고 있다는 특수여건에 놓여 있긴 합니다만, 바로 그 점이 서울이라는 도시를 뜨겁게 하는 요인 중 하나라고 생각합니다."

센타크논: "좋습니다. 대원 중 이의가 없다면, 서울로 한정해서 뜨거운 지구인을 추려내기로 하겠습니다. 그리고 선정된 지구인의 추적관찰은 여러분도 짐작하겠지만 다음과 같은 순서를 밟아 진행

하기로 합니다.

내일 오전 서울 상공에 보호막을 장착한 모듈 1호기를 띄워 10시부터 뜨거운 지구인 8인을 선정합니다. 적색과 갈색의 농도 수위 4위까지 각각 네 사람, 도합 여덟 사람을 선정합니다. 본인을 제외한 8명의 대원이 한 사람씩을 맡아 선정된 지구인을 추적관찰합니다. A-2, A-4, A-6, A-8 대원은 적색 지구인을, 그리고 A-3, A-5, A-7, A-9 대원은 갈색 지구인을 맡습니다. 추적관찰방법은 다음과 같습니다. 선정된 지구인 개개인에게 레이저 광선발사기를 사용하여 네 개의 나노(nano) 칩을 좌측과 우측의 대뇌, 소뇌, 뇌간에 각각 한 개씩 쏘아서 심어 넣습니다. 이 나노 칩은 극히 미세하여 그 장착사실을 지구인이 전혀 느끼지도 알지도 못합니다. 이 칩은 해당 지구인에게 축적된 모든 기억, 해당 지구인이 처한 특정 시점의 사고, 감정, 계획 등 그 정신작용 일체를 읽어낼 수 있고, 감각기관의 지각내용과 운동감각도 고스란히 포착하여 우리에게 전송할 수 있습니다. 심지어 이 칩을 통하여 우리는 칩이 장착된 지구인의 신경세포기능과 인지, 기억, 사고, 감정 등과 같은 정신작용 및 동작을 통제하고 조종하는 것도 가능합니다. 칩이 전송하는 정보는 인터넷 통신망을 통하여 우주선 인근의 해저 통신 케이블로 넘겨져서, 해저 통신 케이블에 심은 우리의 레이저 광파 칩이 또 다시 우주선 통신망에 전송하는 단계를 밟게 됩니다. 대원 각자는 자신이 맡은 지구인의 모든 행적을 우주선 안에서 실시간으로 시각·청각·촉각 등 입체적 감각으로까지도 모니터링할 수 있습니다. 대원은 자신의 관찰 결과를 정기적으로 내게 보고하고, 본인은 필요하다면 관계 대원들을 모아 수시로 대화를 가질 수도 있습니다. 여러분의 보고내용과 본인과의 대화는 우주선 메인 컴퓨터에 저장되어 훗날을 위한 자료로 사용됩니다.

그리고 대단히 중요한 주의사항을 고지하겠습니다. 우리는 장착된 나노 칩을 통하여 해당 지구인의 모든 행적을 알 수 있고, 모든 활동을 조종할 수 있는 능력이 있습니다. 이 점에 있어서 우리는 해당 지구인에게 전지전능한 존재입니다. 그러나 칩을 통한 우리의 임무는 해당 지구인에 대한 추적관찰에 국한됩니다. 우리는 지구인을 수동적으로 관찰할 따름이지, 적극적으로 지구인에게 개입해서는 안 됩니다. 다시금 명심해야 할 사항은 대원 각자가 맡은 지구인의 자유의지에 대원들이 개입하지 않아야 한다는 것입니다. 어느 대원이 맡은 지구인을 동정해서 도움을 주거나, 격노해서 해당 지구인을 징벌해서는 안 됩니다. 그럴 경우 우리는 지구인이라는 존재를 엄정하게 평가할 수 없게 됩니다. 이 회의가 끝난 후, 대원 각자로부터 앞의 명심사항에 대한 서약을 받겠습니다. 내일 선정될 지구인을 대원들이 배정받는 대로 추적관찰 작업에 들어가도록 합니다. 그리고 추적관찰기간은 1년으로 잡겠습니다."

제11화
선정된 지구인 중 4인이 갑자기 사망하다.

다음날 아칸투스호를 출발한 모듈 1호기는 서울 상공에서 제3의 인체에너지 감지기를 사용하여 뜨거운 지구인 8인을 선발해낸다. 매우 짙은 적색으로 반응하는 R-a, R-b, R-c, R-d 네 사람과 매우 짙은 갈색으로 반응하는 B-a, B-b, B-c, B-d 네 사람이 엄청난 경쟁을 뚫고 선정된 바로 그들이다. 센타크논은 A-2, A-4, A-6, A-8 대원에게 순차적으로 R-a, R-b, R-c, R-d 적색 지구인을, 그리고 A-3, A-5, A-7, A-9 대원에게 각각 B-a, B-b, B-c, B-d 갈색 지구인을 추적관찰하도록 배정한다. 대원들은 넘치는 호기심과 묵직한 책임감을 동시에 느끼면서 각자 맡은 추적관찰을 시작한다.

그런데 추적관찰을 시작한 당일과 그 다음날에 예기치 못한 돌발사태가 발생한다. 선정된 지구인 8인 중 네 명이 갑자기 사망하는 불상사가 일어난 것이다. 앞으로 1년간 추적관찰해야 할 R-a, R-b, B-a, B-b 지구인 네 명이 죽어버린 것이다. 너무나도 황당하여 이들을 맡은 A-2, A-3, A-4, A-5 대원 넷은 불상사가 터지자 센타크논에게 달려간다. B-a를 맡았던 A-3 대원이 맨 먼저 센타크논에게 도착한다.

A-3 디렉소스 대원: "대장님, 놀랄 일이 발생했습니다, 이거 어쩔 줄을 모르겠습니다. 제가 맡아 추적관찰하고 있던 B-a 지구인이 하루 만에 갑자기 사망했습니다. 조금 전 제 옆에 있던 A-2, A-4, A-5 대원은 자신들이 맡은 지구인 R-a, R-b, B-b이 어제 오후 늦게 갑자기 사망했다고 합니다. 아직은 어찌된 영문인지 모르겠습니다. A-2, A-4, A-5 대원도 곧바로 오기로 했습니다."

이 순간 A-2, A-4, A-5 대원도 합류하여 같은 불상사를 보고한다.

센타크논: "어째 그런 일이! 선정하고 추적관찰을 시작하자마자 어떻게 죽어버린단 말인가? 서울 지구인의 기대수명은 80살은 되지 않는가? 뜨거운 지구인은 나이로 보나, 건강으로 보나 갑자기 죽을 사람이 아닌데…."

모두들 어안이 벙벙한 표정으로 서로 바라만 보고 있다.

이 때 센타크논을 밀착 수행하는 부관(副官) 로봇이 음성 신호로 일정을 알린다.

"센타크논은 취침 전 세면할 시간입니다. 취침준비 하십시오."

이 소리에 센타크논은 자세를 바로 고치면서 지시한다.

"참으로 충격적인 일입니다. A-2, A-3, A-4, A-5 대원은 내일 아침 일찍 이 돌발사고에 관하여 내게 적절한 보고를 하기 바랍니다. 기본 보고 내용은 육하(六何)원칙에 따른 사항입니다. 각자 위치에 돌아가서 필요사항을 조사하고 정리하십시오. 아참! 중요한 것을 놓쳤습니다. B-a, B-b, R-a, R-b 네 지구인의 기억정보를 입수하는 일입니다. 비록 그 네 사람이 사망했지만, 아직은 그들의 뇌세포에 남아 있는 기억정보를 알아낼 수 있지 않습니까?"

A-4 로지티 대원: "그 일은 걱정하지 않으셔도 됩니다. 대원들이 관찰하는 도중에 선정 지구인이 사망하는 사태가 벌어졌기 때문에 사망에 즈음해서 대뇌의 뇌세포가 종국적으로 사멸하기 전에 저희가 나노 칩의 기억정보장치를 작동시켜 B-a, B-b, R-a, R-b 네 지구인의 모든 기억정보를 전송받아 저장해놓았습니다. 기억정보가 방대하다는 문제점이 있다고는 해도 이 불상사에 관련된 필수 정보를 찾아낼 수는 있습니다. 대장님은 편안한 밤을 보내시기 바랍니다. 그럼, 내일 아침에 뵙겠습니다."

다음날 아침이다. 센타크논 앞에 A-2, A-3, A-4, A-5 네 대원이 모였다.

센타크논: "아침 인사는 생략하고, 단도직입으로 용건에 들어가기로 합시다. 어제와 엊그제의 변고가 어처구니없는 만큼, 이 사태가 지구인을 멸종해야 한다는 분위기를 대원들 전부에게 조성하지나 않을지 우려됩니다. 우리는 이 사태를 냉정히 관찰하지 않으면 안 됩니다. 먼저 지구인 B-a의 사망에 관하여 A-3 디렉소스 대원이 보고해주기 바랍니다."

디렉소스 대원: "B-a는 48세의 남성이고, 직업은 화가입니다. 어제 낮 서울 근교의 산에서 자살했습니다. 부인으로 인하여 심히 고통받은 감정기억정보가 상당히 많습니다. 자신이 살해당할 수 있다

는 인지 기억 자료는 B-a의 대뇌에 존재하지 않습니다. 이 사건과 관련하여 제가 생각한 바는 조금 후에 말씀드리겠습니다."

센타크논이 A-5 대원에게 묻는다.

"B-b의 사망은 어떻게 된 겁니까?"

A-5 퓨타고스 대원: "B-b 사건은 좀 묘합니다. 제가 맡아 관찰하기로 된 B-b가 R-a와 R-b를 살해하고 나서 곧바로 자살한 사건입니다. B-b와 R-a, R-b는 모두 직장 동료관계에 있습니다. R-a와 R-b의 피살은 범인인 B-b의 자살과 직접 얽혀있어서 이 사건은 저와 A-2, A-4 대원 셋이서 함께 그 연유와 경과를 추적하지 않을 수 없게 되었습니다."

센타크논: "끔찍합니다. 그런데 B-b가 R-a와 R-b 두 명이나 살해하고 자살한 이유를 알 수 있었나요?"

퓨타고스 대원: "정말 끔찍합니다. 제가 관찰하고 있던 사건 발생 당시에 B-b가 보인 감정기억정보에 의하면, B-b가 R-a, R-b 두 명을 살해한 것은 쌓이고 쌓인 분노와 의기(義氣)로 말미암은 것이고, 자신이 자살한 것은 자신의 범행에 대하여 자신이 책임진다는 결의에서 나온 것입니다. 그러나 B-b의 살인과 자살의 이유가 그리 단순히 정리될 수 있는 성질의 것이 아닙니다. 어젯밤 짧은 시간에 사건을 일별하고 나서 다다른 제 심정이기는 합니다만, 어떤 한 지구인이 다른 지구인을 죽이고 또 자신도 죽이는 사건의 밑바닥에는 얽히고설킨, 그리고 절절히 배이고 배인 사연이 있겠구나 하는 심증이 생겼습니다. 이 사건을 통한 지구인의 관찰과 평가를 단선적으로

해서는 안 되고, 그 심층까지를 면밀히 들여다보면서 지구인의 애환을 느껴보아야 할 것이라는 것이 제 의견입니다."

디렉소스 대원이 나선다.

"아까 제 사건에서 제가 생각한 바를 추후 말씀드리겠다는 내용이 방금 퓨타고스 대원이 말한 것과 상통합니다. 저도 B-a의 대뇌에 저장되어있는 사실기억정보의 큰 줄거리를 훑어본 결과, 자살하기까지 삶의 우여곡절이 심한 것을 알게 되었고, 나름대로의 폭과 깊이를 가지고 문제에 접근해야 된다는 생각이 들었습니다. 대장님, 관찰대상인 지구인 넷이 사망하기는 했습니다만, 그들이 사망하기 전으로 거슬러 올라가서 이 사건들을 본격적으로 깊이 있게 다루어 보았으면 합니다. 지구인이 어떤 존재인가를 가르쳐주는 바가 상당할 것입니다."

로지티 대원: "저희들의 지구인 추적관찰이 지구인 멸종여부 결정에 중차대한 의미를 갖고 있는 이상, 디렉소스 대원과 퓨타고스 대원이 말한 바와 같이 저희들 사건을 심도 있게 다루어 볼 것을 정식으로 제의합니다. 다른 대원들이 추적관찰하고 있는 지구인들은 현재 생존해 있으니, 생존 지구인에 관한 한 앞으로 1년 동안 관찰할 시간적 여유가 있습니다. 생존 지구인 4인에 대한 대장님의 모니터링은 다소간 뒤로 보류하시고, 당장은 사망한 네 지구인의 사건 줄거리를 저희들과 짚어나가는 시간을 갖는 것이 필요하다고 봅니다. 저희들은 낮 시간에 사건 관련 조사를 하고, 밤 시간대에 대장님께 결과를 보고하면서 필요한 대화를 나누는 것이 어떨까 합니다."

센타크논: "사건의 이면(裏面)이 그토록 착잡하다면 밤시간을 이용해서라도 파악해야 할 것은 파악해야겠지요. 그러면 디렉소스 대원부터 B-a사망사건을 조사해서 그날그날 보고할 사항을 내게 가져오고, 필요하다면 분석하거나 정리할 내용을 같이 다루어보기로 합시다. 매일 저녁 식사가 끝나고 나를 만나서 취침 시간 전까지의 적당한 시간대를 잡아서 이야기를 나눕시다. 디렉소스 대원이 맡은 사건이 끝나면, 페터스, 로지티, 퓨타고스 세 대원의 사건을 취급하도록 하겠습니다.

그런데 우리가 추적관찰하려고 했던 서울 사는 지구인이 갑자기 그것도 하루 상관으로 두 명씩이나 자살한 것을 어떻게 이해해야 할런지 모르겠습니다. 한국인은 유달리 자살을 많이 하는 민족입니까? 잘 이해가 되지 않습니다."

페터스 대원: "제가 그 점을 알아보았습니다. 대장님, 이야기가 길어질지 모르겠지만, 한번 들어보시겠습니까? 한국인은 자살률이 매우 높은 민족입니다. 지구상 선진국이 모여 결성한 OECD 산하 34개 회원국 중에서 한국이 자살률 제1위입니다. 기독교 전통이 배어 있는 서방국가들은 자살을 중대한 범죄로 보고 타기하는 데 비하여, 유교 전통을 가진 한국, 일본, 중국 등 동양 3국은 대의(大義)를 지키기 위한 자살이 명예로운 죽음으로서 칭송받습니다. 서방세계와 동방세계는 사생관(死生觀)이 다릅니다. 심지어 한국은 새 천년에 들어서서 대통령을 지냈던 인물조차 퇴임한지 일 년 만에 투신 자살한 특이한 나라입니다. 한국은 급속히 근대화를 달성하면서

세 가지 측면에서 자살을 유발할 정도로 심각한 사회로 이행하였습니다. 한국사회는 경쟁이 심한 사회, 빈부격차가 심한 사회, 사회변동이 심한 사회입니다. 더구나 한국인은 성취욕이 매우 강해서 실패한 경우에 느끼는 패배감, 좌절감, 절망감도 그 만큼 강합니다. 극단적이고 조급한 민족성은 개인의 최후도 극단적인 방법을 선택하게끔 몰아갑니다. 최근에는 언제 어떻게 죽을 것인가를 개인이 주체적으로 결정할 수 있다는 자기결정권의 논리도 한국에 만연해 있습니다."

센타크논: "그러면 한국인의 높은 자살률에는 여러 원인이 복합적으로 작용할 수도 있겠습니다. 우리의 관찰 대상인 두 지구인 B-a와 B-b가 자살한 데에도 페터스 대원이 방금 말한 자살 이유가 적용됩니까?"

페터스 대원: "제가 말씀 드린 것은 한국인의 높은 자살율에 대한 원인을 알아본 일반론에 불과합니다. B-a와 B-b의 자살에는 그들 나름의 개인적인 이유가 있을 소지가 다분합니다. 앞으로 찬찬히 알게 되리라고 생각합니다."

앞으로 B-a, B-b, R-a, R-b, 네 지구인이 사망한 사건을 둘러싸고, 구구절절한 이야기가 매일 밤 함장실에서 펼쳐진다. '천일야화'를 연상하게 할지도 모를 이야기이다.

CENTAKNON

제3편

센타크논과 지구인 Ⅰ

제1장 화가 장업

제12화
센타크논이 지구인 B-a 사망사건의 첫 보고를 듣다.

　다음날 저녁식사를 마치고 A-3 디렉소스 대원이 센타크논의 방
에 들어선다. 그리 크지 않은 함장실 한 측면에 일련의 전자기기가
장착된 책상과 금고가 있고, 다른 측면에 침대가 있다. 또 다른 벽
면에는 간단히 취사를 할 수 있는 코너와 화장실이 설치되어 있다.
방 한가운데에 탁자를 중심으로 편한 자세로 이야기를 나눌 수 있는
의자 네 개가 마련되어 있다.

　책상 위쪽으로는 우주선 전면을 향해 창 하나가 나있고, 창 옆면
에 스크린이 부착되어 있다. 이 스크린은 일방 우주선의 항해 스크
린 기능을 하기도 하고, 타방 우주선 중앙 컴퓨터 및 통신시설과 연
결되어 필요한 경우에 모든 관련 정보를 화상으로 현출하는 기능을
한다. 또 우주선 곳곳에 설치되어 있는 CCTV 카메라를 통하여 우
주선의 근경(近景)과 원경(遠景)을 생중계할 수도 있다.

　아칸투스호가 해저에 정박한 이후, 우주선의 모든 창은 외부로 불
빛과 소리가 새어나가지 않도록 셔터로 차폐되어 있다. 그러나 실내
의 불을 끈 채로 창의 셔터를 걷어 버리고 우주선 외부를 바라보면,
한참 후 눈의 조리개가 크게 열리며, 캄캄한 해저 세상이 조금씩 보

이기 시작한다. 심해 생물들이 특수섬유로 제작된 투명한 창유리 앞에 어른거린다. 해저 진흙 바닥을 느릿느릿 기어가는 해삼이나 갯지렁이가 눈에 들어온다. 칠흑같이 캄캄한 해저세계에도 빛이 있다. 심해 생물 중에 자가 발광으로 갖가지 빛을 내쏘는 진풍경이 벌어진다. 생물 발광이다. 발광 플랑크톤, 발광 해파리, 인(燐)이 이마에 뭉쳐진 새우나 게 등 작은 갑각류, 그리고 전기 가오리나 전기 바다뱀처럼 큼직한 해저동물이 함장실 창 앞을 유유히 헤엄쳐 지나가곤 한다. 대왕오징어같은 거물들도 보인다. 심해의 엄청난 수압과 척박한 환경에도 불구하고 해저생물들이 살아가고 있다는 사실이 신기하기만 하다.

함장실 책상 옆에는 센타크논을 밀착 수행하는 부관(副官) 로봇이 서 있다. 이 인공지능 로봇은 센타크논이 요청하는 정보와 통신을 제공하고, 수시로 그에게 일정을 알리며, 빈틈없이 센타크논을 경호한다. 책상 옆 금고 안에는 제1, 제2, 제3의 인체 에너지 감지기가 들어 있다. 이 금고 안에서도 제1의 감지기는 재차 특수 보관함에 넣어져 엄중히 취급되고 있다. 또 금고 안에는 필요한 로봇을 3D 프린터로 대량 생산하는 경우에 로봇의 두뇌에 장착할 소형의 핵심 칩이 600개가량 보관되어 있다. 우주항해 중 디감마 행성에서 우연히 가져오게 된 한 바가지 분량의 각종 보석도 이 금고에 보관되어 있다.

센타크논이 사용하는 침대 밑에도 비상 보관함이 있다. 여기에는 비상시에 사용할 여러 종류의 무기가 갖추어져 있다. 레이저 장총과

레이저 권총 1정씩, 그 밖에 레이저 투창 4자루와 레이저 장검 한 자루, 단검 두 자루, 도끼 한 자루가 보관되어 있다. 레이저 투창에는 사람을 살상하고 물체를 파괴할 수 있는 레이저 광선의 발사장치가 달려 있다. 그리고 특수금속으로 제작된 창끝은 다이아몬드도 뚫을 만큼 강력하다. 올림포스인은 어려서부터 창던지기를 즐겨 한다. 창을 던지고 창으로 찌르는 동작에 익숙하다. 한마디로 올림포스인은 창술에 뛰어나다. 아칸투스호 대원들의 뛰어난 창술이 훗날 지구인 전체를 구하게 될 줄을 누가 알았으랴? 센타크논은 젊어서부터 즐겨 사용해오던 맞춤 제작의 창 네 자루와 떨어지기 싫어서, 함장실 침대 밑에 보관하고 있는 것이다.

이 함장실 안에서 센타크논은 디렉소스 대원에게 의자를 권하며 보온병에 들어 있는 차를 두 잔 따라 탁자에 올려놓는다.

센타크논: "우리가 길게는 두 시간 정도 이야기를 나누게 될 수 있으니, 앞으로 평상복을 입고 편하게 만납시다. B-a사건을 어디서부터 어떻게 다루어나갈지 매우 궁금합니다."

디렉소스 대원: "그저께 사망한 지구인 B-a의 이름은 장업(張業)입니다. 48세의 남자이고, 직업은 화가입니다. 그는 스스로 낭떠러지 아래로 몸을 던져 목숨을 끊었습니다. 그가 자살하게 된 데에는 절망감과 부인에 대한 분노심이 큰 역할을 한 것으로 보입니다. 저는 우주선 모듈1호기가 서울 상공에서 제3의 인체에너지 감지기로 지구인을 측정할 당시에 장업의 분노 에너지가 왜 그렇게 높았는가

하는 점에 궁금증을 갖고 있습니다.

　제가 장업의 자살동기를 알아보던 중 깨닫게 된 것은 이 사건의 저변에 놓인 사연이 오랜 세월동안 얽히고설켜서, 지금 간단히 보고하는 것만으로는 지구인의 본 모습을 포착할 수 없다는 점입니다. 자살한 장업과 부인 사이의 착잡한 인연을 그 씨앗부터 죽음으로 열매 맺기까지 밀착해서 추적할 필요가 있습니다. 따라서 대장님으로부터 두 가지 허락을 받고자 합니다. 그 하나는 장업의 부인에게도 뇌에 나노 칩을 심어서 제가 추적관찰을 할 수 있도록 허락해 주십사 하는 것입니다. 또 다른 하나는 제게 2주간 시간적 여유를 주셔서 제가 이 사건의 전모를 파악한 후에 대장님께 생생하고도 짜임새 있는 보고를 드릴 수 있게 해 주십사 하는 겁니다. 그렇게 해야 만이 지구인의 적나라한 모습을 파악할 수 있다고 생각하기 때문입니다."

　센타크논: "내가 보기에도 문제가 그리 단순 정리될 성질의 것이 아닌 듯합니다. 그 부인에게도 나노 칩을 삽입해서 문제의 저변과 주변까지 훑어보기로 합시다. 그러나 지나치게 세부적인 추적은 피하도록 하세요. 가급적 그들 인생 역정의 고비가 되는 시점만을 중점적으로 짚어나가는 식의 보고를 해주기 바랍니다. 그러면 보름 후부터 보고를 시작합시다. 참 한 가지 궁금한 점은 서울을 향한 우리 모듈로부터의 인체에너지 감지 과정에서 그 부인은 어떤 반응을 보였나요? 탐욕에너지나 분노에너지가 1급으로 강한 여자일 수도 있었을 텐데요?"

디렉소스 대원: "장업의 기억정보에 의하면, 그 부인은 장업이 사망하기 닷새 전에 친구들과 외국 여행을 간다고 서울을 떠난 것으로 되어 있고 또 그가 사망한 다음 날 돌아오기로 되어 있습니다. 그래서 서울지역의 인체에너지 감지 대상에서 제외된 것으로 보입니다."

센타크논: "알겠습니다. 보름 후에 시작될 장업 사건의 보고를 통해 지구인의 생생한 모습을 접해보고 싶습니다. 기대가 큽니다."

제13화
화가 장업의 예술혼이 눈을 뜨다.

심층 추적을 위해 허락받은 2주간이 지난 다음날, 약속된 시간에 디렉소스 대원이 함장실로 들어선다.

디렉소스 대원: "대장님, 첫 보고 드린 지 보름 만입니다. 그동안 장업과 그 부인의 기억정보를 통해서 이 부부의 일대기를 살펴보았습니다. 느낀 바가 큽니다."

센타크논: "수고가 많았습니다. 감개무량한 표정이군요. 내게도 그 감격을 좀 나누어주어야겠습니다."

디렉소스 대원: "저는 한 지구인이 비통한 죽음에 이르게 되기까지의 과정을 어떻게 하면 적절히 보고할 수 있을 것인가를 고심하였습니다. 혹시나 대장님이 듣고자 하시는 요체와 제 보고 사이에 상당히 거리가 있다고 생각되실지라도 인내심을 갖고 제 이야기에 귀 기울여 주셨으면 합니다. 이야기 대상인 장업이라는 지구인은 죽기까지 48년간 인내하면서 살아 왔습니다."

센타크논: "그렇지요. 우리가 의미 없다고 생각하는 계기라 하더라도 지구인에겐 의미심장한 사건일 수 있고, 우리가 의미 있다고 생각하는 경험도 지구인에겐 하찮은 일일 수 있을 겁니다. 어느 정도나 가능할지 모르겠으나, 우리 올림포스인이 한번 지구인이 되어 보도록 합시다. 이제 이야기를 꺼내 보세요."

디렉소스 대원: "오늘 저녁에 저는 화가로서 천부적인 재능을 타고 태어난 한 지구인의 예술혼이 어떻게 깨어났는가 하는 이야기를 드리려고 합니다. 예술혼이 깨어난 것은 앞으로 이야기할 화가 장업의 위대함의 원천이 되며, 그의 진면목을 이해하기 위한 열쇠가 되기 때문입니다. 그를 통해 우리는 남달랐던 지구인 한 사람을 알게 됩니다. 그러면 장업의 이야기에 들어가겠습니다. 그의 예술혼이 눈뜨는 본격적인 이야기를 시작하기에 앞서서 간략히 그의 이력을 말씀드리겠습니다.

그는 한국의 남쪽 바다 남해읍에서 다섯 남매의 맏이로 태어났습니다. 아버지는 고등학교 미술 교사로 일했으며, 어머니는 평범한 사람입니다. 장업은 어려서부터 머리가 영민하고, 아버지의 영향인지 그림 그리기를 좋아했으며, 또 뛰어난 재능도 보였습니다. 부모는 그러한 장업에게 큰 기대를 걸고 살아간 사람들인데, 장남이 세상 살아가기에 여러모로 유리한 의사가 되기를 강력히 희망하였습니다. 장업도 부모의 기대를 저버리지 못하고 의과대학에 진학하여 3년여를 공부하였습니다. 그러나 자신이 의사가 되기 어렵다는 것을 절감하고 나서, 다니던 의과대학을 휴학하게 됩니다. 총을 쏘고 대검으로 찔러 도저히 사람을 죽일 수 없는 사람은 군인이 되기 어렵듯이, 환자의 살을 베어내고 뼈를 깎아내는 수술을 쳐다보는 것만으로도 도저히 견디어 낼 수 없는 끔찍함으로 다가오고 또한 몸부림치는 환자의 극심한 고통을 바로 자신의 고통인 양 신음소리 내며 공감하는 여린 신경을 가진 장업은 의사가 되기에 필요한 최소한의 담력조차 갖추지 못했습니다. 자신이 그렇다는 것을 깨닫게 된 거지요. 장업을 심약한 사람이라거나 아니면 심성이 무척 고운 사람이라고 말할 수 있을 겁니다. 휴학하고 나서 장업은 한국의 젊은 남자들이 필히 거쳐야할 군대 생활을 2년 반 정도 하게 됩니다. 한국에서 군대 생활은 좋으나 싫으나 반드시 거쳐야 하는 의무입니다. 장업은 어쨌든 군생활을 해냈지만, 세상에 대한 답답함이 심해졌습니다. 가정이든 학교든 사회든 꽉 짜인 규율생활이란 그에게 야수를 가두는 우리나 다름없었습니다. 군에서 나온 후, 자신이 좋아하고 재능이 있다고 생각하는 그림 그리기를 해보고자 약간의 미술 강습을 받고 미술대학에 입학하게 됩니다. 부모님 몰래 한 짓입니다. 그런데 그는 당시 한국 사회의 분위기나 미술대학의 분위기가 경직되고 일률적이고 답답한 것에 크게 염증을 느끼게 됩니다. 그 염증이 못 견딜 정도가 되었을 때, 그는 한국을 탈출하고자 길을 모색하지요. 어려서 그는 부모님을 따라 가톨릭 신자가 되었는데, 때마침 가톨릭 교단에서 가톨릭신자인 한국의 대학생들에게 약간의 학자금을 주어 오스트리아라는 나라의 대학에서 공부할 기회를 제공한다는 소식에 접하자, 이에 지원하였습니다. 그는 다행히 유학생으로 선발되어, 오스트리아의 수도 빈(Wien)에 가서 미술공부를 하게 됩니다. 그의 나이 스물여덟 때의 일입니다. 그리고 장업의 예술혼이 눈뜨는 본격적인 이야기는 빈이라는 도시에 도착하고부터 시작됩니다."

센타크논: "장업이 태어나서 28세의 젊은이가 되기까지의 경로를

매우 압축해서 들려주었습니다. 앞으로 이야기를 진행하면서 필요하다면 그의 유년기, 소년기, 청년기를 되짚어볼 수 있도록, 디렉소스 대원은 그의 기억정보를 담은 칩을 항상 소지하고 내게 오기 바랍니다. 이야기를 계속하세요."

디렉소스 대원: "앞으로 전개할 이야기를 제가 각색해서 들려드리는 것은 제 주관적 안목이 끼어들 소지가 다분하므로 피하고 싶습니다. 그래서 본격적인 부분은 가급적 그의 기억정보를 그대로 옮겨보도록 하겠습니다. 그의 기억정보에는 어떤 경험은 선명하고도 세밀하게 남아있음에 반하여, 다른 어떤 경험은 흐릿하면서 중간 중간 기억이 지워져 있기도 합니다. 그렇기 때문에 다소간 기억을 편집하는 것이 불가피합니다. 여기에 제가 그의 기억정보를 취사선택하고 정리해서 출력한 글이 있습니다. 제가 읽어 보겠습니다."

다음은 장업의 빈에서의 추억이 남아 있는 기억정보를 A-3 대원이 간추려서 들려주는 것이다.

빈의 관문인 슈베하르트(Schwechat) 공항에 내려 버스를 타고 빈 시내로 들어왔다. 허름한 호텔의 한 방에 들어, 이 도시에서의 첫날을 맞는다. 10월인데 이곳은 초겨울처럼 날씨가 싸늘하고, 오후 5시가 안되었는데도 벌써 어둑어둑하다. 도착한 날은 바람이 없는 탓인지 거리에는 진한 석유 냄새가 깔려 코를 찌른다. 자동차 배기가스 냄새이다. 진한 회색이라기보다는 그을음에 그을린 듯 거무죽죽한 대형건물들이 도심부의 여기저기에 자리 잡고 있어서, 칙칙한 도시라는 인상을 준다.

도착 다음날 아침 내가 다닐 빈 미술 아카데미(Kunstakademie)의 사무처에 가서 입학등록을 하고, 미리 신청해두었던 기숙사를 배정받았다. 학교에서 걸어서 20분쯤 되는 거리에 위치한 기숙사이다. 찾아가 내가 쓰게 될 방을 받아, 얼른 짐을 풀었다. 오래 머물게 될 나만의 공간이라서 반가운 마음에 한참 동안 기숙사 내 좁은 방 안에서 앉아 있기도 하고 서성거리기도 하고 침대에 누워있기도 했다. 오후엔 부근 식품점과 상점에 다니면서 필요한 약간의 생활용품을 구입하였다.

이 곳 미술 아카데미는 철저히 도제식 교육을 하고 있다. 내가 소속된 미술 반(班)은 50대 후반의 후덕한 교수 한 사람을 아버지 삼고, 30대 중반의 친절한 조교 두 명을 어머니 삼아, 세계 각국에서 몰려온 열댓 명의 학생들이 대 가족을 이루어, 실기 위주의 미술 수련을 쌓고 있다. 미술 도제 가족에서 부모님 위치에 있는 선생들은 자식들에게 별 간섭을 하지 않고, 최소한의 친절이 아니라 최대한의 배려를 해 준다. 학교분위기는 훌륭한 편이다. 내가 소속한 반의 학생들 중에 오스트리아인은 서넛에 불과하고, 세계 각국에서 온 유학생이 즐비하다. 폴란드, 미국, 중국, 일본, 이태리, 이스라엘, 칠레, 유고슬라비아, 터키 등에서 온 다문화 미술가정이다. 본국에서 미술 대학을 나왔거나 다니다가 온 젊은이들이 많다. 반에 신기하게도 한국 여학생이 한 명 있다. 빈 미술 아카데미를 다닌 지 한 3년 된다고 한다. 나보다 네 살 어리다. 그녀는 독일어를 유창하게 하는 편이라서 독일어에 서툰 내게 큰 도움이 되고 있다. 그렇지만 그림 그리는 데 무슨 말이 필요하겠는가? 나는 불편하기는 해도, 의사소통을 원만히 하려고 외국어를 배우는 데 힘을 쏟지는 않는다. 화가란 그림으로 말하는 사람이 아닌가? 우리 반 학생들이 실습으로 익히고자 하는 분야는 유화, 판화, 프레스코화 등 다양하다. 나는 유화 그리기에 주력한다.

내 그림 실력은 아직 일천하다. 나만의 기법이라는 것도 없다. 미술교사인 아버지가 어린 나에게 크레파스를 들려주고 붓을 쥐게 해주며 가르쳐준 걸음마 미술 공부가 내 그림의 저력이 되어 있다. 그림의 기초를 닦아준 아버지께 감사한다. 그런데 내가 진정 고민하고 있는 점은 내가 그림 그리는 것을 좋아하긴 하지만, 그림에 대한 강렬한 욕구가 치밀어 오르지 않고 있다는 내 내면의 세계에 있다. 난 이제껏 무엇인가에 미친 듯 열중해 본 적이 없다. 혼신의 힘을 다해 그 무엇인가에 몰두해 본 적이 없다. 나를 둘러싸고 있었던 내 가정이, 내 학교가, 내 사회가 나를 캔버스 삼아 나에게 그려주는 그림을 그대로 받아 그려진 그림이 지금까지의 나였다. 나는 그리는 인간이 아니라 그려진 인간이었다. 나는 생각을 하는 인간이 아니라, 생각을 받는 인간이었다.

이 세상은 나를 상대로 그들 멋대로 내게 엉망진창인 그림을 그려놓았다. 세상이 나를 상대로 내게 어떤 그림을 그렸는지를 이젠 알고 있다. 그러나 더 이상 세상이 나를 상대로 그림 그리는 것을 용납하지도 않겠거니와, 앞으로 내 스스로 그릴 그림만큼은 엉망으로 그리지 않겠다. 스물여덟이 될 때까지 시간은 물렁하게 흘러갔다. 답답하다. 이제는 나를 둘러싼 세계를 캔버스 삼아 내가 그리고 싶은 그림을 그리는 인생을 살겠다. 나는 그려지고 싶은 것이 아니라, 그리고 싶은 것이다. 내 그림을 내가 그리고자 하는 내부적 욕구가 내게 그림을 그리고자 하는 외부 세계의 모든 압력을 눌러 꺼뜨릴 수 있을 만큼 강렬해져서, 언제고 화산이 폭발하듯 솟구쳐 올라오길 고대하고 있는 것이다. 이 학교에서, 이 사회에서, 이 지구에서 나를 심는 그림을 그리고, 마지막에는 내가 내 자신에게 나를 그리고 싶다. 마음에 드는 자화상을 그리는 작업이 내 그림의 종착역이 될 것이다.

빈 미술 아카데미에서 그림 그리기를 시작한 지 세 달이 흘렀다. 그림 그리는 요령은 늘고 있지만, 내면의 세계에서 솟구쳐 오르는 강렬한 붓질은 없다. 남들의 그림 그리기는 어떠한가 궁금해서 실기실을 한 바퀴 돌아본다. 폴란드에서 온 남학생 하나는 제법 열심히 그린다. 그림도 보아줄 만하다. 그 외의 학생들은 취미삼아 그리는 아마추어 일요화가들 같다. 적어도 내 눈에는 그렇게 비친다. 그림 그리다가 흘낏흘낏 여학생들을 쳐다보기 바쁜 남학생들, 그림 그리면서 화장에 신경 쓰기 바쁜 여학생들. 저러니까 저따위 그림이나 나오는 거지! 그런데 저따위 그림이나 그리면서 어떻게 저렇게 유쾌한 표정을 짓고 있지? 젊은 화가들은 자아도취와 과대망상에 빠진

정신착란자들이야. 나이 들어 자신의 능력을 깨닫게 된 늙은 화가들은 우울한 고목이거나 현실에 젖어든 체념한 낙엽들이지.

　아무렇게나 대충 챙겨 입은 몸뚱이를 끌고 와서, 아무 것이나 대충 집어 삼킨 배를 부여잡고, 아무렇게나 내지른 표정을 하고서도, 꽉 다문 입, 형형한 눈빛만은 캔버스를 뚫어지게 응시하는 화가의 자세 정도는 되어야, 그저 그런 작품이라도 나오련만⋯⋯. 아니, 먹지도 않고 마시지도 않고 오들오들 떨면서 그리기에 매달려야, 볼만한 그림이 나올 텐데! 모두들 거동은 풍요롭고 작품은 빈약하다.

　지도교수나 조교들도 그렇게 그림에 흠뻑 빠져드는 것 같지는 않다. 기법은 프로이지만 내가 찾고 있는 열정적인 예술혼은 보이지 않는다. 심드렁한 기분에 학교를 빠져나와 빈 1구(區)를 걷는다. 링(Ring)이라고 불리는 대로로 둘러싸인 1구는 빈의 유서 깊은 지역이다. 종교예술의 극치인 대성당이 위용을 드러내고, 걸출한 음악가인 베토벤과 모차르트가 살았던 집이 있으며, 뜨내기 예능인이 거리 공연을 뽐내고, 뒷골목에는 자그마하고 오래된 카페, 음식점, 술집들이 옹기종기 모여 있어 정감 있는 대화가 왁자지껄하며, 하늘에서 내려와 깔리듯 음악이 거리를 채우는 곳이 1구이다. 동구인과 서구인의 피가 섞인 민족이라 그런지 이곳 토박이 젊은이들에겐 아름다움을 넘어선 묘한 매력이 있다. 집시들이 많이 살았던 보헤미아 지방이 여기서 그리 멀지 않으니, 오스트리아인은 반쯤은 집시인지도 모른다. 겨울눈은 일주일 전에도 쌓이고, 사흘 전에도 쌓이고, 오늘도 쌓여, 옛 합스부르크 왕국은 사라지고, 눈의 왕국이 들어섰다.

　1구를 쏘다니다가 기숙사 방에 들어가 쪼그리고 앉아 밤늦도록 상념에 잠겼던 다음날 아침에도 밖으로 몸을 내몬다. 방황하는 정신 그리고 방황하는 발걸음에 번민이 깊어간다. 번민의 겹겹 산(山)을 넘어가기 어려워, 몸을 밖으로 내몬다. 자신을 늦여보고자 1구에 접한 운하로 나간다. 이 운하는 도나우 강으로 연결된다. 번민으로 머리가 뜨거워진 사람은 물을 찾아 나서는 모양이다. 찬 물이 머리를 식혀주기라도 하는 것처럼. 운하에 가득한 물을 보면 머리가 청량해지고 다소간 마음이 가라앉는 느낌이다. 어제 점심부터 식사를 걸렀더니 기운이 없다. 한 Self 음식점에 들어가 따끈한 굴라쉬(Gulasch) 수프 한 그릇과 바삭한 젬멜(Semmel) 빵 한 덩이를 먹고 허기와 추위를 덜어낸다. 칙칙하다는 첫 인상을 주었던 빈이라는 도시가 이제 세 달이 흐르고 한 겨울에 들어서면서 도시의 깊은 속살을 조금은 내어 보인다. 모자를 푹 내려쓴 칙칙한 얼굴 아래로 반짝이는 눈동자, 봉긋한 육감적 입술, 발그스레 홍조 띤 빰, 사근사근한 음성, 깊게 들이키고픈 내음이 숨어 있는 도시가 빈이다. 공기 싸늘한 하늘 아래에 적어도 나한테만큼은 숨길 것을 모두 숨겨두고 있었던 빈이 겨울철에 들어와 내 마음의 빗장을 풀어 젖힌다. 이제 하나씩 하나씩 내게 가리개를 걷어 보인다. 빈의 속살을 보기만하고 만져볼 수는 없는 이방인에게 빈은 애틋하고도 서글픈 정념(情念)을 안겨준다. 겨울철의 빈이 내 맘에 든다.

석 달이 지난 아직도 그림을 향한 내 마음은 열리지 않는다. 나는 그림을 향해 내달려나갈 내 혼을 열어 꺼내고자 안간 힘을 쓴다. 그 혼을 깊숙한 속 안에 묻어두고 있을 뚜껑을 열어 버리고자, 그 혼을 칭칭 동여매고 있을 덮개를 헤집어 버리고자, 그 혼을 영글게 감싸고 있을 단단한 껍질을 까 버리고자, 그 혼을 간직하고 있는 강철 금고를 깨부수고자 무던 애를 쓴다. 내가 나와 죽자 사자 싸움을 한다.

내 영혼의 깊은 곳에 그림을 향한 본능적 열망이 있다는 것은 안다. 내 자신을 강력히 분출시킬 그림이라는 영매(靈媒)를 본능 깊숙이 묻어두고 있다는 것을 안다. 나는 표현하고 싶다. 그림을 통해서. 그러나 아직은 그 열망이 내 영혼의 밑바닥에서 막연히 꿈틀거리고 있는 단계이다. 화산 밑창의 거대한 마그마처럼. 내 그림에의 열정은 아직은 휴화산이다. 나는 폭발하고 싶다. 화산이 폭발하고자 마그마가 꿈틀거리고 있다. 활화산으로 넘어가기 직전의 휴화산이다. 마그마가 뚫고 나올 통로를 찾고 있다. 마그마가 뚫고 나와, 모든 것을 태우고, 휩쓸어버리고, 덮어 버리고, 심지어 나까지 집어삼키는 것을 보고 싶다. 나는 미친 듯 그리고 싶다. 왜 내 예술혼이 터져 나오지 않는 것이냐? 왜 잠자고 있는 것이야? 왜 나를 미친 사람인 듯 이리저리 방황하게 만드는 것인가?

그래, 내일은 터져 나오는 예술혼을 미친 듯이 휘저어 분출시켰던 대가들의 자취를 호흡해보자. 베토벤이 너무도 강한 자신의 예술혼을 달래보고자 거닐었던 빈숲(Wienerwald)을 걸어보자. 모차르트가 낄낄대며 천재의 예술혼을 웃음으로 흩날렸던 골목길(Gasse)을 서성이자. 대가들의 예술혼을 담고 있었던 육체가 흙으로 변하여 아직 편린이나마 남겨놓았을 중앙묘지(Zentralfriedhof)를 밟아보자.

하나님, 제가 카메라 영상미를 뛰어넘는 좋은 그림을 그리게 해주십시오. 아름다운 그림을 그리고 싶습니다. 바라보면, 가슴이 뛰고, 눈물이 나고, 하도 아름다워서 눈감은 채 마음의 창고에 간직하고 싶어지고, 조용히 꿈꾸듯 하늘을 날고, 그렇게 그렇게 빨려드는 그림을 말입니다. 그림 보고 발길 돌리면서 "정말 좋은 그림이구나!" 감격하며, 이런 그림을 보게 된 것이 크나큰 하늘의 축복이라고 되뇌게 되는 그런 그림을 말입니다. 심지어 "이 그림으로 말미암아 내 영혼이 구원받았다!"하고 외치게 되는 그런 그림을 말입니다. 그런 그림을 그리는 것이 제가 이 세상에 태어나서 살아가는 유일한 의미입니다. 그런 그림을 그려야 만이 제가 편히 눈을 감을 수 있습니다.

같은 곡이라도 저렇게 아름답게 연주할 수 있는데, 저토록 훌륭하고 탄복과 신음을 자아내는 아름다운 건축물이 있는데, 저렇게 찬란히 빛나는 경이로운 예술품이 있는데……. 누가 만들었을까? 그 사람은 어떤 사람일까? 어떻게 저렇게 눈부신 작품을 내놓았을까? 콜링(Calling)이지! 그렇지, 저건 그 사람에게 내려진 하늘의 소명이야! 나도 내게 주어진 소명이 있을 거야. 그건 좋은 그림 그리기 일 거야.

내일은 대가들의 그림을 보러가자. 그들의 그림이 내 예술혼을 일깨워줄 수도 있을 거야.

　　보물 찾으러 가듯, 미술사 박물관(Kunsthistorisches Museum)에 간다. 렘브란트, 루벤스, 라파엘로, 벨라스케스, 뒤러, 브뤼겔, 홀바인을 본다. 그 다음날에는 벨베데레(Belvedere) 궁전 미술관에 간다. 클림트와 코코슈카를 본다. 아직 눈이 크게 떠지지 않는다.

　　벨베데레 궁전 미술관에서 에곤 쉬일레(Egon Schiele)를 본다. 그런데 내 두 개의 동공이 활짝 떠진다. 예의를 갖춰 정식으로 인사를 해야겠다. 그림다운 그림을 만나면, 자세가 바로선다. 이건 보는 게 아니라, 만나는 거다. 내가 그와 만난다. 나와 그가 오롯이 마주한다. 내 눈이 뜨이고, 내 마음이 열리고, 내 머리가 쏠리고, 내 영혼이 깨어난다. 내 온몸이 그를 영접한다. 잠시 숨이 멈춘다.

　　그 때 쉬일레가 내게 말한다.
　　"왜 이제 왔어?"
　　나는 말없이 그저 서 있다.
　　그가 또 내게 말한다. 나를 뚫어지게 바라보면서.
　　"여태까지 네가 오기를 기다리고 있었어!"
　　그가 나를 위해 그림을 그렸고, 내가 보아주기를 기다리면서 여기에 있었다니. 왜 내가 이제서야 왔을까? 눈시울이 축축해진다. 눈이 입보다 앞서고, 눈물이 말보다 앞선다. 눈물은 눈의 과일이고, 말은 입의 과일이다.

내가 첫 인사를 올린다.

"한국에서 온 장업이라고 합니다. 만나 뵈어서 정말 기쁩니다. 선생님을 뵐지 미처 모르고 와서, 선생님께 드리고자 준비한 선물이 없습니다. 제가 당장 드릴 수 있는 선물은 눈물뿐입니다. 제 눈물을 받아주십시오."

나는 눈물을 떨구며, 깊숙이 허리 굽혀 절했다.

"잘 왔어. 너를 80년이나 기다리고 있었어."

쉬일레는 할 말이 많은 듯 했다.

"그림은 많이 보고, 열심히 그렸어? 나이는 몇이야?"

"선생님, 저는 지금 정신이 없습니다. 먼저 선생님을 느끼게 해 주십시오!"

"그래, 먼저 한 바퀴 돌아보고 와. 마지막에 이 내 자화상 앞으로 오라구!"

그는 이 방 저 방에서 나를 기다리고 있었다. 그리고 자꾸 말을 건다.

"여기 또 하나의 내가 있어. 나는 하나로만 나를 보여줄 수는 없어, 때론 벌거벗고 너를 기다리고, 때론 굶주리고 신음하면서 널 기다리고, 때론 퀭한 눈으로 쪼그리고 앉아서 널 기다리지. 어떤 모습으로도 내가 아름답지 않아? 왜 그렇게 놀란 눈을 하고 있어? 나는 네 나이에 죽었어. 그림을 이만큼이나 그려 놓았다구. 감옥에서도 그렸어! 나를 칭찬해주어, 나는 네 칭찬을 받고 싶어.”

바로 저런 그림이야. 내가 꿈꾸고, 나를 휘저어주길 바라던 그림이야. 저건 사람의 가슴을 후벼 파는 그림이야. 저 그림은 손으로, 눈으로, 머리로, 마음으로 그리다가, 마지막에는 혼으로 그린 그림이야!

그가 또 말한다.
“나를 따라 오고 싶지? 내가 너를 아름다운 그림세계로 데려가 줄게! 이젠 내가 그림 밖으로 나가도 좋아. 너를 만났으니까!”
“선생님 그림 앞에 무릎 꿇어 존경을 표합니다. 내일도 뵈러 오겠습니다. 매일 만나러 오겠습니다.”

그 후 매일 가서 그를 만났다. 만날 때 마다 그는 내게 많은 얘기를 해 주었다. 그림 그리기가 얼마나 힘들었는지를. 그림 그리기가 얼마나 기쁨을 주었는지를. 감옥에서 얼마나 모멸감을 느꼈는지를. 때 이른 죽음이 얼마나 애통했는지를. 나를 얼마나 그리워했는지를 …. 내게 가르침을 주기도 했다. 화가란 철두철미 자기 자신이어야만 하며, 오로지 자기 혼자서 창조해야 한다는 화가 정신을 불어 넣어 주었다. 그리고 화가는 오직 그림 그릴 때에만 자기 자신이 될 수 있다고 했다.

미술관 문이 열리고 닫힐 때까지 우리는 하루 종일 이야기를 나누었다. 겨울철이라 하루해가 더더욱 짧았다. 만난 지 닷새째가 되는 날은 미술관의 휴관일이었다. 나는 그날도 미술관 밖을 서성이며, 안에 있는 쉬일레에게 내가 왔음을 알렸다. 미술관 담을 사이에 두고 우리는 또 이야기를 나누었다. 만난 지 일주일이 넘었다.

오늘따라 쉬일레가 더욱 정답게 말을 건다.

"지난 8일간이 80년 같았어. 그런데 업이! 너는 이제 그만와도 돼, 너는 오늘부터는 나를 가진 거야. 너는 오늘부터 내 혼을 가진 거야. 이제 내 혼이 네 혼이 되고, 네 혼이 내 혼이 된 거야. 여태까지 아무도 내 혼을 가져가지 못했어. 앞으론 그 어느 누구도 내 혼을 가져갈 수 없게 되었어. 내 혼을 네게 주어버렸으니까! 오늘로 너와 나는 하나가 된 거야. 그러니까 우린 이제부터 헤어지는 일도 없는 거야. 이젠 우린 함께 가는 거야. 난 항상 너와 같이 있겠어. 앞으론 너도 외롭지 않고, 나도 외롭지 않아. 그리고 네가 와주어 정말 고마워. 너를 만나게 되어서, 내 그림은 완성된 거야."

그러면서 그는 스르륵 내 안으로 들어 왔다.

이렇게 장업의 예술혼이 깨어났다. 장업은 빈을 떠나 가장 빨리 고향으로 돌아 갈 수 있는 비행기 표를 구했다. 사흘 후 장업은 짐을 꾸려, 눈 가득 덮인 빈을 뒤로 했다.

디렉소스 대원이 읽기를 마친다. 센타크논이 잠에서 깨어나듯 장업 이야기에서 깨어난다.

센타크논: "우리 올림포스에도 저렇게 뜨거운 화가가 있을까요?"

디렉소스 대원: "그건 나노 칩을 심어보아야 알 수 있겠지요. 시간이 늦어 오늘은 이만 그치고, 내일 찾아 뵙겠습니다."

센타크논: "내일은 무슨 이야기를 들려주게 됩니까?"

디렉소스 대원: "장업이 결혼하는 부분입니다."

센타크논: "달콤한 이야기겠군요. 내일이 기다려집니다."

디렉소스 대원이 함장실을 나간 후, 센타크논이 넋두리하듯 읊조린다.

"화가 장업의 살아 생전, 내가 한번 만나 보았으면 좋으련만….

예술혼을 깨우려는 그의 절절한 간구가

죽은 화가의 넋을 불러내고,

부활한 옛 화가의 혼백이

장업을 구원하였네.

장업의 위대한 예술혼은

자신의 혼을 난자로 하고 쉬일레의 혼을 정자로 해서 수태한 것이지.

넋이 심어진 그 한 개의 수정란이 깨어나,

수 없이 세포분열하게 될 성장의 세월은

장업이 오만가지 조화로운 그림을 펼쳐내게 될 영광의 세월이리라.

화가든 작가든 음악가든

모든 예술가는

예술혼을 수태한 단 한 개의 세포만 있다면,

장차

오만가지 그림을 그려내고, 오만가지 글을 써내고, 오만가지 노래
를 엮어내게 되는 법!

예술가의 오만가지 찬란한 창조는 예술혼의 수태에서 출발하는 법!

예술혼의 수태!

그게 위대한 거야! 그게 예술가로서의 진정한 생명의 시작이야.

장업은 이제 힘차게 진군하겠구나!"

제14화
장업이 결혼하여 악처를 얻다.

다음날 약속된 시각, 약속된 장소에서 디렉소스 대원이 센타크논에게 장업의 이야기를 다시 시작한다.

"대장님, 오늘은 장업의 혼사를 말씀 드리겠습니다만, 그전에 장업이 고향에 돌아가 화가로서 꽃피는 시절을 돌이켜 보고자 합니다. 잠시 다음 이야기를 들어주시기 바랍니다."

화가 장업은 빈에서 귀국하는 대로 부모님이 계신 고향 남해읍으로 향한다. 집에 도착하여 저녁을 먹고 나서, 가족들에게 자신이 화가의 길에 들어섰음을 밝히고 그간의 경위를 고한다. 시골 자그마한 도시에서 조그만 수입으로 일곱 식구가 항상 빠듯하게 살아오면서 장남 장업에게 온 기대를 걸고 있었던 가족 모두들에게 화가의 길을 가겠다는 장업의 선언은 놀랍고도 실망스런 일이다. 부모님은 이 예기치 못한 사태를 어떻게 받아들여야 할지 한동안 아연해한다. 그러나 장업이 워낙 단호하게 선포하듯 말하고 무언가 섬뜩 느껴지는 범상치 않은 기상에 압도되어, 모두들 어설픈 항의조차 꺼낼 엄두를 내지 못한다. 장업의 화가 인생은 기정사실화된 것이다. 하긴 어느 누가 그 길을 막을 것인가?

고향집에서 어머님의 자상한 보살핌을 받아, 장업은 잘 먹고 잘 자고 잘 쉬고, 이윽고 한창 나이의 청년답게 기운이 충만해진다. 그림그리기를 시작해야 할 때다. 화판(畵板) 화가(畵架) 화구(畵具)를 갖추어, 한려수도로 이름난 남해 절경을 누비고, 정겨운 어촌을 돌아서, 주름진 얼굴의 어부에게 눈 맞추며, 골라잡은 풍광과 인물을 화폭에 담는다. 그리고 또 그리고, 게걸스럽게 그리며, 물고기가 물을 만난 듯, 매가 상승기류를 탄 듯, 불쏘시개에 기름이 부어진 듯, 장업의 창작열은 무섭게 작열한다.

오랜만에 아버지와 아들 사이에 대화가 통한다. 온통 그림이야기뿐이다. 아버지는 남해에 와서 아들이 억수로 그려낸 그림들을 보고, 자기 눈을 믿을 수 없다는 듯 자꾸만 눈을 부비며 보고 또 본다. 아버지의 독백이다. 이토록 아름다운 그림을 그리는 장업이 바로 내 아들이라니…. 진작 들어섰어야 할 길인데…. 이제라도 늦지 않았어. 한낱 미술선생에 불과한 나한테서 저토록 걸출한 화가가 태어나다니…. 신기하기 짝이 없다. 아버지의 감격은 끝이 없다. 장업은 맨 먼저 아버지의 인정을 받은 것이다.

그림을 그리다가 장업은 가끔 막막해진다. 그러면 자신과 혼연일체가 되어 있는 스승 쉬일레에게 묻는다.

"선생님!

어떻게 그릴까요?

무엇을 꺼낼까요? 무엇을 지울까요? 무엇을 남길까요?

무엇을 내세울까요? 무엇을 밀칠까요?

어디서 반짝일까요? 어디서 울릴까요?

어디서 붓을 멈출까요?"

쉬일레는 손 들어 넌지시 가리키고, 눈 내려 은근히 짚어주곤 한다.

걸음을 옮기며 자연을 마주하고, 걸음을 멈추어 자연을 보듬다 보면, 나무에, 바위에, 산과 바다에, 저녁노을에, 바람과 빗줄기에, 하늘에 정령이 숨어 있어, 엽에게 말을 걸어 왔다. 자신을 좀 그려 달라고…. 여기저기서 자신을 그려 달라는 아우성이 빗발쳤다. 그래서 그려주고 또 그려주었다.

참으로 희한했다. 자신의 예술혼이 눈을 뜨니, 주변 것들이 온통 함께 깨어났다. 자신의 혼이 깨어나면서 과거에 죽어 있었던 주변 모든 것들이 살아나 숨을 쉬고 움직이고 속삭이기 시작했다. 세상과 하나가 되었다. 그림과 하나가 되었다. 이제 자신이 살아있고 그림이 살아있고 만물이 살아있음을 느꼈다. 사는 것이 의미가 있었다. 기쁨이 찾아왔다. 활기가 솟아났다. 그림을 그린다는 것은 기쁜 일이야! 살아있다는 건 기쁨이야!

한 영혼이 깨어난다는 것이 이토록 의미심장한 것이구나! 세상이 온통 바뀌는 것이구나!

그리기에 몰입하던 봄과 여름이 가고 가을이 오자, 장업은 부모님으로부터 다소간의 돈을 받아들고 서울로 간다. 서울 북촌마을에 방 두 칸을 세내어, 한 칸은 살림방으로 쓰고 다른 하나는 작업실로 한다. 이젠 자신의 작품을 세상에 드러낼 때가 되었다. 대여섯 작품을 꾸려 화랑계에서 이름 떨치고 있는 제일화랑을 찾아가 큐레이터를 보자고 한다. 작품을 한참 들여다보던 큐레이터는 장업을 데리고 화랑 대표에게 안내한다. 대표도 작품을 뚫어지게 들여다본다. 그릇이 그릇을 알아보는 법이다. 화랑 대표와 큐레이터는 장업이 백년에 한 사람 나올까 말까한 화단의 샛별이라는 것을 직감한다. 이런 대가가 제 발로 걸어 들어오다니. 그 둘은 자못 흥분한다. 이걸 두고 호박이 넝쿨째 굴러들어왔다고 하는 거다. 그들은 당장 한 달 후 전시회를 열기로 계약한다.

한 달이 지나 전시회가 열리는 날이다. 관람객 대부분은 샛별이 떴음을 알았다. 별빛은 감출 수 없다. 별빛을 가리는 방법은 자신의 눈을 감는 수밖에 없다. 장업의 작품을 보고 자신의 작품이 보잘 것 없음을 통감하게 되는 화가들은 눈을 감아버리고 전시실을 나가 버린다. 장업의 그림은 한편으론 관객들의 눈을 뜨게 만들고, 다른 한편으론 불편한 화가들의 눈을 감게 만든다. 장업의 출현으로 인하여 그동안 내로라하는 중진의 화가들이 질투받는 존재로부터 질투하는 존재로 바뀐다. 찬탄과 질시는 위대함이 낳는 두 그림자이다. 장업의 미래에 두 그림자가 짙게 깔린다.

이 전시회에 한 여류 화가가 나타난다. 이름은 손마마(孫媽媽)라 하고, 나이는 장업보다 두 살 연상이다. 그 여자는 자신을 장업에게 소개한다. 이 손마마에게 장업이 딱 걸려들게 된다. 데릴라에게 걸려든 삼손이 된다.

디렉소스 대원이 하던 이야기를 중단하고 센타크논에게 말을 건넨다.

"장업은 이 손마마라고 하는 여자와 결혼하게 됩니다."

센타크논이 묻는다.

"결혼하게 되는 것을 왜 걸려든다고 말했지요?"

디렉소스 대원: "이 결혼이 그를 비통한 운명으로 몰아넣었으니까요. 이제부터 그의 결혼 이야기에 접어들게 됩니다. 그의 결혼 이야기는 장업의 기억정보와 대장님의 특별 허락을 받아 그의 부인 손마마의 뇌에 심어 넣은 나노 칩에서 얻은 기억정보를 조합해서 정리한 것입니다."

(그러니까 다음은 손마마와 장업의 기억정보가 교차하면서 전개되는 이야기이다.)

〈손마마의 기억〉

너, 장업! 너 같은 남편감을 내가 나이 서른이 되도록 기다려왔어. 그림 실력이 출중하고 용모도 준수한 젊은 남자, 어떻게 아직까지 내 차지로 남아 있지? 여자를 모르는 저 숙맥 얼굴. 네가 여자 속으로 들어가는 건 자욱한 안개 속에 들어가는 거나 진배없어. 네가 그림에는 뛰어날지 모르지만, 세상살이에는 숙맥이지 않아? 나는 그림에서는 한참 처지지만, 처세술이 기막히지. 천부적인 화가라도 세상 물정 어두운 사람과 뒤떨어진 화가라도 세상살이에 밝은 사람 중에 누가 더 멋진 인생을 살게 되는지 내가 보여줄까? 사람을 잘 만나야 돼. 기어코 너와 결혼해서 멋진 인생을 살 거야! 내 팔자를 고칠 거야. 전시회가 끝나고 일주일이 지나면, 내가 네게 결혼의 덫을 놓으러 갈 거야. 내 덫이 얼마나 네 살을 파고드는지 보여주겠어.

장업의 개인전 뒤풀이가 있고 일주일 후 장업의 거처에 손마마가 납신다. 손에는 장업이 먹을 맛난 음식을 잔뜩 싸들고 간다. 장업의 방에 들어가 퀴퀴한 옷과 모포를 세탁기에 넣어 돌리고, 지저분한 방구석을 말끔히 청소한다. 여자의 손길이 어떤가를 여실히 보여준다. 이런 행동들은 장업으로 하여금 가정을 갖고픈 생각이 들게끔 자극한다.

저런 남잔 배시시 웃는 여자의 자태를 좋아하지. 저런 남잔 돌려 말하는 것보다 정직한 직설법을 좋아하지. 저런 남잔 내 좋았던 시절을 늘어놓는 것보다 내 어려웠던 시절을 눈물겹게 고백하는 데 감동하지. 틀림없어! 내 각본대로 연기해야지. 저 것 봐. 내가 예상한 고대로 넘어오네. 일이 너무 쉽게 되면 재미가 없는데. 내일 와선 그림 모델 역할을 자청해야겠어. 벗은 내 몸매에 눈이 익숙해지면, 자다가 꿈틀거리며 내 몸을 그리워할 거야.

〈장업의 기억〉

업과 마마가 알게 된 지, 두 달 만에 결혼식을 올린다. 정식 결혼이다. 부부는 작은 아파트를 세내어 신혼살림을 차린다. 업이 전에 들었던 북촌의 두 칸 방은 작업실로 계속 쓰기로 한다. 무미건조한 총각 생활을 청산하고 살뜰한 아내의 손길이 미치는 가정에서 밤마다 여자의 탱탱한 몸을 안으며 음양 교접의 희열을 맛보는 장업의 표정이 싱그럽다.

그런데 결혼한 지 얼마 되지 않아 장업은 사소하긴 해도 이상하기 짝이 없는 사건을 당한다. 부부는 아파트 현관문 열쇠를 각자 소지하고 서로 편하게 출입한다. 하루는 작업실에서 그림에 열중하고 있는 업에게 전화가 왔다. 현관문 열쇠가 없으니 빨리 와서 문을 열어달라는 마마의 전화이다. 달려가 문을 열어주고 묻는다.

"왜 열쇠를 안 갖고 있어?"

그러자 마마가 대답한다.

"오전에 같이 집을 나가면서 내 열쇠를 당신에게 맡겼잖아. 그래서 없는 거야."

"나는 당신 열쇠를 받은 적이 없는데, 무슨 소리야."

"아냐, 내가 틀림없이 주었어."

"아냐, 나는 받은 적 없어."

"정말 확신해? 그러다가 당신한테서 내가 준 열쇠가 나오면 어쩔 거야?"

그 순간 장업은 아연실색한다. 장업은 철저한 사람이다. 그리고 그날 오전에 받은 열쇠를 기억하지 못할 사람이 아니다. 화가 나지만 그냥 넘어가기로 하고, 현관문 열쇠를 하나 더 복제해서 아내에게 넘겨준다. 그로부터 채 보름이 지나지 않아서다. 작업실에 있는 업에게 마마가 또 전화했다. 현관문 열쇠가 없으니, 와서 열어달라고. 전번과 같은 일이 또 벌어진다. 마마는 아침 헤어질 때 열쇠를 업에게 맡겼다고 하고, 업이는 받은 적이 없다고 한다. 마지막에 마마가 또 한 마디 한다.

"당신이 열쇠를 안 받았다고 하는데, 당신한테서 내 열쇠가 나오면 어쩔 거야?"

순간 업이는 아찔하다. 그날 밤 혼자서 열쇠 사건을 다시금 생각하는데, 무언가 불길한 예감에 휩싸인다. 사소한 일이지만, 거짓말하고, 우기고, 겁주고, 뻔뻔스럽게 나가는 사람과 평생 같은 방에서 살아갈 자신이 보이는 것이었다. 이제껏 장업이 살아온 생활권은 구태여 거짓말을 할 필요가 없을 만큼 정상적으로 영위되는 인간관계였다. 설사 부부간에 거짓말하고 우길 수 있다고 하더라도, 마지막에 "어쩔 거야?"라는 협박조의 대화는 낯설고도 기가 막히는 기분을 던져 주었다. 장업은 앞으로 뭔가 잘못되어도 크게 잘못될 것 같다는 직감이 들었다. 불안해졌다. 이제부턴 전혀 다른 생활권에서 살아온 별종의 손마마가 전혀 다른 생활권을 보여주게 될 결혼생활이 펼쳐질 것이 아닌가? 이렇게 장업은 별세계에 들어서는 것은 아닌가?

그리고 장업을 힘들게 하고 넌더리나게 하는 것은 시도 때도 없는 손마마의 폭언이었다. 한참 손아래 화가 청년의 생활이 어렵다고 해서 좀 도와주었더니, 장업이 어수룩하게 이용당했다고 비난하면서 볶아댔다. 사람이 서로 돕고 도움을 받는 것을 손마마는 이용당하고 이용하는 것으로 악담했다. 손마마로 인해 심란해진 장업이 남해 고향엘 다녀오면, 가장이 집을 팽개치고 부부싸움을 피해 도망쳤다고 험담했다. 잠시 피하고 벗어나는 행동을 손마마는 비겁하게 도망치고 무책임하게 내팽개치는 것으로 몰아쳤다. 한번은 친구와의 저녁 술자리에서 어려운 결혼생활을 푸념조로 털어 놓았는데 그 친구 부인으로부터 귀띔 받은 손마마는 남자가 집안일을 밖에 고자질했다고 장업에게 막말을 해댔다. 자신에게 조금이라도 불리한 말을 남에게 하면, 그건 남에게 일러바치는 비열한 고자질을 한 것이라고 볶아대며 장업을 괴롭혔다. 이 정도에서 출발한 손마마의 악담, 험담, 폭언은 점차 심도를 더해 가면서, 장업이 소중히 여기는 사람까지를 짓밟는 야비한 언어폭력을 예사로 행하고, 장업의 사소한 잘못에 대해서도 거친 욕설을 서슴없이 퍼부어대는 아내로 탈바꿈했다.

손마마는 자신을 되돌아보는 능력이 없었다. 자신을 마음의 거울에 비추어보는 능력이 없었다. 아니, 그런 능력이 없다기보다는 결코 그러려고 하지 않았다. 자신의 잘못을 인정하지 않고, 항상 변명하고 정당화하고 남의 탓으로 돌렸다. 워낙 결함이 많은 여자라서 자신의 잘못을 인정하다가는 만신창이가 될 것을 알기에, 처음부터 자신에게 뻔뻔스런 갑옷을 입히기로 작정한 것이다. 정 부득이할 때는 지나간 일은 들추지 말자고 하면서 자신의 허물을 덮어버리려고 하였다. 물론 남의 탓을 할 때에는 남의 과거를 철저히 물고 늘어졌으며, 앞으로 있을지도 모를 일을 실제로 있는 것처럼 거짓 함정을 파서 가까운 사람들을 모함하고 이간질했다. 손마마의 속을 들여다보면, 그런 언동들은 깊은 열등감의 소산이었다. 남보다 못할 것 없는 사람은 어쩌다 저지른 자신의 잘못을 극구 부정하려 하지 않는다. 자신의 잘못이나 남의 잘못에 관대하다. 뒤떨어진 인간은 자신의 잘못에 전전긍긍하며 사태 수습에 급급하고, 남의 잘못에 대해서는 잘못하기를 기다렸다는 듯 작살을 내버린다. 능력도 없이 남편을 마음대로 좌지우지하려는 지배욕은 매우 강했다. 거침없이 살아가던 예술가 기질의 장업은 손마마가 쳐놓은 결혼이라는 덫에 치인 야수가 된다. 그에게 갑갑하고 속 터지는 생활이 연이어진다. 결혼해서 살아보니, 손마마는 못돼먹고 덜돼먹고 막돼먹은 여자였다. 그래서 장업은 맘속으로 자신의 아내를 '못덜막'이라고 불렀다.

여기서 디렉소스 대원이 숨을 고르며 말한다.

"대장님, 제가 준비한 부분이 적은 탓에 오늘은 좀 일찍 이야기를 마치겠습니다. 쉬시도록 하시지요."

센타크논: "그러도록 하지. 나도 웬일인지 오늘은 일찍 피곤하네, 잘 자게."

제15화
절정에 달한 장업의 그림에 손마마의 질투가 깊어지다.

다음 날 디렉소스 대원이 다시 함장실에 모습을 나타냈다.

"대장님, 장업의 이야기를 계속하도록 하겠습니다. 오늘은 장업의 그림이 절정에 접어들면서, 이를 옆에서 지켜보는 아내의 질투심이 무럭무럭 피어나는 이야깁니다."

어차피 장업은 그림에 모든 것을 불태울 운명이었다. 아내에게 실망하고 자꾸 언어폭력에 시달리면서 마음의 안정을 누리지 못하게 될 수록 장업은 그림에 더 더욱 빠져 들어갔다. 속이 상하면, 성당에 들어가 기도를 올리거나 술을 마시거나 영화를 보러가거나 여행을 떠나거나 여러 가지로 자신을 달래보았지만, 그건 그때뿐이고, 자신이 진정 평온을 찾을 수 있는 곳은 그림이었다. 그림을 그리고 있으면 응어리졌던 마음이 풀리고 온화해졌다.

귀국한 다음 해부터 그의 그림은 절정에 달했다. 휘두르는 붓의 선과 획은 힘차게 역동하였고, 색감은 화사한 꽃을 좇아 만개하였다. 무엇보다도 그의 그림에는 혼이 담겨 있었다. 그가 그린 그림 중 혼이 실리지 않은 그림은 없었다. 혼이 실린 그림은 보는 이로 하여금 전류가 흐르듯 짜릿한 느낌으로 다가온다. 영혼의 교감에는 전류가 실린다. 혼이 실린 그림은 보는 이에게 말을 건넨다. 도대체

말하는 그림이 어디 있는가? 그런데 장업의 그림은 말을 한다. 쉬일 레의 그림이 자신에게 말을 했듯이⋯. 그의 그림은 시각과 청각을 동시에 건드린다. 그의 그림 앞에 서는 이는 눈여겨 보고, 귀담아 들었다. 그의 그림은 남달랐다. 확연히 달랐다. 그의 그림은 군계일 학이요, 만고절화(萬古絕畵)이며, 욱일승천하고 경천동지하는 기세 를 지녔다.

그는 자신의 혼이 담긴 그림을 자식처럼 아꼈다. 그래서 자신의 그림을 팔지 않고 간직하려고, 버틸 수 있을 때까지 버텼다. 돈이 꼭 필요할 때 꼭 필요한 액수만큼만 벌어서 살고자 했다. 필요한 액 수만큼 벌어들일 그림만을 내놓았다. 그를 전속 계약한 제일화랑은 그의 그림을 살 수 없어서 안달하였다. 제일화랑은 그의 그림을 매 점매석하고자 했다. 그 화랑의 귀한 고객은 애걸하다시피 하거나 빼 앗다시피 해서야 간신히 장업의 그림을 손에 넣을 수 있었다. 값은 둘째 문제였다. 장업의 그림을 소장한다는 것은 대단한 자랑이었다. 장업은 그림을 내놓을 때 아주 높은 가격을 불렀다. 많이 받을수록 자식 같은 그림을 적게 팔 수 있고, 값 비쌀수록 구입한 이가 자신 의 그림을 더욱 소중히 여긴다는 것을 알기 때문이었다.

사람들이 잘된 그림에 대하여 보이는 반응은 그림의 수준에 따라 달라진다. 1급의 그림을 보는 관람객들은 잘 그렸다고 극구 칭찬한 다. 박수친다. 그보다 잘된 그림, 그러니까 급수를 따질 수 없을 만큼 놀라운 그림을 보면, 놀라서 침묵한다. 칭찬의 말조차 내놓을 수 없이 관람객을 숨죽여 침묵하게 하는 그림은 인간이 그린 최고 걸작품이다. 그보다 더 잘된 그림, 그러니까 사람의 솜씨가 아니고 영계(靈界)의 신선이 하강하여 그린 듯한 그림은 보는 이로 하여금 경배하게 만든다. 경배하고, 숭앙하며, 찬양하고, 흠모하는 그림은 이미 인간의 경지를 넘어선 것이다. 장업이 그린 그림은 그 어느 것 하나 앞의 세 수준을 벗어나는 법이 없다.

그런데 장업의 눈부신 재능, 탁월한 그림은 다른 화가들에게는 그렇다 치고라도 아내에게까지 질투심을 불러일으키는 건 웬일일까? 아내는 그러한 남편을 자랑스러워하고 뜨거운 박수를 보내야 하는 것일 텐데…. 질투심이라는 미혼약(迷魂藥)은 부부 사이에 더 무섭게 배어드는 것인가? 아니면 손마마가 병적으로 질투심이 강한 여자인가? 배고픈 건 참아도 배아픈 건 못 참는 한민족이라서 그런 것인가? 그 질투심의 크기가 얼마나 되고, 어디까지 치달을 것인가? 손마마는 먼저 자신의 뒤떨어진 그림 솜씨를 탓하면서 몸부림친다.

〈손마마1〉
나도 세상 사람들이 경탄해 마지않는 화가가 되고 싶다. 그런데 스스로 잘된 그림이라고 생각한 것도 업의 그림에 갖다 대면 초라하기 그지없다. 찢어버리고 싶어진다. 그의 붓길은 얼마나 경쾌한가? 내 붓질은 왜 이리 더듬거리는가? 그의 채색은 어찌 그리 상쾌할까? 내 색칠은 왜 이리 치졸한가? 사물을 꿰뚫어보는 그의 심미안은 어찌 저리 통쾌한가? 내 미의식(美意識)은 왜 이리도 둔탁한가? 그림 그리는 저이의 모습은 상큼하기 짝이 없어. 나는 왜 해도 해도 안 되는 것일까? 십 수 년을 그림에만 매달려왔는데, 그림은 왜 자꾸 내게서 달아나려하는가? 왜 나는 장업처럼 되지 않는 것일까? 저이처럼 미끈하게 날렵하게 거침없이 그려야 할 텐데. 그에게 쉬운 게 왜 내겐 어려운 것인가? 왜 내 손은, 내 눈은, 내 마음은 말을 듣지 않는 것일까? 속상하기 짝이 없어.

  장업의 저 뛰어난 재능의 비밀은 어디에 있는 것일까? 숨겨놓은 여섯 번째 손가락이 있는 것일까? 숨겨놓은 세 번째 눈을 이마에 달고 있는 것은 아닐까? 그의 후두엽(後頭葉)에는 절대 미감(絶對 美感)이 감추어져 있는 것일까? 그는 천재인가? 아니면 돌연변이인가? 그 비밀을 캐내어 나도 대가가 될 수 있다면 얼마나 좋을까! 업이에게 그림의 비결을 물어볼 때마다, 항상 하는 대답은 '미친 듯이 파고들라, 어느 순간 예술혼이 눈뜨리라, 하늘이 열리리라'라는 것뿐이지. 비상한 노력이라면, 내가 못할 것도 없는데. 왜 아무리 해도 해도 안되는 것인가? 속상하기 짝이 없어. 하나님은 불공평해. 왜 내겐 재능을 안 주었지?
  사람들이 장업의 그림 앞에 몰려들어 경탄하는 모습이 왜 점차 내 눈에 거슬리는지 모르겠어. 장업 앞에 열광하는 저 어린 여자아이들은 또 뭐야? 다른 화가들 앞에서는 오만하기 짝이 없는 화랑주들이 장업만 나타났다하면 왜 그리도 상냥해지지? 혹독한 비판을 속사포처럼 쏟아내는 평론가들은 왜 장업을 화단의 구세주인양 찬양하기 바쁘지? 더 이상 못 보아주겠어. 속이 상하다가도, 전시장 한 구석에서 수근수근 거리며 장업을 헐뜯는 소리가 들리면 내 속이 풀리다니, 이 무슨 아이러니야? 내가 업이의 아내인 것이 맞아?

〈장업1〉

내가 그린 그림인데도 내가 그린 것임을 믿지 못하겠다. 내가 다시 그린다고 해도 저만큼 그려내지 못하겠다. 내 안에 이런 그림 솜씨가 숨어 있었다니….

그런데 내 그림이 만개할수록 결혼 전에 활짝 웃던 아내의 얼굴이 결혼 후 점차 변하기 시작한다. 편치 않은 얼굴이다. 내가 그림에 몰두하는 것을 탐탁해하지 않아 하고, 내 그림에 대한 칭찬도 뚝 끊겨졌다. 마마가 그림 그리는 것을 본 지도 오래되었다. 그림이 잘 안되어 심란한 모양이다. 그래도 내가 잘 끌어가야지. 그림에 무슨 왕도가 있는가? 나도 내가 어떻게 저런 그림들을 그려내는지 모르겠는데…. 아내가 가끔 신경질을 내고 심술도 부린다. 다 자기 뜻대로 되지 않아서 그러는 거겠지. 그리고 자기가 나보다 못한 데서 나오는 걸 거야. 그래, 일종의 열등감이지. 못난 사람은 자신이 못난 게 화나고, 자신보다 잘난 사람이 있는 게 화나고, 그런 거지 뭐. 내가 너그러워야지. 가진 자가 이해하고 양보해야지. 다른 사람은 몰라도 부부끼리야 사랑을 담아 잘해 주면 언제고 좋아질 거야. 내가 그 정도야 못 하겠어? 비온 후 땅이 굳는다고, 우리의 부부애도 장차 확고해지겠지. 내 할 바를 다하면서 참고 기다리겠어.

〈손마마2〉

나와 대부분의 시간을 함께 하던 장업이 화단의 대스타가 된 이후로는 밖으로 도는 일이 많아졌어. 그를 찬양하는 사람과 어울리며 도취하는 생활이 이어져. 늘 칭찬 일색의 말, 호사스런 음식, 진기한 선물, 열광하는 여성 팬에 휩싸여, 제왕의 삶에 젖어 있어. 꼴보기 싫어 죽겠어. 나는 뭐야. 부부가 같이 나가도 나를 거들떠보지 않고, 뭐 저런 여자와 결혼했느냐는 표정으로 날 은근히 멸시하는 분위기를 참을 수 없어. 나는 그의 부인인데, 나를 존중해야지. 업이도 분위기에 어울리지 않는 내 모습과 언동에 불편해하는 기색이 역력해. 이러다간 내가 구석으로 몰리겠어. 겉만 부부지, 이러다간 남편을 팬들에게 빼앗기겠어. 아니, 벌써 반은 빼앗긴 거야. 이러다가 내가 버려진 존재가 되는 것은 아닐까? 그럴 가능성이 있지. 그가 그림을 못 그리고 폐인이 되더라도 장업을 내 남편으로서 오로지 내 차지로 확보해야 돼. 장업이 언제 날 배신할지 몰라. 찬미하는 무리에 둘러싸여 몽롱해 있다가 한창 물오른 여자들의 교태에 넘어가는 건 시간문제일지도 몰라. 왜 내가 이리 불안해지지? 냉정하게 내가 취해야 할 처신은 떠오르지 않고, 왜 자꾸 분노와 불안과 의심에 사로잡히는지 모르겠어. 그래! 내가 분명 질투하는 거야! 그러나 내 질투는 내 잘못이 아니고, 장업이 근거를 제공해서 그런 거야.

이런 처지에 질투하지 않을 여자가 어디 있겠어. 장업이 성공한 화가로서 지켜야 할 분수를 지키지 않고 성공에 도취해서 아첨을 즐거워하는 그의 인격이 문제야. 벼는 익을수록 고개 숙인다는데, 장업은 그림에는 뛰어나도 인간성은 형편없는 화가임에 틀림없어. 밖에서 아무리 성공하고 추앙받아도 집에서 아내로부터 인정받지 못하는 남편은 인간으로서 실패작이야. 천부적인 재능이 있으면 뭣해? 인간이 되어야지. 대가로서 걸맞는 인격을 갖추어야지. 그를 인간으로 만드는 게 내 할 일일 거야. 불쌍한 그의 영혼을 구제해야지.

〈장업2〉

내 작품과 내게 빛이 밝게 비추어질수록 아내의 심기가 나날이 사나워진다. 내가 잘되는 걸 왜 그리 싫어하는지 모르겠다. 싫어도 밖에서는 내색하지 말고 예의를 좀 지켜 주었으면 좋겠는데, 내 주위 사람들을 존중하지 않으며 말을 함부로 한다. 여러 사람들 앞에서 오만불손하게 굴 때도 자주 있다. 내 능력과 힘을 자신의 능력과 힘으로 착각하는 것 같다. 집에서나 내 작업실에서 터무니없이 시비를 걸고 악담을 하면서 나를 힘들게 하는 일이 빈번하다. 하자는 대로 들어주어도 점입가경이다. 어디까지 갈지 모르겠다. 내 정신도 산란해진다. 이러다가 내 작품생활이 영향을 받지 않을까 두렵다. 그림에 마음을 붙여야 하는데, 그것도 잘 안된다. 그림 그리기만큼은 내가 지켜야하는데…. 불안하다. 내가 결혼을 잘 한 건가? 이해하고 양보하면 잘될 줄 알았는데, 결혼생활은 그림 같지 않아. 오늘따라 번민이 심하다. 북한산에 올라, 걷고 또 걸으면서 몸을 지치도록 만들어야겠어. 정신의 번뇌에 육체의 피로로 맞불을 놓아야지.

나는 성인군자가 아니야. 성인이 되려다간 말라죽겠어. 내 결혼은 돼지 앞에 진주를 던진 격이 아닐까? 참고 양보하는 게 능사가 아닐 수도 있어. 아내가 무엇을 잘못하는지 분명히 일러주어야 하는 게 아닐까? 몰라서 자꾸 그러는 것일 수 있으니까. 그래, 앞으로는 내가 할 소리는 하도록 하자. 요구할 건 요구하고, 고칠 건 고치라고 해야겠어.

〈손마마3〉

내가 아무리 장업을 인간으로 만들려고 해도 되지를 않아. 그를 둘러싼 인간들이 문제야. 아주 질이 나쁜 사람들한테 둘러싸여 있어. 정신 나간 그의 팬들, 함께 꿀을 빠는 가족과 친구들, 무조건 추켜세우는 화랑주와 평론가들, 아양 떠는 계집애들, 이 모두가 그를 망치고 있어. 그들로부터 내 남편을 떼어 놓아야 해. 진정 장업을 보호할 사람이 누구겠어. 아내인 나밖에 없지. 장업이 저렇게 나가다가 굴러 떨어지면, 이제까지 둘러싸고 있던 무리들은 일거에 나 몰라라 하고 흩어질 거야. 장업이 사람 볼 줄 알아야 되는데…. 이렇게 걱정해주는 사람은 나밖에 없을 거야. 뭘 알고 날뛰어야지. 남잔 아무리 나이 들고 성공해도 철부지 어린애야. 아내가 거두어주어야 해. 내가 그의 유일한 보호자고 후견인이야, 최후의 보루야. 그가 더 이상 잘못된 길을 가지 않도록 사전에 조치를 취해야겠어. 예방이 최선책이지. 그가 내 뜻을 몰라주면, 무슨 수를 써서라도, 아니 강제로라도 끌고 가야 해. 장업을 사람 만드는 데 내 목숨을 걸겠어. 그를 사람 만드는 데 내가 못할 짓이 무어가 있어. 그 모든 게 용서될 거야. 내가 오죽하면 이런 생각을 하겠어. 장업이의 자업자득이지. 이제 내 맘이 좀 홀가분해지네….

〈장업3〉

아내가 수시로 날 괴롭히고 힘들게 하는 걸 이젠 견딜 수 없어. 그 정도가 아니야. 화가 나면 무지막지하게 행패를 부려. 내 그림을 막 집어던지고, 내 그림 애호가를 헐뜯기 시작해. 내 작품에 대해 야만적인 행동을 하는 것만큼은 못 참겠어. 심술이 뚝뚝 떨어지는 저 언동엔 정이 뚝뚝 떨어져. 어떻게 저리도 감정을 통제하지 못하는지 모르겠어. 감성지수가 열 살짜리 애만큼도 못 돼. 저렇게 똥오줌도 못 가리는 언동을 할 여자인 줄은 정말 몰랐어. 앞으로 어쩌면 좋지? 가르쳐서 될 문제도 아닌데. 나 같은 화가 남편을 둔 것은 하늘의 축복인데, 그것도 모르고 천방지축으로 날뛰네. 다른 부인들은 나 같은 화가 남편을 두지 못해서 절망하는데….

손마마와 싸움을 해서라도 나를 존중하도록 해야겠어. 가정이 이대로 두어도 지옥이고, 싸워도 지옥이라면, 그래도 한번 붙어보기라도 해야겠어. 내가 집에서 속이 타들어가는 하루하루를 보낸다는 걸 누가 알고 있을까? 인간의 삶, 결혼생활이란 게 다 이런 것인가? 결혼은 해도 후회, 안 해도 후회라는 말에 속고 살아야 하는가?

그림에라도 마음을 붙여야 하는데, 요즘은 그것도 잘 안 돼. 미치겠어. 마마가 나를 그냥 가만히 내버려 두기만 해도 그림에 몰두할 수 있을 텐데. 작정이라도 한 듯 내가 그림 그리는 걸 망쳐놓고 있어. 심지어 저주의 말까지 해. 마마의 질투가 저주에까지 이르다니 ….

〈손마마4〉
좋아. 말로 안되는구먼. 다 업이 너를 위해서 그런 건데. 내 진심을 몰라주고. 이렇게 되면 막판에 다 때려 부수는 수밖에 없지. 너는 막나가는 세상을 경험해 보지 못했겠지? 나는 가난한 집, 사나운 부모 밑에서, 일곱 형제가 서로 먼저 먹을 걸 차지하겠다고 위 아래 없이 막나가는 어린 시절을 보냈어. 그 때 단련된 내 솜씨를 보여주지. 내 싸움의 비결은 갈 데까지 끝까지 몰아가는 거야. 망할 데까지 몰아가는 거지. 우리가 망하면 너는 잃을 게 많지만, 난 잃을 게 없어. 넌 아까운 게 있어서 내게 무릎 꿇겠지. 네가 어떻게 그림을 단념하겠어? 그림은 네 생명이고, 네 삶이지? 난 그림은 아랑곳하지 않아. 너와 하는 게임이 내겐 삶이야. 네게서 빨아먹을 걸 모조리 빨아먹고야 말겠어. 이혼 소송으로 가 보도록 해. 이혼도 착한 사람이나 하는 거야. 내가 순순히 이혼을 해 줄 것 같아? 몇 년을 끌어가면서, 온갖 치욕을 맛보게 해 주면서, 심성이 여린 네가 정신이 돌아버릴 때까지 피를 말려 줄 테야. 이 환쟁이야! 네가 환장할 때까지 널 달달 볶아주지. 네가 괴로워할수록 나는 재미가 나는데. 너는 할 일이 있지만, 내겐 이게 할 일이거든.

〈장업4〉

내 온몸의 피가 위로 곤두서다가 내리 치달리길 반복하다가 마지막에는 말라버린다. 야, 이런 세상도 있구나. 내게 이런 세상이 닥치다니. 손마마는 더 이상 인간이 아니야. 나를 망칠 온갖 흔적을 찾는다고, 나 잠든 사이에 내 휴대폰을 뒤지고, 내 수첩과 지갑을 뒤지고, 내 친구에게 전화해서 내 행적을 캐묻고, 부정의 흔적이 있나 해서 내 속옷의 냄새를 맡고, 그러다가 아침 인사로 나를 끌어안으면서 '사랑해요'를 외우고. 아이고 소름끼쳐. 그러다가 내 반응이 없으면, 돌발적으로 폭언과 욕설과 저주를 퍼붓고. 견디질 못해 집 나가는 나를 따라 붙어, 함께 동네를 일곱 바퀴나 맴도네.

그 무엇보다도 나를 미치게 하는 건, 내 소중한 사람들을 정신병자로 몰아치는 비열한 짓이야. 무얼 보아도 자기보다 나은 사람들을 비교할 기회를 주지 않고 단숨에 끊어 치는 길은 그 사람을 정신병자로 몰아버리면 된다는 구역질나는 꾀를 써서, 그 사람을 알콜중독자다, 인지기능장애자다, 섹스중독자다, 치매환자다, 자폐증환자다, 인간쓰레기다 하면서 일거에 낙인찍는 방법으로 폐기처분하는 거야. 필요하면 장차 나를 끊어내면서 내 남편은 정신병자여서 그랬다고 하겠지. 어떻게도 손쓸 수 없는 정신병자라서 그랬다고 하겠지. 어떤 여자라도 그런 남편은 돌보지 못할 거라고 하면서. 손마마는 남보다 한참 떨어지는 머리를 가지고도 흉계를 꾸미는 잔꾀는 발달해 있어. 쳐낼 사람이라도 이용가치 있는 사람은 당분간 건드리질 않아. 교활하지. 그러면서 적시에 예수와 마리아에게 무릎 꿇으면서, 기도하면서, 성경 읽으면서, 위장술에는 부지런해. 위장술이 아니라면 자기최면을 거는 거야. 악마도 하나님껜 경배 드리지. 그리곤 하나님 아래 있는 모든 걸 잡아먹어. 모든 걸 잡아먹은 다음에, 마지막에는 하나님 하나만을 남기어 두지. 덩그렇게 혼자 남은 하나님이 무얼 어쩌겠어. 설마하고 악마를 창조했던 자신을 후회하겠지. 하나님의 전지전능도 악마의 교활한 꾀 하나를 못 당하는 게, 이 세상의 현실법칙이야. 그래서 모두들 일요일 하루는 하나님께 속죄하고, 평일 엿새엔 악마의 법칙에 복종하지. 하나님을 섬기는 나 장업과 악마를 따르는 아내 손마마의 싸움에서 내가 패배할 것 같은 예감이 들어.

부부는 전생에 원수였다는 불가(佛家)의 말이 사실인 것 같아. 내가 종교를 바꾸어야지. 내 업(業)을 소멸해달라고 부처님께 삼천 배를 올려야겠어. 안 그러면, 내세에 또 손마마와 부부가 될 거야.

〈손마마5〉

내가 살아가는 처세술은 이제 신념으로 무장한 과학과 철학의 경지에 올라있어. 단순화된 이념과 잘 짜여진 체계 그리고 비상한 전략과 전술, 매끄러운 이론과 실제적인 응용술, 교묘한 수단과 방법, 간편한 요령과 정연한 절차를 모두 갖추고 있지. 상대방을 교란시키는 변신술은 배울 것도 없는 기본기에 속하지.

남자는 신사거나 깡패야. 여자는 천사거나 악마지. 최악의 인간은 깡패인 악마 남자와 악마인 깡패 여자야. 천사는 일하고, 악마는 거두지. 일하는 노동자는 천사고, 거두는 부자는 악마야. 너는 일하는 천사 역할을 맡았어. 나는 거두는 악마 역할이지. 다들 착한 천사가 되라고 가르치지만, 악마가 되어 거두기만 하는 게 얼마나 달콤한데! 난 세상사람 모두가 천사가 되고, 나 혼자만 악마였으면 좋겠어. 그런 세상이 내겐 천국이야. 업이! 너는 신사고 천사야. 신사고 천사인 네가 깡패고 악마인 나한테 얼마나 처절하게 무너지는지를, 내가 보여주겠어. 이젠 Good bye야.

제16화
장업이 세라와 사랑에 빠지다.

디렉소스 대원: "대장님, 오늘은 장업이 사랑에 빠져 삶이 달라지는 이야기를 하게 됩니다. 장업은 망가진 결혼생활을 20년 가까이 끌어나가면서 48세의 중년에 접어들게 됩니다. 그런 부부 사이에서도 어떻게 아이가 생겼는지 신기하게도 아들이 하나 태어납니다. 그리고 그림을 팔아 돈을 다소 마련하여 아파트에서 단독 주택으로 이사를 가서, 널찍한 작업실도 마련합니다. 오랜 둥지를 잃기 싫어서 북촌 화실을 계속 사용합니다. 가정에서 쉼 없이 시달리는 하루하루가 작품 생활에 영향을 주어, 그의 화필은 생기를 잃지만, 그와 그의 그림을 아끼는 사람이 적지 않아 창작 의욕은 여전합니다. 그는 오스트리아에서 귀국한 후 첫 개인전을 가진 지 20주년이 되어, 이를 기념하는 전시회를 제일화랑에서 열게 됩니다. 여기에 한 중년 여성이 앳된 딸을 데리고 등장합니다. 만물이 깨어나는 봄철에 일어나는 일입니다. 다음 이야기는 거지반 장업의 기억정보를 따라가는 것입니다."

〈장업〉

전시실에 앉아 차를 마시고 있는 그에게 한 여성이 다가와 인사를 한다.

"선생님, 뵌 지 오래 되었는데, 혹시 저를 기억하시겠어요? 저, 순옥(順玉)이예요. 선생님이 오스트리아 빈 미술 아카데미를 다니실 때 같은 반에서 그림공부를 하던 한국 여학생을 기억하세요?"

"어, 가만 있자. 그럼, 기억하고 말고. 독일어를 잘해서 나를 도와주던 그 여학생이잖아! 반가워. 벌써 한 20년이 흘렀구만. 그 때처럼 말 놓아도 되지?"

"그럼요. 선생님 모습이 여전하세요. 그동안 뛰어난 그림 많이 그리셔서 내심 자랑스러웠어요."

"고마워. 그런데 순옥이는 어떻게 지냈어? 그림은 계속하고 있어?"

"저는 그림에 소질이 없는 듯해서 일찍 그림 단념하고, 화랑을 하고 있어요."

"사업가가 되었구만. 화랑은 잘되나? 어디서 화랑해?"

"청담동에서 자그만 화랑을 열고 있어요. 간신히 끌고 나가는데, 직장생활하는 남편이 있어서 살림 걱정은 안 하는 게 다행이지요."

"순옥이 하는 화랑엘 한번 가봐야겠네. 갈 때 명함 주고 가!"

그 때, 전시실 한켠에서 그림을 감상하고 있는 어린 여학생을 순옥이 부르더니, 장업에게 소개한다.

"선생님, 제 딸이에요. 고등학교 1학년생이에요. 미술대학에 가려고 하는데, 선생님과 알고 지내던 빈 시절을 이야기하니까, 선생님한테 인사시켜 달라고 해서 모녀가 같이 왔어요. 선생님 그림을 아주 좋아하는 아이예요."

순옥의 딸이 꾸벅 머리 숙여 절을 한다. 눈이 초롱초롱하다.

"선생님, 안녕하세요? 이세라(李細羅)라고 합니다."

"만나서 반가워. 미대를 가려고 한다고? 그럼 우리 그림 이야기가 통하겠네?"

순옥이 말한다.

"선생님, 전 그림 좀 보고 있을 터이니, 제 딸하고 이야기 나누세요."

"그러지, 천천히 봐!"하면서, 장업은 찬찬히 순옥의 딸 세라를 바라본다.

그 순간 장업은 화들짝 놀란다. 20년 전 빈의 한 미술관에서 쉬일레의 그림을 만났을 때 자신의 혼에 날아들었던 쉬일레의 혼처럼 세라의 혼이 자신에게 날아드는 느낌을 받았기 때문이다. 너무나도 놀라 장업은 한동안 꼼짝을 못한다. 세라의 말이 장업을 깨운다.

"사실, 전 선생님 전시회는 빠짐없이 다녔어요. 제가 선생님께 인사드리지 않아서 선생님께서 저를 모르실 뿐이에요. 선생님 화집을 갖고 늘상 선생님 그림을 펴보곤 하지요. 저만한 열혈 팬도 드물 거예요."

세라의 말이 장업에게는 다음처럼 울렸다. 이게 세라가 진정 하고 싶었던 말인지도 모른다.

"선생님, 선생님 전시회가 열리기를 항상 기다렸어요. 전시회가 열리면 선생님을 뵐 수 있고, 선생님 그림도 실컷 볼 수 있어서요.

그리고 혹시 선생님이 저를 눈여겨 보아주실지 몰라, 매번 몸단장, 옷단장을 신경 써서 하고 갔었지요. 빵떡모자를 쓰고 가기도 하고, 심지어 머리에 꽃을 꽂고 간 적도 있어요. 어린 나이에 화장을 하고 가기도 했어요. 선생님 그림도 좋았지만, 난 선생님이 더 좋았어요. 선생님은 용모가 아름답다는 걸 모르시지요? 선생님 용모는 선생님 그림처럼 출중하세요. 그런데 용모와 차림새에 무신경한 선생님 모습이 참 매력적이세요. 자기 일에 몰두하는 남자처럼 매력적인 것은 없어요."

20년 만에 다른 사람의 혼이 안으로 들어오는 일을 겪는 장업이라서 온몸을 떨고 있다. 20년 전에는 예혼(藝魂)이 눈뜨는 경험이었고, 이번에는 애혼(愛魂)이 요동치는 체험이다. 그는 처음으로 사랑의 혼이 눈을 뜨는 엄청난 일을 겪는다.

자신이 좋아하는 여자의 타입이 있는데, 세라가 거기에 딱 들어맞아서 반했다는 판박이 사랑도 아니다. 감히 어린 여학생을 넘보다니, 둘 사이의 나이 차가 서른이 넘는데 어찌 그럴 수가 있다느니, 아내가 있는 기혼남자가 퇴폐스럽기 짝이 없다느니 하며 도덕의 잣대를 들이밀 여지가 있는 반(反) 교과서 사랑도 아니다. 그에겐 세라가 그냥 세라 그대로 자신에게 들어오는 사랑이다. 그 외엔 모든 게 먼지요, 티끌이다. 이런 걸 절대의 세계라고 하는가? 그 자체로 온전하고 하나이면서 전부이고 지고지순하게 완결되어, 그 어떤 비교도 용납하지 않고, 순간이 영원으로 붙들어 매어진 별유천지(別有天地)가 이 속된 세상에 존재할 수 있는 것이다. 그것이 바로 뭇사람들이 마법의 주문으로 전승해오는 사랑이란 유일자(唯一者)이다.

장업이 입을 연다. 아까와는 음성이 다르다. 깊은 울림이 있다.

"세라가 내 전시회에 와 주어서 내 그림이 꽃처럼 피어나는 느낌이야. 오랜만에 갖는 느낌인데. 나도 덩달아 피어나는 느낌이야."

장업의 얼굴이 모처럼 화사해진다.

"세라, 내가 그림 한 점 선물할까? 나는 여태껏 다른 사람에게 그림을 선물한 적이 없어. 아니, 아버님 한 분이 있긴 하네. 여기 전시되어 있는 그림 중에 세라가 갖고 싶은 그림을 줄게. 전시회 끝나고 가져가!"

"정말요? 저기 한 80호되는 큰 그림을 가져도 되겠어요? 저 작품에 선생님이 오롯이 담겨 있는 것 같아요."

"물론, 가져 가. 어머니한테 빼앗기지 말고. 어머니 화랑에 걸지 말고, 세라 방 크기가 된다면 세라 방에 걸어두도록 해. 나를 보는 듯 내 그림을 보아주어. 나는 항상 내 그림 속에 있으니까, 세라가 방에 들어오면 나도 세라를 보고 있는 거야."

"아이구, 큰 걱정이네요. 누구든지 자기 방에 혼자 있을 땐 가끔 벌거벗은 채로 있곤 하잖아요."

"그 땐 그림 속의 나도 눈을 돌린다고."

"남자들은 말은 그렇게 하면서도 곁눈질로 볼 건 다 본다면서요?"

"어떻게 그런 걸 다 알아?"

"아버지가 그러셨어요."

"앞으론 남자란 어떤 건지 내가 가르쳐주지. 너무 징그럽게 생각하지 말어.”

둘이서 킥킥대며 웃는다. 세라의 어머니가 끼어든다.

“처음 만난 짧은 사이에 벌써 웃음꽃이 피네요.”

세라가 참지 못하고 어머니에게 자랑한다.

“선생님이 저기 걸린 저 작품을 제게 선물하신데요.”

순옥이 깜짝 놀란다. 장업이 그림을 거의 팔지도 않고, 남에게 선물하지도 않는 화가라는 건 화랑계에 널리 알려진 사실이다. 자신과의 빈 시절 인연을 생각해서 주는 것이 아닌가 하고 반신반의한다.

“옛날 제가 빈에서 독일어 통역도 해주고 화랑도 한다니까 주시는 것은 아니겠지요?”

“이건 따님 세라에게 주는 거야. 어머니와는 아무런 관련도 없어. 내가 순옥의 화랑을 도울 수 있을 지도 모를 일은 나중에 이야기하지. 그런데 화랑 이름이 어떻게 되지?”

“월송(月松) 화랑이라고 해요. 그 유명한 갤러리 ME가 1층에 들어 있는 이재(易齋)빌딩의 2층에 제 화랑이 있어요. 연락처는 제가 명함을 드리고 갈게요. 오늘은 정말 고마웠습니다. 예상찮게 그림까지 주신다니 얼떨떨하네요. 오늘은 이만 물러가겠습니다.”

“그래요. 순옥씨, 20년 만의 재회가 무척이나 반가웠어. 더구나 따님까지 데리고 와서 뜻 깊은 날이 되었네. 언젠가 화랑으로 찾아가겠어. 아참, 저 그림 가지러 전시회 끝나는 날 저녁에 꼭 오도록 해.”

장업과 세라의 첫 만남은 이렇게 이루어졌다. 그 날은 장업이나 세라나 하루 종일 설레는 마음으로 보내고, 그 날 밤도 두 사람은 잠 못 들어 뒤척이는 어려움을 겪었을 것이다. 세라는 10대의 소녀라서 더더구나 심란했을 것이고, 장업은 넋맞이 하느라고 밤을 새웠을 것이다. 그러나 들고 나고의 미묘한 차이가 있었다. 20년 전에는 쉬일레의 혼이 들어온 느낌이었다. 이번엔 자신의 혼이 빠져나간 느낌이었다. 실성을 한 듯했다. 눈만 뜨면 헛것을 보듯 자꾸 세라가 보였다. 그림을 그릴 때도, 길을 걸을 때도, 밥을 먹을 때도, 누구와 이야기하고 있을 때도, 시도 때도 없이 세라가 눈앞에, 머릿속에 어른거렸다. 지우려고 해도 지워지지 않았다. 병이었다. 눈앞에 어리는 세라는 가슴을 파고드는 시리도록 아름다운 모습이었다. 열여섯 한창 피어나는 소녀의 풋풋한·아름다움에 더해서, 그 이쁜 이마, 눈썹, 눈, 뺨, 코, 입술, 턱, 모든 게 갸름한 얼굴에 알맞게 자리하고 있었다. 몸매는 가뿐하고 날렵했다. 움직일 때 마다 몸에서 미풍이 불고, 헬리오트로프(heliotrope) 향기가 스몄다. 말하거나 감정을 실어 보내는 얼굴 표정은 만화경을 들여다보는 경이로움으로 다가왔다. 그런데 보이는 듯하지만 실제로 보이지 않으니, 마음이 붕 뜨고 갓난애가 엄마젖을 찾듯 자꾸 두리번거리며, 그저 그립고 그리워 한없이 그리운 것이었다.

상사병에는 만나는 게 약이다. 바로 곁에 두고 있는 수밖에 달리 방법이 없다. 세라를 만날 구실을 찾아야 했다. 장업은 전시회가 끝나는 날 저녁 순옥에게 그림을 넘겨주고, 그 다음 날로 순옥의 화랑에 찾아가서 세라의 그림 지도를 하겠다고 자청했다. 그림 배우러 세라가 매일 저녁 와도 좋다고 했다. 내심 바라는 일이었다. 북촌 작업실 약도를 그려주었다. 그리고 세라가 어서 어서 오기를 기다렸다. 어머니 말을 들은 세라도 서둘렀다. 장업이 월송화랑을 다녀간 그 다음 날 저녁 세라는 쓰던 화구를 싸들고 장업의 작업실로 찾아왔다. 이렇게 둘이는 시리게 사무치는 그리움을 해갈하게 되었다.

주말에는 화구를 챙겨 둘이는 작업실 밖으로 나갔다. 자연 경관을 찾아, 동물원 동물을 찾아, 식물원 꽃을 찾아, 고궁 단청을 찾아, 시골 일터를 찾아, 단 둘이서 그리고 다녔다. 세라에게 장업은 마치 오스트리아의 화가 쉬일레가 된 듯했다. 장업의 지도를 받는 세라는 그림을 신기하게도 잘 그렸다. 장업에게 세라는 연인이며 제자였다.
세라를 만나, 장업은 첫 번째 사랑을 얻고, 두 번째 예술을 받았다.

장업이 얼마나 기뻤겠는가? 세라와의 사랑이 싹트면서 장업의 그림이 생기를 되찾았다. 그의 그림에서 혼과 맥이 소생했다. 혼은 약동했고 맥은 역동했다. 걸작이 쏟아져 나왔다. 제일화랑과의 전속계약을 해지한 후, 월송화랑에서 장업의 개인전이 열리자 화단이 들썩였다. 파리의 퐁피두 미술관에서 장업의 특별전을 제의해 왔다. 외국에까지 장업의 그림이 선풍을 일으키니, 세라 모녀는 어깨춤이 절로 났다.

어느 날 밤 유성우가 쏟아지는 걸 볼 수 있다고 하여, 장업은 세라를 태우고 인왕산 중턱으로 차를 몰았다. 밤하늘에 떨어지는 유성우를 보며 세라가 말한다.

"선생님은 이 세상사람 같지 않으세요. 저런 유성우를 타고 먼 세상에서 오신 분 같아요. 지구 밖에서 오신, 그것도 우리 은하계에서가 아니라 다른 먼 은하, 말하자면 안드로메다 은하에서 오신 분 같아요."

"그건 너무 멀어. 그렇게 먼 곳에서라면, 내가 어떻게 세라를 보러 올 수 있었겠어?"

"사랑하는 육체는 그렇게 먼 곳에서 올 수 없겠지요. 그렇지만 사랑하는 마음은 안드로메다은하에서도 눈 깜짝할 사이에 지구까지 올 수 있어요. 사랑하는 육체 사이에는 거리가 있지만, 사랑하는 마음 사이에는 물리적 거리가 아무런 의미가 없어요. 선생님이 안드로메다은하의 한 행성에 계시고, 제가 여기 지구에 있어도, 우린 사랑할 수 있는 거예요."

"나는 그런 생각을 해본 적 없지만, 듣고 보니 그럴 수 있다는 생각이 들어. 내일부터 우리 만나지 말고, 멀리서 마음으로만 사랑해보면 어떻겠어? 하하하"

그 날 이후로 둘 사이에 장업의 애칭은 안드로(메다)가 되었다.

어느 늦은 오후 둘이는 작업실에서 화병에 꽂은 꽃 그리기에 열중하고 있었다. 세라는 휴식이 필요했다. 장업의 애칭을 길게 빼서 부른다.

"안드로오오, 잠깐 쉬었다가 그려요."

"그래, 커피를 한잔 마실까?"

"우리 커피 마시며, 게임 하나 해요."

업은 커피 두 잔에 피칸 파이 한 조각을 곁들여 내온다.

"무슨 게임이야?"

"단어 말하기 게임이에요. 한자어가 아닌 순수 우리말인데, 한 글자로 되어 있는 명사만을 말해야 하는 게임이에요. 한자어도 실격이고, 두 글자로 된 단어도 실격이에요. 생각이 안 나서 막히는 사람이 지는 거예요. 그리고 이기는 사람이 저 파이를 먹을 수 있는 거구요."

"알겠어. 세라가 먼저 시작해 봐!"

"우리는 숨을 쉬고 살아야 하니까 '숨'"

"흠, 우리는 먹어야 사니까 '밥'"

"푹 자야 하니까 '잠'"

"마시고 살아야 하니까 '물'"

"벌어야 먹고 사니까 '일'"

"지금 우리가 쉬고 있으니까 '쉼'"

"술도 한 잔 마셔야 하니까 '술'"

"더덩실 춤도 한 판 추어야 하니까 '춤'"

세라가 게임을 끊는다. "이제부턴 설명 없이 말하기로 해요."

"좋아, 그런데 게임을 하다 보니, 느끼는 게 있어. 우리 삶에 필수적인 기본 용어는 짧게 한 글자로 되어 있네. 자주 쓰는 말이고 하니, 우리 선조가 한 글자로 만들어 은연중 언어의 경제성을 도모한 거야. 그리고 한자어가 우리나라에 들어오기 전에 일상 기본어는 이미 우리말로 되어 있어서, 순수 우리말이야말로 우리 민족과 혼연일체가 되어 있는 거지. '잠을 잔다'고 말해야 속 시원하지, '수면을 취한다'라고 하면 자던 잠도 달아나는 것 같아."

"안드로! 언어 분석하자고 게임을 시작한 게 아닌데요. 게임으로 돌아가요."

"내가 먼저 할 게. '젖'"

"넋"

"도오옹"

"그게 뭐에요?"

"곤란해서 그래. 알아들으면 되잖아."

"피이이, '피'"

"그게 뭐야?"

"앞에 '피이이' 한 것은 그냥 제 기분을 나타낸 거구요, 나중의 피는 몸속의 피를 말한 거예요."

"그래 좋아. '쌀'"

"콩, 팥, 깨"

"아니, 그렇게 한꺼번에 여러 개를 말하는 법이 어디 있어?"

"누가 꼭 한 단어만 말해야 한다고 했나요? 같은 종류의 단어는 한꺼번에 말해 놓아야, 상대방에게 힌트를 주지 않게 되는 거예요."

"좋아, 그럼 나도 그럴 거야. '꽃'"

"빛"

"별, 달, 해"

"꿈"

"땀"

"개"

"소, 말, 닭"

"틀렸어요. 말은 한자어 마(馬)에서 나온 거야요."

"아니야, 말은 순수 우리말이야."

"우리 학교 국어 선생님한테 지금 전화해서 확인해 드려요? 내가 학교 1학년 전체에서 국어 성적이 2등인데요."

"세라 말대로 인정하지. 게임을 하자고 한 사람이 게임 규칙도 정하는 법이니까, 내가 그대로 따라야지. 그런데 내가 아까 '말'이라고 한 것은 동물 종류가 아니고, 입으로 하는 '말'을 뜻한 거야. 내가 동물 이름 사이에 끼어 넣으니까, 세라가 타는 말로 착각한 거지."

"좋아요. 억지이긴 하지만 맞은 걸로 하고, 게임 계속해요."

세라가 이번엔 왼손을 들어 자기 가슴에 대며, "나"라고 한다. 업이 오른손을 들어 세라를 가리키며, "너"라고 한다. 세라가 검지 한 손가락을 들어 업의 코에 대고, "코" 한다. 업이 두 손가락으로 세라의 눈에 대고, "눈" 한다. 이번엔 세라가 네 손가락으로 업의 입술을 누르며, "이입" 한다. 업이 다섯 손가락으로 세라의 귀를 쓰다듬으며, "귀" 한다.

무어라고 말할 것 없이, 두 사람은 각자 두 손을 내밀어 상대방의 눈, 코, 귀, 입을 한참이나 어루만진다. 그러다가 두 손바닥으로 서로 서로 상대방의 뺨을 한참이나 감싸 안는다.

어느 금요일 저녁 늦게 세라가 언짢은 표정으로 작업실에 들어선다.

"세라, 왜, 안 좋은 일이 있어?"

"기분이 안 좋아요. 오늘 아침에 부모님이 심하게 다투시는 바람에 집안이 엉망이 되었었고, 학교에선 수업 중에 학생들 태반이 잠을 자는데 선생님은 아무런 제지도 하지 않았어요. 집이 집 같지 않고, 수업시간인지 수면시간인지 모르게 학교는 학교 같지 않아요. 세상이 제대로 돌아가는 건지 궁금해요. 오늘따라 회의가 깊게 들어, 안드로에게 보여드리려고 제 일기를 가져 왔어요. 제가 몹시 힘든 날 쓴 일기예요. 제일 친한 친구에게도 보여주지 않은 거예요. 제가 열네 살이 되던 날 쓴 일기거든요. 안드로한테만 보여드리는 거예요."

장업은 세라가 펼쳐준 일기를 읽는다.

'우리의 인생이 망쳐지는 건, 사람을 잘못 만나서야!

부모를 잘못 만나거나, 선생을 잘못 만나거나, 친구를 잘못 만나거나, 짝을 잘못 만나서야!

나는 부모가 싫어, 집이 싫어. 나는 선생이 싫어, 학교가 싫어.

그게 내 잘못이야? 그게 내 잘못이라는 부모와 선생과 어른들이 싫어.

나는 나를 망치고 싶어. 갈 데까지 가고 싶어. 끝까지 망가지고 싶어.

내가 너무 무거워. 내 삶이 너무 무거워. 내 미래가 너무 무거워.

나를 감당할 수 없어. 나는 어른이 되기 전에 죽어버릴 거야.'

일기를 읽어 내려가는 장업의 눈에 눈물방울이 맺힌다.

어른이 된다는 건 이렇게 힘든 것인가?

이렇게 삶을 힘들어하는 내 사랑하는 세라를 사랑으로 감싸 안아야지.

현명하고 훈훈하고 변함없는 사랑이어야 할 텐데.

그런 사랑은 시간이 오래 걸려.

눈먼 사랑이 분별을 찾으려면 시간이 필요해.

꽁꽁 언 마음을 사랑이 녹이려면 시간이 필요해.

내 사랑이 광풍이 아니고 숙명임을 깨닫기까진 시간이 필요해.

그 때가 올 때까지 세라를 사랑할 거야.

세라가 부모를, 선생을, 친구를, 짝을, 인생을 사랑하게 되기까지

세라를 사랑할 거야.

장업은 세라를 꼭 껴안아준다.

센타크논: "장업이 20년 가까운 암흑의 긴 터널을 빠져나와, 새 삶을 찾은 이야기를 들으니 내 기분도 홀가분해집니다."

제17화
손마마가 세라를 해칠 간계를 실행하다.

디렉소스 대원이 함장실에 들어와 센타크논에게 인사를 하고 자리에 앉는다. 센타크논이 매우 궁금해하는 얼굴로 묻는다.

"병적으로 질투심이 강해서 장업이 그림에 뛰어난 솜씨를 보이는 것만으로도 장업을 못살게 구는 부인인데, 10대 소녀와 사랑에 빠진 남편을 그냥 보고 있지는 않을 것이 아닙니까? 오늘은 그 이야기가 나오겠지요?"

디렉소스 대원: "그렇습니다. 오늘은 질투심이 극에 달한 손마마가 간교한 계책을 짜내어 잔인하고도 악랄하게 실행에 옮기는 이야기를 들려 드리겠습니다. 지구인이 어떤 존재인지 알게 될 대목입니다. 손마마와 장업의 뇌에 다음과 같은 과정이 기억되어 있습니다."

〈손마마〉

장업이 남은 인생을 꽉 구긴 채로 연명할 줄 알았는데, 아직 살아 있었구만. 남자 늙은 것과 여자 어린 것이 딱 붙어서 정신없이 돌아가고 있어. 둘이 살림만 차리지 않았다 뿐이지, 그림 가르치고 배운답시고 매일 만나 희희낙락거리지. 그걸 지켜보고 있는 나는 오만 간장이 타들어가는 고통을 당하고 있어. 내가 그냥 보고만 있을 줄 알았어? 이제 내가 나설 때가 되었지. 불지옥 맛을 보여주지. 내 온

꾀를 짜내고, 내 온갖 비열함과 저열함을 끄집어내서, 끔찍하고도 잔인하게 앙갚음하겠어. 어떤 여자도 이런 일엔 얌전하게 신사적으로 나갈 수는 없는 거야. 내가 당하는 이 인생의 고난을 해결할 정답은 사악함과 잔인함이지. 내가 그림엔 하등이지만, 간계에는 상등이야. 내가 계책을 세우고 실행해서 끝을 볼 때까진 결코 내 속을 보여서는 안 돼. 음험하게 행동해야지.

간계를 세운 손마마의 첫 단계 작전이 시작된다. 장업에게 세라와 함께 셋이서 산행을 하자고 청한다.

"여보, 당신이 아끼고 공을 들이는 제자인 세라에게 내가 너무 무심한 것 같아요. 다음 일요일에는 머리도 식힐 겸 우리 셋이 야외에서 바람을 좀 쐬는 것이 어때요? 친구가 그러는데, 북한산 우이령길이 좋다고 하네요. 갈려면, 미리 탐방 신청을 해 놓아야 한데요. 당신이 괜찮다면 내가 준비하겠어요."

장업은 의외라는 듯 두 눈을 크게 뜨고 응답한다. 아내가 세라와의 관계에 제동을 거는 정도가 아니라 언젠가 사생결단코 사단을 벌일 날이 올 거라고 예상하고 있는 터에, 이 무슨 아닌 밤에 홍두깨 같은 제안이란 말인가? 뭔가 께름칙해 하면서도 그 제안을 환영하지 않을 도리가 없다.

"내가 마다 할 이유가 있나? 당신이 그렇게 시간을 낸다면, 나와 세라에게는 고마운 일이지. 이 기회에 서로가 가깝게 지낼 수 있게 되기를 바라. 당신의 산행 초대를 세라에게 알릴 테니, 우이령길이라는 델 한번 가보자구! 나도 그 산책로가 걷기 좋다는 얘길 들었어."

　산행이 약속된 일요일은 초가을 맑은 날이다. 우이령길은 통행 인원이 제한된 까닭인지 걷는 길이 제법 헐렁하다. 걷는 길 부근 자연은 잘 보존되어 셋은 모처럼 상쾌한 산행을 즐긴다. 길가 군데군데 산초나무가 눈에 뜨인다. 길 아래 계곡물이 청량하다. 오른 쪽 멀리로는 도봉산 오봉(五峰)이 보인다. 말이 산행이지, 가파른 오르막길이 없어서 걷기 편하다.

　셋이서 풍광도 즐기고 대화도 즐긴다. 화가가 살아가는 일상, 장업이 어렵게 보낸 어린 시절, 장업 부부의 대학 다니는 아들 자랑 등이 화제로 오른다. 신경 날카로워질 화제는 등장하지 않는다. 산길을 내려오는 참에 점심으로 얼큰한 추어탕을 한 그릇씩 한다. 산초가루를 넣어 먹는다. 그날의 산행이 무사히 끝나자 장업은 참으로 다행스럽게 생각한다. 아내에게 무척이나 고마워한다.

　산행을 다녀온 지 보름이 지났다. 손마마는 세운 작전의 두 번째 단계에 돌입한다.

　"여보, 지난 번 산행이 참 좋았어요. 만나보니 세라가 마음에 들어요. 요즘 아이로는 드물게 인물이나 마음씨가 다 예쁜 아이네요. 우리 며느리 삼았으면 좋겠어요. 그래서 내가 세라하고 여자끼리만 산행을 한번 나가 친해지고 싶어요. 이 가을철 날씨를 놓치기도 아깝고요. 접때 우이령길에서 바라보았던 도봉산 오봉이 멋져 보여서,

산을 좋아하는 친구에게 물어보니, 오르기에 좀 벅찰지는 몰라도 북한산 백운대를 추천하네요. 이번엔 세라하고 거길 올라가 보고 싶어요. 되겠지요?"

아내가 간절히 원하는 듯해서 장업은 그 자리에서 선선히 응락한다.

"당신이 가고 싶은 날을 정해. 학교 다니는 아이니까 토요일이나 일요일로 정해서 알려줘. 내가 세라에게 함께 날을 보내라고 할 게. 그런데 말이지, 지방에 사는 화가 한 사람이 내게 그러더라구. 서울 사는 사람들은 행복하겠다구. 북한산이 가까이 있어서."

이리하여 손마마와 세라 둘이서 백운대에 오르는 날이 왔다. 이 날은 두 번 다시 돌이켜 보고 싶지도 않은 무서운 날이 된다.

디렉소스 대원: "대장님, 손마마가 끔찍한 간계를 실행하는 곳이 백운대라는 산정입니다. 백운대는 서울 근교에 위치한 북한산의 최고봉인데, 해발고도 836.5m입니다. 화강암으로 된 바위산으로서 가파른 암벽 지형입니다. 정상 부근에는 수십 명이 앉아 있을 수 있는 널찍한 암반이 있습니다. 그러나 그 둘레는 가파른 기암절벽입니다. 다음은 손마마의 기억정보에 남아있는 당일 사태의 진전 과정입니다."

〈손마마〉

이세라! 내 남편을 홀려놓고, 나로 하여금 버림받은 여인의 비참함과 울분을 안겨준 어린 여우야! 오늘은 오랜 동안 네게 맺힌 내 원한을 푸는 고대했던 날이야. 저기 우이동 버스 종점에서 세라가 기다리고 있네. 세라야, 안녕? 나는 안녕하단다. 기분은 날아갈 듯하고. 무슨 힘이 나는지 내가 깔딱고개 오르막 길을 잘도 오르는구나.

드디어 백운대 정상이다. 평평한 바위 위에 서니, 탁 트인 시야에 서울 시내가 한 눈에 굽어보이고, 시원한 가을바람이 땀을 식혀주는구나. 이 정상에는 사람들이 많이 들끓어, 내 계책을 실행하기 적당치 않아. 내가 적당한 장소를 물색하느라 사전 답사를 왔었지. 여기서 약간 옆으로 빠진 서쪽 능선이 범행 장소야. 그리로 가자. 여기보다 전망 좋은 데로 가자고 하니, 세라는 잘도 쫓아온다. 애야! 서쪽 능선 바위 가장자리로 가자. 여기는 안전 철책도 쳐있지 않고, 바로 아래는 가파른 낭떠러지이니, 무섭지 않아? 나이든 내가 앞장서니, 네가 겁이 나도 바짝 붙어 따라올 수밖에 없지. 어린 것이 당차게도 벼랑 끝으로 잘도 따라 오네.

세라야. 이리 와 봐! 내 옆에 붙어 서! 저기를 내려다 봐!

그 순간 손마마는 바싹 옆에 붙어선 세라를 엉덩이로 세차게 밀어 벼랑 아래 낭떠러지로 굴려 버린다. 예기치 않은 일에 손 쓸 겨를 없이 세라는 깊은 절벽 아래로 꼬꾸라져 떨어진다. 외마디 비명이 일대에 울려 퍼진다. 사람들이 몰려온다. 낭떠러지 아래를 내려다본다. 저 절벽 한참 밑, 바위 바닥에 세라가 꼼짝 않고 엎어져 있다. 사람들이 달려오는 것을 보자마자, 손마마는 두 팔을 하늘로 올렸다가 떨어뜨리며 그 자리에서 거짓 실신을 한다. 속으로는 세라를 잃고 천형의 고통에 몸부림치는 장업의 모습을 떠올린다.

이 조난사고를 보고, 등산객 몇 명이 112와 119로 구조요청을 한다. 백운대 가까이에는 경찰산악구조대가 있다. 얼마 되지 않아 도착한 구조대원 세 명이 사고 장소에 접근하여, 세라에게 다가가 몸 상태를 확인한다. 구조대원은 절망적인 얼굴을 하고 한참이나 몸을 수그리고 있다. 이윽고 흰 천을 가져다가 세라를 덮는다. 그리곤 현장 보전 조치를 취한 후에, 세라를 후송할 수 있는 위치로 조심해서 옮긴다.

한 무리의 사람들이 거짓 실신한 손마마를 흔들어 깨운다. 찬 물을 손마마의 얼굴에 뿌려 주기도 하고, 마마의 몸을 주무르기도 한다. 적당한 시간이 흐르자, 마마는 슬며시 정신이 돌아온 척 한다. 그러더니 숨넘어가는 듯한 목소리로 묻는다.

"그 아이 어떻게 됐어요? 어때요? 몰라요?"

아무도 대답을 않는다. 마마를 세라의 엄마쯤으로 생각했음직하다.

누군가가 손마마의 휴대폰을 뒤져 장업에게 이 조난사실을 알려 준다. 작업실에서 그림 그리고 있던 장업은 재차 순옥에게 전화해서

이 사고 사실을 전한다. 세라가 사망했다는 것까지는 알지 못한 채, 장엄과 세라의 부모는 놀란 가슴을 쓸어내리며 사고 현장으로 달려간다.

시간이 좀 흐르자, 사고 현장에 있는 손마마는 세라가 이 세상 사람이 아니라는 사실을 알게 된다. 마마는 거짓 울음을 터뜨리며 사지를 축 늘어뜨렸다가 자기 또래의 여자 둘을 붙잡고 매달리 듯 하면서 외쳐댄다.

"어떡허나? 어떡허나? 아이구 무서워, 아이구 끔찍해. 가지 마세요, 날 두고 가지 마세요. 그 아이 부모가 곧 올 거예요. 그때까지 가지 마세요."

하도 연기가 절절해서 두 여자는 차마 가지 못하고 손마마를 돌보고 있다.

현장에 도착해 딸의 죽음을 알게 된 순옥은 진짜 실신한다. 아버지는 외동딸의 시신을 확인하고선, 땅을 치면서 엎어진다. 장엄은 세라에게 차마 접근을 못하고 멀찍이서 몸을 와들와들 떨고만 있다.

세라의 추락사는 실족사로 결론이 난다. 세라의 부모나 경찰관이나 설령 세라의 죽음에 의문을 품는다고 하더라도, 손마마의 그 짤막하고 미세한 범행 동작을 눈여겨 본 목격자가 없고, 또 산행에서 만났던 사람들이 마마와 세라가 모녀 사이로 보일만큼 정답게 산행을 했던 것으로 증언하는 이상, 살인 범행으로 파고들 실체 규명은 한 걸음도 나아갈 여지가 없다. 손마마는 완전 범죄를 한 것이다.

세라가 죽음으로 인해서 세라 부모와 장업 세 사람에게는 하늘이 무너지고 세상이 사라져버렸다. 삶이 무너지고 사라졌다. 세 사람 하나 하나에게 세라는 세상의 전부였고 하늘같은 존재였다. 삶의 유일한 의미였다. 손마마의 완전 범죄로 무덤 넷이 생겨났다. 세라가 묻힌 눈에 보이는 무덤 하나, 세 사람의 마음이 묻힌 눈에 보이지 않는 무덤 셋이 그것이다. 세라는 그렇게 갔다. 한창 꽃피는 나이에 비통하고 애통하게 갔다. 자기가 잘못해 실족해서 죽은 것으로 되었으니, 더욱 원통하게 갔다. 세라의 혼백은 천당엘 가지 못하고 유령이 되어 떠돌 것이다.

그 세 사람은 사건 당일 어떻게 산을 내려오고, 그 다음 어떻게 세라의 장례를 치렀는지 기억을 못한다. 어찌 된 일인지 가장 잘 기억해야 할 일을 기억하지 못한다. 아니, 기억을 못하는 것이 아니라, 기억하고 싶지 않은 것이다.

〈장업〉

슬픔은 서서히 밀려온다. 슬픔은 가슴 밑바닥에서 머리 위로 그리고 눈가로 차근차근 밀려온다. 그 불상사(不祥事)의 의식은 점차로 또렷해진다. 슬픔과 사태 전말에 대한 의식은 장업의 모든 일상사를 옆으로 밀어냈다. 일상사에 대신해서 불상사의 의식이 들어섰다. 장업은 한동안 아무 것도 못했다. 먹지도 못하고 자지도 못하고, 누워만 있었다. 죽은 것이나 다름없었다. 세라를 잃은 지 사흘 만에 장업의 검었던 머리는 하얗게 세어 버렸다. 얼굴엔 주름살이 깊게 드리웠다. 그런데 의식만은 또렷했다. 무엇이 어찌된 것인지, 이제 어째야 하는지, 세라가 무엇이었는지 하는 의식이 마구 내달렸다. 세라를 중심으로 해서 현재와 미래와 과거가 7만 8천 의식의 가닥으로 순식간에 몰아쳐 왔다가 순식간에 몰아쳐 나갔다. 일순간에 장업의 의식은 지구와 안드로메다 은하를 왔다 갔다 했다. 이 부정하고 싶은 지구와 세라와 함께 있을 안드로메다 은하의 꿈꾸는 어떤 행성 사이를 눈 깜짝할 사이에 마구 넘나들었다. 세라의 말이 맞았다. 비록 사랑하는 육체는 떠났지만, 사랑하는 두 마음은 지구와 안드로메다 은하를 자유자재로 넘나들었다. 장업은 지구에 있는 현실을 의식하면서는 눈물 흘리고, 안드로메다 은하에 있는 꿈을 꾸면서는 미소 지었다.

세라가 말한 안드로메다 은하가 있기에 장업은 몸을 추스려 일어났다. 세라를 데리고 안드로메다 은하로 갈 희망을 품었다. 하루에도 일만 번 현실에 애통해하면서 기력을 잃고, 하루에 일만 한 번 희망에 부풀어 기력을 찾았다. 무기력과 기력 사이를 수없이 넘나들면서, 장업의 몸은 쇠약해지고 정신은 분열되었다. 심신이 밑바닥으로 추락했다. 그래도 하루에 일만 번의 절망을 넘어 서는 단 한 번의 희망이 더 있기에 간신히 목숨을 이어나갔다.

디렉소스 대원: "오늘 드릴 이야기는 여기까지입니다. 사랑을 얻어 생기발랄했던 장업이 사랑을 잃고 순식간에 절망의 구렁텅이에 떨어져 탄식하는 것을 보면, 사람의 일생은 새옹지마로 유전하고 부

침하는 일장춘몽이네요."

센타크논: "그렇지, 어제의 영광이 오늘의 비탄으로 바뀌고, 오늘의 울분이 내일은 환희로 자리바꿈하는 게 세상살이야! 어제도 거듭 보고, 오늘도 두루 보고, 내일도 내다 보고 살아가면서, 항상 교차하는 영광과 비탄과 울분과 환희를 잊지 말고 자신을 가다듬어야해. 내가 이 소회를 자네에게 좀 더 길게 되새김해도 괜찮겠어?"

디렉소스 대원: "좋습니다. 대장님이 짧게 하시는 말씀은 깊게 스미는 울림이 있고, 길게 하시는 말씀은 넓게 번지는 떨림이 있습니다."

센타크논: "내 말을 그렇게 받아들여주니 고맙구먼.

한 사람이 고통에 겨워 울부짖고 있다고 해서, 다른 사람도 울고 있는 것은 아니야. 한 사람이 성공에 들떠 기쁨에 젖어 있다고 해서, 다른 사람도 웃고 있는 것은 아니야. 내가 불행하다고 해서, 남도 불행한 것은 아니고, 내가 행복하다고 해서, 남도 행복한 것은 아니지. 한 사람이 웃고 있을 때 다른 사람은 울고 있을 수 있고, 그 한 사람이 울고 있을 때 다른 사람은 웃고 있을 수 있는 거야. 너와 내 처지가 똑 같은 것은 아니지. 그렇기 때문에 내가 웃을 때 울고 있을 다른 사람을 결코 잊어서는 안 되고, 또 내가 울고 있더라도 웃고 있을 다른 사람이 있다는 것을 결코 잊어서는 안 돼.

세상은 너와 내가 함께 웃을 수 있는 곳이 되어야 해. 세상은 내가 너와 함께 울 수 있는 곳이 되어야 해. 서로가 서로를 생각해야 해. 우리 선조들은 그런 생각으로 공동체를 가꾸어오고, 후손을 키워왔지. 나 하나 잘 되면 그만이라는 생각, 나 홀로 끝장났구나 하고 절망하는 생각이 이 세상을 지옥으로 만드는 거야. 그동안 내가 지구인을 어지간히 훑어보니, 죽지못해 살아가면서 세상을 지옥이라고 생각하는 지구인들이 많아.

내 말이 너무 길었지? 어서 가서 좋은 밤 보내도록 하게."

제18화
장업이 시력을 잃으면서 최후를 맞다.

디렉소스 대원: "대장님, 오늘은 화가 장업이 화가의 생명이라고 할 시력을 상실하고, 또 세라가 사망한 진정한 원인을 알게 되면서, 결국 무너지고야 마는 비극을 이야기하게 됩니다. 장업의 최후 스토리는 저도 피하고 싶을 만큼 애절합니다."

(심신이 피폐해지는 나날을 장업은 세라와의 지난 날을 회상하면서 보낸다.)

〈장업〉

이젠 볼 수 없게 된 세라, 이젠 들을 수 없게 된 세라, 이젠 만질 수 없게 된 세라! 그리운 세라가 작업실에 두고 간 스카프를 들어 세라의 냄새를 살려보려고 애쓴다. 시리고 아프도록 세라를 그리워한다.

냉면과 피자를 즐겨 먹었던 세라, 수국과 배롱나무를 좋아했던 세라, 아일랜드 시인 예이츠(Yeats)의 번역시를 즐겨 낭송했던 세라, 내 이름이 장업이라고 해서 조선시대의 화가 장승업을 좋아하게 되었다던 세라, 원행(遠行)을 했던 저수지 옆 편의점 주인이 우리 둘보고 부녀 같다고 해서 뜨악해 하다가 부녀처럼 쏙 빼 닮았다는 소리엔 화사하게 웃어 보이던 세라, 나를 웃긴다고 두 눈에 성냥개비를 잘라 꽂다가 눈을 다쳐 끙끙대던 세라, 한 글자 우리말하기 게임을 하다가 두 손으로 내 뺨을 지그시 감싸 쥐던 세라, 떨어지는 유성우를 가리키며 내가 저걸 타고 내려왔다던 세라, 작업실 창고에 보관 중인 내 그림을 정신없이 보다가 쓰러지는 그림 더미에 눌려 목을 캑캑 거리던 세라, 이리도 보고 싶은 세라!

심신이 무너지면서 장업의 시력에 장애가 왔다. 급속도로 시력이 약해져 갔다. 안드로메다 은하는 눈 감고도 꿈꿀 수 있기에 장업은 시력 저하에 별반 신경쓰지 않았었다. 오히려 현실에 눈감고 싶은 심정은 시력 상실을 반겨할지도 모른다. 그러나 씻고 밥 먹고 옷 입는 기본적 일상사가 불편해질 정도에 이르러서는 '이게 아니구나' 하는 위기의식이 찾아 왔다. 손마마와 함께 안과 병원을 찾았다. 의사는 여러 종류의 정밀 검사를 했다. 의사는 장업에게 황반변성(黃斑變性)이 왔다고 했다. 갖가지 원인이 있을 수 있으나, 장업의 경우는 심인성(心因性)일 가능성이 크다고 했다. 심적 타격이 워낙 커서, 온몸을 쇠약하게 하고 눈에까지 치명타를 입힌 것이라고 진단했다. 이미 심각한 단계로까지 진행되어 시력이 호전되기는 어렵고, 그저 시력 악화의 진척을 더디게 할 수 있다면 다행일 것이라고 했다. 장업으로서는 장차 시각을 잃게 된다는 절망적인 선고였다. 황반변성으로부터 완치될 수 있는 뾰족한 치료술은 없으며, 시력 저하는 계속 진행될 것이다. 지금 상태로 보면, 시력이 나빠지는 속도는 매우 빠를 것이다.

시력이 거의 상실되면서 장업에게 화가로서의 절망이 찾아왔다. 디렉소스 대원이 침통한 목소리로 읽어주는 다음 글은 시력 상실에서 오는 장업의 구슬픈 탄식이요, 고뇌에서 오는 절규이다. 한 위대한 화가가 사그러드는 최후의 외침이다. 그 어떠한 걸출한 인물도 물러갈 때가 있는 법인데, 이제 장업이 사라질 때에 다다른 것이다.

〈장업〉

내 눈 안에서 빛이 사그러드는 것만큼 내 생명은 꺼져간다. 아니, 세라를 잃음으로 해서 내 생명은 이미 꺼진 것이니, 내 눈을 잃는 것은 내 예술혼이 꺼져가는 것이다. 내 가혹한 운명은 안 밖으로 겹쳐서 생명과 예술혼을 앗아 간다.

화가로서의 가장 소중한 부분인 눈을 잃게 되다니!

오, 빛나는 그림을 그려오던 내가 이제 화가로서의 모든 것을 잃고 암흑의 세계에서 헤매고 다니다니.

이 처참한 운명이여!

하나님, 내게서 나의 모든 것인 세라를 앗아 가시더니, 이젠 화가로서의 나의 모든 것인 눈을 앗아 가십니까?

화가가 눈을 잃는 천형은 음악가가 귀를 잃고, 가수가 목소리를 잃고, 삼손이 머리털을 뽑히는 형벌입니다. 새가 날개를 잃고, 물고기가 지느러미를 잃고, 야수가 발톱과 이빨을 잃는 것이나 다름없습니다.

저는 이제 두 눈이 꺼지고, 두 팔이 꺾이고, 두 발이 묶이고, 머리가 깎이고, 드디어 목이 비틀려, 그 모든 것을 일순간에 잃게 된 비참한 화가입니다. 이렇게 된 저를 손가락질하고 비웃고 고소해하는 화가들로부터 수모당하는 가련한 화가입니다.

하나님, 제게 심청의 아버지 심봉사처럼 시력을 되찾는 기적을 내려주실 수는 없습니까?

저는 슬퍼하고, 고뇌하고, 절망하고, 드디어 체념에 목이 꺾인 화가입니다. 시력이 안된다면, 마음의 평화만이라도 내려주십시오. 남은 길을 조용히 갈 수 있게 제 혼을 쓰다듬어 주십시오.

이 순간부터 제 운명을 업(業)으로 받아들이겠습니다.

그런데 어느 밤 꿈에 세라가 나타나 장업에게 외친다.

"안드로, 난 위험한 곳에서 발을 헛디뎌 낭떠러지에서 떨어질 사람이 결코 아니에요. 손마마가 엉덩이로 나를 밀쳐서 추락사한 것이어요."

그 다음날 밤에도 꿈에 세라가 나타난다. 손마마가 엉덩이로 자기를 밀쳐서 추락사한 것이라고 절규한다. 장업이 깨어서 곰곰이 생각한다.

"내가 정신착란을 일으킨 것인가? 사실이 아닌데, 꿈만 믿고 손마마를 살인범으로 몰아 버릴 수는 없지 않은가?"

고민에 고민을 거듭한다. 사실을 확인할 필요가 있다. 손마마에게 대 놓고 당신이 세라를 엉덩이로 밀쳐서 낭떠러지 아래로 떨어뜨린 것이 아니냐고 물어보면, 절대 아니라고 하면서 펄펄 뛸 것은 명약관화한 일이었다. 그렇게 멍청하게 일을 처리해서는 아니 되었다. 장업은 머리를 써야 했다. 이건 결코 증거를 확보할 수 있는 일이 아니었다. 손마마의 자백을 받아낼 수 있는 일도 아니었다. 장업이 확인만 하면 될 일이었다. 세라의 죽음의 진정한 원인을 알기만 하면 될 일이었다. 고심하던 끝에 장업의 머리에 한 가지 방책이 떠올랐다.

〈장업과 손마마〉

장업의 집 마당에는 금붕어를 몇 마리 기르고 있는 작은 연못이 하나 있었다. 업은 손마마에게 시력을 완전히 상실하기 전에 그 금붕어들을 좀 보고 싶다고 했다. 아주 밝은 대낮엔 어렴풋이나마 금붕어를 볼 수 있을 것이라고 말하고, 자신을 연못 가까이 데려다 달라고 했다. 마마는 장업을 연못가로 부축해 갔다. 연못은 무릎 깊이 정도로 얕으막해서, 설사 사람이 거기에 빠진다 해도 전혀 위험하지 않았다. 연못가에 이르러 부축했던 팔을 풀고 장업 옆에 바짝 붙어서 있던 손마마를 장업은 갑자기 엉덩이를 써서 연못 아래 방향으로 힘차게 밀쳐 버렸다. 밀쳐진 순간 마마는 얼른 연못가에 심어 있는 나무의 줄기를 잡고 몸을 바로 잡았다. 그 찰나 장업은 온 시력을 모아 손마마의 눈에서 서릿발처럼 뿜어져 나오는 공포와 분노의 빛을 읽어 내었다. 손마마가 버럭 소리를 질렀다.

"당신, 왜 이래?"

"혹시나 싶어서 그랬어!"

"뭐가 혹시나 야?"

그 질문에 장업은 대답하지 않았다. 그냥 그 자리에 주저앉았다.

틀림없었다. 손마마의 눈에 어린 그 공포는 세라를 추락시키던 그 끔찍한 사건 현장에서 가해자와 피해자가 주고 받았을 공포가 아니면 재현해 낼 수 없는 절체절명의 공포였다. 손마마의 눈에 어린 공포는 추락하면서 세라가 보인 공포를 마마가 기억해서 무의식에 저장해 둔 것이었고, 지금 손마마의 눈에 재현된 공포에서 장업은 세라의 공포를 읽어낸 것이었다. 이젠 분명했다. 꿈에서 세라가 외친 사건의 진상이 장업에게 확인된 것이었다.

이번엔 장업이 공포에 떨었다. 20년을 같이 살아온 아내가 간교하고 잔혹한 살인마라는 사실에 장업은 경악했다. 장업은 자신의 경악을 감추려 해도 뜻대로 되지 않았다. 손마마는 장업의 경악을 보고 직감했다. 장업이 세라 추락사의 진정한 원인을 알아챘다는 것을! 이제 손마마는 남편을 죽이든지 아니면 한시 바삐 죽기를 기다려야 할 때에 이르렀다고 생각했다. 손마마에겐 선택할 일만 남았다. 죽여 버릴까? 장업을 죽이는 일에는 위험부담이 없지 않았다. 어차피 장업은 세라를 잃고 심신이 피폐해지고 시력을 완전히 상실하기 직전에 봉착해 있는 다 죽어가는 폐인이었다. 구태여 손을 쓸 필요가 없었다. 자신은 친구들과 어울려 그림구경이다 쇼핑이다 하면서 밖으로 나가 돌아다니고 여행이나 하면서 시간가기만을 기다리면 될 입장이었다. 기다려야 할 시간이 그리 길 것 같지 않았다. 손마마는 후자를 택하기로 했다. 그리곤 독살스레 마음을 먹었다. 아침에 장업이 잠을 깬 걸 알면, 손마마는 살며시 다가가 장업의 귀에 속삭였다.

"당신은 서서히 죽어가고 있어!"

그런 다음, 방을 나가다가 다시 돌아와 속삭였다.

"아냐, 내가 잘못했어. 당신은 빠르게 죽어가고 있어!"

〈장업〉

세라의 억울한 죽음을 알게 된 장업에게 한층 더 고통스런 자책의 고뇌가 찾아온다. 그는 독백으로 외친다.

그래 세라의 말이 맞았어. 짝을 잘못 만나 인생을 망친다고 세라는 일기에 썼었지. 세라는 나를 잘못 만난거야. 그래서 세라는 인생을 망친거야. 장업은 통곡했다. 장업은 가슴을 찢었다. 머리를 찧고 빻았다. 그래도 성에 차지 않았다. 통곡에 통곡을 더 했다. 그의 울음소리는 산을 움직일 듯 했다.

손마마를 향한 분노가 하늘을 찔렀다. 악독한 손마마가 장업의 뒤에서 음산하게 웃는 모습이 어른거렸다. 바로 이 시점, 손마마에 대한 장업의 분노가 극에 달했던 시점이 아칸투스호를 출발한 모듈이 서울 상공에서 분노에너지가 넘치는 지구인을 찾아보던 때였다. 모둘의 인체에너지 감지기가 장업을 포착했던 것이었다.

고뇌와 울분과 자책을 이겨내기 어려웠던 장업은 최후를 앞당길 생각을 한다. 손마마는 친구들과 외국 여행을 떠났다. 손마마가 떠난 집과 눈먼 아버지를 아들이 맡았다. 아들은 아버지를 이해했다.

장업은 자신의 흔적을 지우고 싶었다. 집안 거실에는 벽난로가 있었다. 아들을 시켜 소장하고 있던 자신의 그림들을 벽난로 앞으로 날라 오게 했다. 그리고 불을 지펴 자신의 그림을 태우기 시작했다. 자신의 분신과도 같은 그림들, 이 세상 사람이 그린 것 같지 않은 선경(仙境)의 작품들, 모두가 탐내던 걸작들, 혼을 실어 그린 역작들, 그 아까운 그림들을 하나하나 태웠다. 소장한 그림들이 하도 많아 밤새 태워도 끝이 나질 않았다. 장업은 그림 태우기에 지쳐, 벽난로 앞에서 선잠을 잤다. 잠에서 깨어나면 또 태웠다. 아들이 챙겨온 음식을 좀 먹고 나면 또 태웠다. 모조리 태웠다.

한잠 자고 나니, 허탈했다. 온 몸의 세포에서 수분이 남김없이 빠져나간 기분이었다. 이제 장업에게는 껍질만이 남았다. 알맹이는 다 잃었다. 허무의 심연에 빠져 있던 장업은 불현듯 생애 최후의 그림을 그려야 되겠다는 생각이 들었다. 딱 한 점의 그림을 남기고 싶었다. 껍질만 남은 그에게 최후의 예술혼이 솟구쳤다. 작업실에 기어가듯 들어가 그림 그릴 준비를 했다. 그리고 절실하고도 경건하게 하나님께 기도했다.

하나님, 이제 저의 최후가 왔습니다. 제 눈은 거의 보이질 않습니다. 제 최후의 기도를 올립니다. 하나님은 제가 이슬방울보다도 더 영롱한 눈물을 흘리길 원하셨지요. 제가 스러져가는 두 눈에서 이슬보다 더 영롱한 눈물을 흘려 하나님께 바칠 터이니, 제 남은 예술혼을 다해 하늘의 영광에 비견할 그림을 그릴 수 있게 은총 내려 주십시오. 제가 반딧불만큼 남은 마지막 시력을 다 모아서 최후의 그림을 마칠 수 있는 시간을 허락하여 주십시오.

그는 하나님에게 매달려 애원했다. 기도하기를 마치고, 그는 눈에서 빛이 완전히 꺼지기 전에 필사적으로 캔버스에 매달려 혼신의 힘을 다해 흐릿하게 들어오는 빛을 짜내고 짜내어 그의 마지막이 될 그림을 그렸다. 하도 눈물이 많이 흘러, 흐르는 눈물을 손바닥으로 훔쳐 캔버스에 발랐다. 최후의 그림이 완성되었다. 웃으며 하늘로 올라가는 세라와 그 앞에 엎드려 울고 있는 장업을 그린 그림이었다. 두 사람 아득히 먼 뒤로는 안드로메다 은하의 별들이 반짝이고 있었다.

새벽녘에 그린 그림을 마감하고, 아침 해가 뜨자 장업은 순옥에게 전화를 했다. 자신을 세라가 추락사한 곳에 데려다 달라고 했다. 순옥이 오기까지 시간이 있었다. 먼저 부모님이 계신 남해를 향해 큰절을 올렸다. 연로하신 부모님이 장업을 쳐다보는 근심스런 얼굴이 떠올랐다. 그 얼굴을 애써 밀어냈다. 그 다음 자식처럼 사랑스레 키우던 강아지에게 먹이를 주고 손으로 더듬어 털을 골라 주었다. 강아지는 먹이를 먹지 않고 낑낑거리기만 했다. 강아지를 달래느라 무릎에 앉혀 놓고, 음악을 들었다. 아들에게 헨델의 합창곡 할렐루야를 틀게 했다. 그리곤 마당에 뒤늦도록 피어있는 배롱나무 꽃 한 송이를 꺾어다 달라고 했다. 장업은 음악과 꽃을 최후의 만찬으로 삼았다.

순옥이 차를 가지고 집으로 왔다. 자신의 마지막 그림을 순옥에게 넘겼다. 유작이 될 그 그림을 보고 차에 옮기면서 순옥의 얼굴은 눈물로 범벅이 되었다. 참으로 성스러운 그림이었다. 차에 오르기 전, 장업은 아들의 두 손을 맞잡았다. 아들의 눈에서도 눈물이 글썽였다. 한참을 그렇게 서 있다가, 장업은 아들에게 나직이 한마디 했다.

"굳세게 살아야 한다."

장업은 아들과 집으로부터 등을 돌렸다.

장업은 필사의 힘을 다해 북한산 백운대에 올랐다. 몸은 극도로 쇠약해졌고, 눈은 보이지 않고, 정상은 몹시 가팔라서, 마지막에는 기어가다시피 산을 올랐다. 순옥은 앞 못 보는 장업의 손을 이끌어 느릿느릿 백운대 서쪽 능선 세라가 죽기 직전에 서 있었던 벼랑 앞 바위로 갔다. 둘이는 그 바위에 한참을 앉아 있었다. 말없이…. 이윽고 장업은 순옥의 두 손을 맞잡았다. 조금 후엔 두 손바닥으로 순옥의 뺨을 감싸 안았다. 그건 세라를 낳아 길러준 어머니 순옥에게 보내는 경의와 감사의 인사였다. 그리고 나서 장업은 벼랑 끝으로 다가갔다. 한 걸음도 주저하지 않고 평화로운 얼굴로 다가갔다. 불세출(不世出)의 화가 한 사람이 그렇게 최후를 맞았다. 순옥은 그 자리에서 까무러쳤다.

디렉소스 대원이 읽기를 마치고, 한참 동안 목이 메어 아무 말 못하고 있다.

센타크논이 입을 연다.

"장업이 어떻게 죽었는지, 왜 죽었는지, 장업의 분노 에너지가 왜 그리 높았는지를 이제는 이해하겠습니다.

장업과 그 부인과의 사이에 얽힌 기막힌 이야기 그리고 세라와 그의 비참한 최후 이야기는 결국 질투 이야기인 것입니다. 지구인의 필독서인 성경 창세기에는 하나님의 사랑을 둘러싸고 질투에 눈먼 친형 카인이 동생 아벨을 살해하는 구절이 나옵니다. 그렇게 보면, 지구인 최초의 살인은 질투가 빚어낸 것이지요. 지구인이 자본주의니 마르크시즘이니 하면서, 모든 이가 골고루 잘 사는 풍요롭고 공평한 사회를 꿈꾸지만, 그런 세상이 도래하더라도 질투가 빚어내는 갈등, 암투, 살육은 피할 수 없을 겁니다. 부, 권력, 지위, 명예 등등에 대한 욕구를 충족한다고 하더라도, 질투와 시기심, 독점욕만큼은 지구인에게 영원히 해결하지 못할 숙명적인 문제로 남을 것입니다. 질투는 영성이 높은 우리 올림포스인도 손대기 어려워하는 고르디아스의 매듭입니다. 질투는 풀 길 없는 고르디아스의 매듭을 단칼로 베어버리는 해결책, 그러니까 살인으로 해소하려고 하는 끔찍한 충동을 불러일으키지요. 그 비극이 세라와 장업에게 일어난 겁니다. 그런데 지금 장업의 부인은 어떻게 지내고 있나요?"

디렉소스 대원: "북촌 화실에 장업의 그림이 다소 남아 있었던 모양입니다. 그걸 팔아 가면서, 여유있게 아주 잘 살고 있습니다."

센타크논이 큰 소리로 탄식한다.

"악마가 이겼도다. 장업이 예감했던 대로 악마가 이겼도다. 악마가 되지 못하는 선량한 지구인들, 현악기의 현보다도 관악기의 리드(reed)보다도 더 여린 지구인들을 생각하면 안타깝기 그지없습니다."

디렉소스 대원: "그런데 대장님, 손마마의 뇌에 심어둔 나노 칩은 회수할까요? 아니면, 그대로 놓아둘까요?"

센타크논: "아직은 알아볼 일이 생길 수 있으니까 그냥 두도록 합시다. 다만 장업의 뇌에 있던 칩은 회수했겠지요?"

A-3 대원: "예, 장업의 죽음을 확인하는 즉시로 칩을 회수했습니다. 죽음이란 모든 뇌기능이 종국적으로 소실된 것을 의미하는 것이므로, 죽은 후에는 더 이상 뇌에 기억정보가 추가될 여지가 없어서 장업뿐만 아니라 사망한 지구인 B-b, R-a, R-b의 뇌에 심어두었던 칩까지도 이미 회수하여 보관하고 있습니다."

센타크논: "만사를 빈틈없이 잘 하고 있구먼요. 디렉소스 대원! 그동안 애 많이 썼습니다. 내일 하루는 푹 쉬도록 하세요. 모레 저녁부터는 내가 A-2, A-4, A-5 세 대원을 만나보도록 하겠습니다."

디렉소스 대원이 함장실을 나간 후, 센타크논은 가련한 두 사람을 생각하며 짤막한 추도시를 읊조린다.

"초가을
　벼랑 아래 바위에 떨어져
　세라가 흘린 피,
　늦가을
　그 바위 그 자리에 떨어져
　장업이 흘린 피,
　그 피 함께 뭉쳐
　백일 피는 배롱나무 붉은 꽃 되었구나.
　두 사람의 붉은 맘 붉은 피 붉은 꽃
　부디 부디 안드로메다 은하로 날아가
　직녀성 견우성 되고,
　오작교 놓는 별무리
　한가득 모여,
　지구인 올려보는
　사랑의 아픔 별자리로
　길이 길이 비추이기를!"

센타크논은 잠 못 이루는 하룻밤을 보낸다. 그도 그렇게 마음이 저려 왔다.

제19화
윤태수가 교수로 부임하다.

A-3 디렉소스 대원이 화가 장업에 대한 마지막 이야기를 마치고 이틀이 지난 저녁에 센타크논은 사망한 지구인 B-b, R-a, R-b를 담당한 세 사람 A-5 퓨타고스 대원, A-2 페터스 대원, A-4 로지티 대원을 함장실로 불러 모은 후, 이들에게 이른다.

"디렉소스 대원이 맡았던 지구인 B-a 사건 취급은 종료되었습니다. 오늘부터는 여러분들이 맡은 세 지구인을 살펴보게 됩니다. 셋 중 한 지구인이 다른 두 지구인을 살해하고 나서 자살했기 때문에 여러분 셋이서 추적관찰한 내용을 매일 저녁 한자리에 모여, 함께 보고를 듣고 대화를 이어 나가도록 하겠습니다. 그동안 지구인 세 사람의 뇌에 심어놓은 나노 칩을 통해서 알아볼 만큼 알아보았나요?"

페터스 대원: "알아볼 시간은 충분했습니다. 음미하는 시간도 넉넉히 가졌고요. 퓨타고스, 로지티 대원과 수시로 대화도 나누었습니다. 저희 세 대원의 의견으로는 사망한 지구인 세 사람 가운데 B-b 지구인이 사건의 중심인물로 판단되었기에, 앞으로의 이야기는 B-b 지구인을 맡은 퓨타고스 대원이 중심이 되어 이끌어나가는

것이 좋겠다고 보았습니다."

센타크논: "퓨타고스 대원은 어떻습니까? 페터스 대원의 의견대로 끌어나갈 준비가 되어 있나요? 그리고 오늘은 무슨 이야기를 들려 줄 건가요?"

퓨타고스 대원: "다른 두 선배 대원이 계신 자리에서 제가 앞장서서 이야기를 끌어나간다는 것이 외람된 일입니다만, 어쩌다가 제게 배정된 지구인이 B-b이다 보니, 사정이 그렇게 되었습니다. 그리고 함장님이 괜찮으시다면, 세 지구인의 이야기를 합성할 필요가 있을 때 제가 그 조정 역할을 맡을까 합니다."

센타크논: "좋습니다. 그리고 퓨타고스 대원이 이야기를 진행하는 도중에, 다른 두 대원이나 내가 언제든지 하고 싶은 말을 할 수 있는 것이니까, 별 지장은 없을 겁니다."

퓨타고스 대원: "양해해주셔서 감사합니다. 그러면 오늘 이야기에 들어가겠습니다. 제가 맡은 B-b 지구인의 이름은 윤태수(尹泰秀)이고, 사망 당시 나이는 57세입니다. 직업은 교수입니다. 그가 살해한 지구인 R-a와 R-b는 그의 동료 교수로서 이름은 왕치지(王治知)와 차봉구(車鳳九)인데, 사망 당시 나이는 각각 64세와 63세입니다. 이 세 사람이 근무하던 학교는 서울에 있는 밀레니엄(Millennium) 대학교입니다. 세 사람의 직장이기도 하고, 살인과 자살이 발생한 장소도 이 밀레니엄 대학교이기 때문에, 오늘은 밀레니엄 대학교를 소개한 후, 이 대학에 첫 부임하는 윤태수 교수와 그의 두 동료 교수이야기로 시작해볼까 합니다."

올림포스 행성에서 온 다른 세 사람이 자못 흥미를 갖는다. 지구인이 세운 대학교는 과연 어떤 곳이고, 대학생들을 가르치는 교수의 출발 상황이 어떤가 하는 궁금증을 일으킬 만하다.

퓨타고스 대원: "먼저 밀레니엄 대학교에 관한 보고입니다."

[밀레니엄 대학교]

밀레니엄(Millennium) 대학교란 이름은 '새 천년'을 훌륭하게 이끌어 갈 대학이란 의미에서 붙여진 것이었다. 서기 2000년의 도래를 기점으로 새 천년이 펼쳐지기 시작하자, 지구인들은 자못 감격했다. 세상의 멸망을 예언하는 일부 종말론자들도 있긴 했지만, 대부분은 다가올 미래에 관심이 지대했다. 어떠한 세상이 올지, 지구인들의 상상은 걷잡을 수 없을 만큼 다채롭게 뻗어나갔다.

화석에너지문명을 기반으로 한 '지난 천년'(제2 밀레니엄 기)의 산업사회는 정보통신기술문명을 주축으로 한 '새 천년'(제3 밀레니엄 기)의 지식정보사회로 이동했음이 확연했다. 지구인의 세계는 새 천년에로의 진입을 전후로 해서 획기적인 분기점을 찍었다. 현기증 날 정도로 거대하고도 급격히 몰아치는 인류역사의 소용돌이 속에서, 지난 천년을 지배했던 정신에서 헤어나지 못하는 민족은 망하고, 새 천년을 지배하게 될 정신에 활짝 문을 연 민족은 흥할 운명이었다. 그러한 민족정신을 이끌어나갈 중추가 바로 대학이었다.

대학의 주역은 장차 생산을 담당하게 될 학생들이지만, 이 학생들이 섭취할 정신적 자양분의 공급원은 대학교수들이었다. 대학교수들의 역할은 그만큼 중요했다. 한 민족의 흥망을 좌우하는 것은 민족정신인데, 그 민족정신의 씨앗은 대학교수들이 뿌리고, 학생들은 그 열매를 추수할 것이었다. 결국 대학교수들이 한 민족의 흥망을 좌우할 터였다.

한국에 세워진 밀레니엄 대학교는 새 천년에 들어선 한국의 민족정신에 건강한 씨앗을 뿌리고자 하였다.

(그런데 그 실상은 어떻게 전개되고 있는가?)

읽기를 마치고, 퓨타고스 대원은 밀레니엄 대학교에 교수로 부임하는 윤태수를 소개한다.

"다음은 제가 맡은 B-b 지구인인 윤태수 교수에 관한 간략한 이력입니다. 마침 윤태수 교수가 자신의 학문세계를 회고하는 글을 작성한 것이 있었기에, 그 회고문에서 화자(話者)를 일인칭에서 3인칭으로 바꾸어 여기에 옮겨 드립니다."

[윤태수]

서른다섯의 나이로 밀레니엄 대학교 법과대학 교수로 부임할 당시에 윤태수(尹泰秀)는 학자로서의 의욕과 사명감은 투철하였지만, 민족정신, 시대관, 대학상을 구현할 사상적 소양과 투지를 갖추고 있지는 못하였다. 식견은 없이 학문만을 흉내 내는 '풋내기'였던 것이다. 개인사도 정리되지 못하고 안정되지 못해서, 윤교수는 자기몸 하나 건사하기도 힘들었다. 부임 당시만해도 교수 월급은 박봉이었다.

　그는 한국에서 법과대학을 졸업하고 대학원에서도 '법학'을 전공하였으나, 제대로 배운 것이 없었다. 그를 가르친 법학 교수들조차 제대로 배운 것이 없었으니, 제대로 가르칠 수가 없었던 것이었다. 한국사회에 연속되는 혼란기는 예비 학자들에게 조용히 앉아 사색하고 연구할 여유를 주지 않았다. 외국 유학을 다녀온 교수들도 몇 년간의 유학생활 동안 외국어를 습득하기에 바빠서 정작 전공해야 할 학문은 뒷전으로 밀려나기 일쑤였다. 선진 외국 대학의 분위기를 체험하고 왔다는 것이 그나마 배운 것이었다.

　학문적으로 윤태수는 '사막'의 토양에서 성장하였고, 또 사막의 토양에서 학생들을 가르치게 된 셈이다. 당시의 한국이 그러했다. 적어도 인문사회과학 분야는 그러했다. 그의 학문은 처음부터 끝까지 '독학'(獨學)이었다. 그에게 학문의 스승은 없었다. 책이 그의 스승일 뿐이었다. 머리와 노력 여하에 따라, 그가 독학한 학문은 치졸한 수준에 머물렀을 수도 있고, 독학이지만 훌륭히 일가(一家)를 이룰 수도 있을 것이었다. 다행히 그는 후자였다. 또 무엇을 하든 일단 세운 목표에 대하여 그가 보이는 타고난 집념과 열정은 학문적 대성을 가능하게 했다. 혼자 공부하는 독학이면서 지독하게 공부하는 독학(毒學)이 학문의 세계에서는 인재를 낳는 토양일 수 있다. 학자는 은둔의 수도사 생활에 흡사한 수련기간을 다년간 거쳐야만 틀이 잡히는 법이다. 그러한 생활이 학자의 길에 들어선 사람이 통과해야 하는 첫 관문이다.

윤태수는 그의 법학자로서의 학문 형성기인 1980년대 후반과 1990년대 초반에 즈음하여 그 첫 관문을 통과했다.

퓨타고스 대원: "이제부터는 윤태수가 교수 부임에 즈음해서 겪은 일을 그의 기억정보를 따라 보고드리겠습니다."

[교수 부임 직후의 윤태수]

윤태수는 밀레니엄 법과대학에 교수로 부임하는 날, 사용하게 될 연구실에 들어가 간단한 짐을 풀고 대충 청소를 한다. 그리고 나서 학장, 학과장 등 법과대학 교수들에게 부임 인사를 다닌다. 이 대학은 사립인데, 자신을 포함해서 법학 전공 교수가 8명이 있다. 오후가 되어 비교적 젊은 교수 측에 드는 왕치지 교수와 차봉구 교수의 연구실로 인사하러 간다.

"왕교수님, 인사드립니다. 윤태수입니다. 앞으로 잘 이끌어 주시기를 부탁드립니다."

"아, 윤교수, 잘 오셨소. 기대가 큽니다. 도움이 필요하면 언제든지 이야기하세요."

윤교수는 처음 인사드리는 자리인 만큼 예의를 차리는 의미에서 왕교수를 올려준다.

"선배님 말씀은 많이 들었습니다. 존경하는 후배들이 많습니다."

"무슨 말씀을…. 윤교수 공부 열심히 한다는 이야기를 많이 들었습니다. 그런데 내가 곧 회의에 참석하러 나가야 하니까 지금 좀 실례를 하고, 한 2시간 후에 내 방으로 와 주겠소? 그런데 윤교수가 나보다 얼마나 후배가 되나요? 대학에 언제 입학했지요?"

왕교수의 어투가 금새 반말로 넘어갈 듯하다. 그 전에 선후배 서열을 분명히 해서 반말하는 데 양해를 구하는 것이다. 반말은 상대방을 손아래에 두려는 서열 세우기이기도 하면서, 상대방이 양해하면 둘 사이에 친밀감을 조성하기도 한다.

"제가 한 7년 후배 되는 걸로 알고 있습니다. 말 놓으시지요."

"그래, 좋아. 이따 2시간 후에 내 방으로 좀 오라는 건, 윤교수가 시간된다면 우리 집에 같이 가자는 말이야. 저녁은 같이 못 하지만, 내 집 서재에 윤교수에게 줄 책이 몇 권 있어서 그래. 시간 어때?"

"예, 별 일 없습니다. 제게 주실 책까지 신경을 다 쓰시고요. 감사하기 그지없습니다. 두 시간 후에 다시 찾아뵙겠습니다."

윤교수는 왕교수 연구실을 나온 후, 차봉구 교수 연구실로 향한다. 새 학기가 시작된 까닭에 거의 모든 교수들이 학교에 나와 있다.

"처음 뵙겠습니다. 차교수님, 윤태수입니다. 잘 부탁드립니다."

"윤교수시구먼. 연구실은 어떻습니까? 교수는 늘고 학교 공간은 빠듯해서 연구실 사정이 좋지 않습니다."

"연구실을 받을 수 있어서 참 다행이었습니다. 서울에선 자신의 사무실 하나 갖고 있으면서 교통사고 안 당하고 살면, 그걸로 성공한 인생이라고들 합니다."

"하하하, 일리 있는 말이지요. 그보다 윤교수는 참 행운아입니다. 우리 밀레니엄 법대에 교수로 오려면, 적어도 직급이 부교수는 되어야 하고 나이가 40대는 되어야 하지요."

이 말은, 차교수가 이 대학에 부임할 당시 나이 마흔이 넘었었고, 직급은 부교수로 왔으니, 윤교수가 조교수로 서른 다섯의 나이에 임용된 것은 자격과 실력이 있어서라기보다 행운이라는 것이고, 직급과 나이를 분명히 해서 서열을 단단히 인식시키려는 의도에서 나온 것이다. 이런 대화쯤은 한국의 조직사회에서 얼마든지 있는 일이다.

"예, 제가 과분하게 여기 교수직을 맡아 잘 해 나갈지 걱정이 큽니다. 차교수님께서 많이 가르쳐 주십시오."

"앞으론 '여기'라든가 '이 대학'이라든가 하지 마시고, '우리 대학'이라고 하세요. 이제 우리는 한 식구가 아닙니까! 아마 근일 중에 법대 교수들이 여는 윤교수 환영 만찬이 있을 겁니다. 그 저녁식사는 교수들 모두에게 신학기 개강 인사의 의미도 있구요."

"감사합니다. 그 보다 먼저 제가 법대 교수님들 모두에게 저녁 대접을 해드려야지요. 아까 학장님 뵈올 때 일정을 잡아달라고 말씀드렸습니다."

"잘 했습니다. 앞으로 우리끼리도 자주 만납시다."

윤교수가 왕교수, 차교수에게 드린 첫 인사는 나이와 직급으로서의 서열잡기가 유치하긴 했어도 전반적으로 순조롭게 끝난 셈이다.

2시간 후 윤교수는 왕교수 연구실로 가서 왕교수가 운전하는 차를 타고 왕교수 집으로 간다. 왕교수는 집안이 괜찮은 모양으로, 괜찮은 집에 괜찮은 서재를 꾸며 놓고 살고 있다. 개인 서재의 장서가 대략 5천권이 된다고 한다. 그의 전공분야는 헌법이다. 대부분 고급 장정으로 된 5천여 권의 법학서적은 엄숙한 분위기로 서재에 철철 넘치는 권위를 부여한다. 제3 밀레니엄기는 개인의 한 손 안에 있는 휴대폰이 온 세상의 공공도서관과 공공박물관의 장서를 입체적으로 펴볼 수 있게 하는 세상이다. 교수 개인의 장서는 거의 의미가 없고 자랑거리도 아니다. 그러나 제2 밀레니엄기에는 한 개인의 장서 분량이 학문의 압도적 힘을 보인다. 제2 밀레니엄기에는 어떤 교수 후보자의 경력이 웬만하다면 몇천 권의 전공 장서를 과시하는 것만으로도 교수가 될 수 있는 시대였다. 왕교수는 제2 밀레니엄기의 권위로 제3 밀레니엄기의 윤교수를 압도하고자 자신의 집 서재로 데려간 것이다. 윤교수는 책 몇 권을 고맙게 받아 귀가한다.

윤교수의 부임 다음 날은 밀레니엄 법대에서 첫 강의를 하는 날이다. 그는 형법학과 법철학 강의를 담당하게 되어 있는데, 첫 강의는 법철학 과목이다. 법철학은 법학 분야 중에서 가장 버거운 과목이기도 하고, 더구나 수강생은 4학년 졸업반이라서 머리가 굵을 대로 굵어진, 상대하기 쉽지 않은 학생들이다. 윤교수는 자못 긴장한 채로 강의실에 들어간다. 50명 정도의 수강생이 잔뜩 호기심어린 얼굴로 그를 기다리고 있다. 윤교수는 자신을 소개하고 나서, 앞으로 법철학 과목에서 무엇을 어떻게 강의하는가 하는 입문적 내용을 피력한다. 첫 시간은 그런 식의 강의로 끝내면 된다. 그런데 강의가 끝나고서 학생 한 명이 손을 높이 든다. 윤교수가 고개를 끄덕이며 말해도 좋다는 사인을 보낸다.

"교수님, 오늘 강의하신 내용과 직접 관련되는 것은 아닙니다만, 질문 하나 드려도 되겠습니까?"

윤교수는 내심 당황한다. 자신이 법대를 다녔고 그간 시간강사로 법학을 가르쳐왔기에 잘 알고 있는 한국의 법대 전통은 교수와 학생 간에 질의·응답이 없다는 것이다. 교수는 일방적으로 강의하기만 하고, 아무리 질문하라고 촉구해도 학생들은 도무지 질문하지 않는 경직된 강의실 분위기가 지배하는 법대인데, 학생이 자발적으로 강의내용과 직접 관련되지도 않는 질문을 하겠다니 웬일인가? 그러나 교수가 적당히 핑계를 대고 넘어갈 자리가 아니다.

"예, 질문하세요. 나는 활발한 토론 분위기를 좋아합니다."

"그럼 질문하겠습니다. 법학은 가치를 취급하는 학문으로 알고 있습니다. 자연과학은 사실을 취급하는 학문임에 비해서요. 그런데 법학에 절대적 가치라는 것이 존재합니까? 교수님은 개인적으로 절대적 가치가 있다고 믿으십니까?"

윤교수는 '아이구' 싶었다. 좋은 질문이었다. 법철학은 그러한 질문에 제대로 된 대답을 줄 수 있어야 한다. 또 그러한 질문은 법철학의 핵심문제 중의 하나이기도 했다. 그런데 그 질문은 윤교수에게 정말 행운이었다. 그가 나이와 직급에 비해 일찍 밀레니엄 법대 교수가 된 것이 행운이 아니라, 학생에게서 그 질문을 받은 것이 행운이었다. 왜냐 하면, 윤교수 자신이 법학이 다루는 '가치'의 문제에 궁금증을 갖고 제법 깊이 있는 연구를 한 후, 일년 전에 존경하는 교수 한 분의 환갑을 맞아 후학들이 봉정하는 기념논문집에 '법학에 있어서의 「가치」 개념'이라는 제목의 논문을 게재했기 때문이었다. 화갑기념논문집은 널리 읽히는 서적이 아니라서 학생들은 윤교수가 그러한 논문을 발표한지 모르고 있을 터였다. 단지 윤교수가 평소 궁금하게 생각했던 과녁과 질문한 학생이 궁금해 했던 화살 쏘기가 서로 맞아떨어진 것일 따름이다. 그게 행운이라면 행운이지만, 다른 한편으로 법학을 하는 사람에게는 그 질문내용이 그만큼 중요한 문제라는 의미이기도 했다. 즉흥적으로 윤교수가 대답한다.

"법학이 가치를 취급하는 학문이라는 것은 맞는 말입니다. 정의, 평등, 자유, 인권과 같은 가치개념은 법이 추구하는 최고가치에 속합니다. 방금 던진 학생의 질문에 대한 대답을 먼저 결론적으로 하자면, 법학에 절대적 가치란 있을 수 없습니다. 내 개인적으로도 불변의 절대적 가치를 신봉하고 있지도 않습니다. 나는 종교를 갖고 있지 않으니까요. 만약 절대적 가치가 존재하지 않는다면, 상대적 가치, 주관적 가치만이 존재하는 것이 되겠지요. 그렇습니다. 현대 과학은 상대주의 가치관에 입각하고 있습니다. 다원주의 학문세계인 거지요.

상대적 가치가 지배하는 어떤 조직 사회란 그 사회구성원이 천명이라면 천인천색(千人天色), 만명이라면 만인만색(萬人萬色)의 사회가 된다는 뜻입니다. 개인의 프라이버시의 영역에서는 상대적 가치가 그대로 용납될 수 있습니다. 그러나 한 조직 사회의 구성원 모두가 공존·공생하기 위하여 질서가 필요하거나 공동목적을 달성할 필요가 있을 경우에는 하나의 가치를 정해서 발을 맞추고 힘을 모을 수 있어야 합니다. 즉 절대적 가치는 아니라 하더라도 모두의 행동 규준이 될 객관적 가치를 발견하고 세우고 실현해 나가야 합니다. 그것이 법발견, 입법, 법집행입니다.

법학에 있어서 절대적 가치는 없다고 하더라도, 객관적 가치는 존재하고, 또 존재해야 합니다. 나는 개인적으로 객관적 가치를 신봉합니다. 객관적 가치 없이는 법학 강의는 무의미할 것입니다. 그리고 법에 있어서 객관적 가치의 발견 방법과 정립 방법은 다수결입니다. 한 사회구성원의 다수가 지지하는 가치가 바로 객관적 가치입니다. 무엇이 객관적이냐는 물음에 대하여 법학에서, 또한 민주적 법치사회에서 다수결보다 더 나은 해답을 찾기란 어렵습니다. 법학에서는 다수결 원리가 진리 제시의 방법입니다. 그것은 또 우리 헌법 원리이기도 합니다. 이상의 내 답변이 질문한 학생에게 받아들여질런지 모르겠습니다."

썩 괜찮은 대답이었다. 아마 한국 최고의 노련한 법철학 교수라고 하더라도 그런 즉흥 질문에 즉흥으로 그만큼 대답하기는 어려웠을 것이다. 이로써 윤교수는 학생들로부터 치러야 할 시험을 통과한 것이다. 교수는 부임 후 맨 먼저 학생이 시험관이고 교수가 수험생인 시험을 통과해야 한다. 거기서 성공하면 장차 교수생활이 순탄해지고, 실패하면 고달파진다. 윤교수는 풋내기 교수이다. 그러나 이

시험을 훌륭히 통과했기 때문에, 앞으로 강의가 좀 시원찮아도 학생들이 좋게 보아줄 것이다. 이제 학생들은 윤교수의 든든한 지원군이다.

이로써 퓨타고스 대원의 보고가 끝난다.

센타크논: "퓨타고스 대원의 오늘 이야기는 재미있게 들었습니다. 윤태수 교수의 강의를 통해서 지구인의 법치주의가 무엇인지 잘 알게 됐습니다. 그런데 '다른 편의 말도 들어보아야 한다'는 법격언이 있지 않습니까? 왕교수와 차교수의 기억정보에 있는 이야기도 우리가 좀 들어보기로 합시다. 내일은 페터스 대원과 로지티 대원이 왕교수와 차교수의 이야기를 먼저 들려주기 바랍니다."

페터스 대원, 로지티 대원: "예, 대장님, 그렇게 하겠습니다. 안녕히 주무십시오."

제20화
밀레니엄 대학교 교수들이 학생들을 상대하다.

다음날 센타크논과 세 대원이 한자리에 모인다. 맨 먼저 페터스 대원이 입을 연다.

"대장님, 저희 세 대원은 지구인이 세운 대학에서 학생들과 교수들 사이에 맺어지는 관계를 알아보고 싶어서, 추적 조사한 내용을 가지고 오늘 그에 관한 이야기를 해보기로 했습니다. 밀레니엄 법대 교수 세 사람의 기억정보를 통해 본 교수와 학생들의 관계에서 그 대략의 양상을 알 수 있지 않을까 합니다. 오늘 이야기는 차봉구 교수를 담당한 로지티 대원이 시작하겠습니다."

로지티 대원: "밀레니엄 법대에서 학부 학생들과 교수들은 그리 밀착되어 있지 않습니다. 학부 학생들은 교수의 강의를 듣고 시험을 치러 대학 졸업에 필요한 학점을 따는 정도의 관계로 엮어져 있습니다. 그러나 대학원 학생들은 교수와 밀착되어 있습니다. 대학원에 입학하는 학생들은 대체로 학계로 진출해보고자 계획한 젊은이들이고, 간혹 진로를 정하기 전에 시간을 벌고자 들어가거나, 직장인이 경력을 쌓기 위해 들어가기도 합니다.

대학원 학생 중에 특정 교수를 전적으로 보필하는 '조교'라고 하는 직책을 맡고 있는 사람도 있습니다. 조교는 자신이 모시는 교수의 분신과도 같은 존재입니다. 약간의 보수를 받긴 합니다만, 그들의 장래는 모시는 지도교수의 손에 달려 있기에 보필할 교수에게 충성을 다합니다. 교수는 지시하고 조교는 실행하는 하수인입니다.

대학에서 교수 각자는 연구실을 본거지로 하는 1인 성주(城主)입니다. 교수는 자신의 전공분야에서 왕 노릇을 하고 싶어 하지만, 왕이 되지 못한다고 하더라도 적어도 성주노릇은 할 수 있습니다. 성주에게는 성을 지키는 군사가 필요합니다. 성주는 한편으론 용맹한 군사를 얻으려고 하고, 다른 한편으론 가급적 많은 수의 군사를 거느리려고 합니다. 오합지졸이라도 부하의 숫자가 많으면 밖으로 수의 위세를 보일 수 있습니다. 어떤 대학원생이 특정 교수를 전공 지도교수로 선택하여 그의 문하로 들어가게 되면, 그는 그 교수의 군사가 되는 겁니다. 그 다음은 거기서 몸을 빼기가 어렵게 됩니다. 선택한 지도교수에게 환멸을 느끼더라도 지도교수를 다른 교수로 변경하는 행동은 배신자란 낙인이 찍혀 모든 학우들로부터 따돌림을 받게 됩니다. 한 집단에서 따돌림 받는다는 것은 무서운 겁니다. 따돌림은 그 집단에 있을 자격이 없다는 집단의 선고이고, 이는 그 집단을 떠나라는 의미입니다. 그래서 학생은 한번 선택한 지도교수의 성을 밤낮으로 지켜주어야 합니다. 성안에서는 군사들 간에 충성경쟁의 원리가 지배합니다.

다음은 제가 담당한 차봉구 교수가 군사를 불러 모으는 장면입니다."

〈차봉구 교수〉

차교수가 자신의 조교 김군을 연구실로 부른다. 차교수의 전공분야는 민법이다.

"김 조교, 신학기가 시작되어 바빠지게 생겼네. 올해 대학원 신입생 중에 민법을 전공하려는 학생이 좀 있나?"

"제가 대학원 신입생 오리엔테이션 시간에 나가 보았는데, 두어 명 정도가 민법을 전공할 의향이 있는 모양입니다."

"아, 그래? 다른 교수들이 데려가기 전에 일찍 서두르는 게 좋지 않을까? 자네 밑에 좋은 후배들이 많이 들어오면, 누이 좋고 매부 좋은 거야. 내가 대학원 입학 면접시험에 위원으로 들어가 보니, 본교 출신 P군이 우수한 듯 하고, 타교 출신으로는 L군이 괜찮아 보이던데. 자네가 연락해서 한번 만나보고, 내일 오후 4시와 5시 사이에 내 연구실로 한명씩 와보라고 하게. 그리고 전공 지도교수는 일찍 정할수록 좋다고 귀띔해 주게. 소속감이 안정을 가져오는 거야."

그리하여 다음날 오후 차교수는 먼저 대학원 신입생 중 P군을 만난다. 사전에 P군의 개인 신상을 알아보니, 학업 성적은 뛰어나고 집안의 경제적 형편은 어려운 처지다.

"어서 오게. 대학원에 진학하길 잘 했네. 면접시험에서 우리 만났었지. 자네를 학부 때부터 눈여겨보았는데 아주 우수하더구먼."

차교수는 학부시절의 P군을 아는 바 없지만, 그 정도 거짓말이야 뭐 대수이겠는가? 학생은 교수가 관심을 가지고 자신을 보아왔다고 하고, 자신을 우수하다고 높이 평가해주면, 감동하게 되어 있다. 칭찬의 힘이 작동한다.

"교수님, 감사합니다. 앞으로 선생님 강의는 열심히 듣도록 하겠습니다. 그런데 무슨 일로 저를 부르셨는지요?"

"응, 내가 곧 민법 교과서를 쓰려고 하는데, 내 옆에서 좀 도와줄 대학원생이 필요해서 말이야. 아무한테나 그 일을 맡길 수는 없고, 기본 소양이 갖춰진 사람이어야 하는데…. 자네가 민법 공부에 흥미가 있다면, 나를 도와줄 수 있겠나? 많지는 않지만, 약간의 보수도 지불할 생각이네. 자네 숙식을 해결할 만큼은 될 거야. 학교 등록금 면제의 장학 혜택도 힘써줄 수 있을 것 같고."

이 말에 P군은 걱정거리가 확 해결된다. 돈 걱정하는 골칫거리도 해소되지만, 책 쓰는 걸 돕게 되면 자기에게도 큰 공부가 된다. 대학원에 입학하자마자 경사가 터진 것이다.

"선생님, 참으로 감사합니다. 선생님을 모시고 일할 수 있다면, 저로서는 그만한 영광이 어디 있겠습니까? 언제고 불러만 주신다면, 곧 바로 달려와 도와 드리겠습니다."

이로써 차교수는 자신의 성을 지켜줄 용맹한 군사 하나를 모집한 셈이다. 곧 이어 L군을 부른다.

"L군, 대학원 합격을 축하하네. 자네 출신 대학에서 밀레니엄 법대 대학원에 합격한 것은 자네가 처음이네. 대단한 일을 해내었네."

"감사합니다. 비록 타교였지만 학부 시절부터 교수님의 성함은 익히 들어왔습니다."

L군은 차교수라는 사람이 있는지도 몰랐지만, 그 정도 거짓말이

야 대수인가? 살아가는 요령일 뿐이지. 교수는 학생들이 알아주면, 감격한다. 칭찬의 힘이 작동한다.

"그런데 내가 면접시험 위원으로 대학원 입시에 나가 보니, 자네의 합격 여부가 아슬아슬하더구만. 어떤 교수가 자네를 불합격시키려고 고집을 부렸는데, 내 생각에는 자네가 장래성이 있어 보여 합격시키자고 강력히 주장했네. 뭐 이런 내막을 이야기한다는 게 쑥스럽구먼."

L군은 듣고 보니, 차교수의 큰 은혜를 입은 것이었다. 은혜를 모르면 인간이 아니다.

실은 밀레니엄 대학교 대학원 입시에서 불합격하는 수험생은 전혀 없다고 해도 과언이 아니다. 사립대학의 기본 수입은 학생 등록금인데, 한 학생이라도 더 등록금을 내도록 받아 들여야 한다. 지원자가 적어서 입학 정원을 채우지 못하는 대학이 수두룩한 판에 제 발로 걸어 들어오는 수험생을 왜 떨어뜨리는가? 등록금 장사를 할지 모르는 대학이 어떻게 경쟁에서 살아남을 수 있는가? 더구나 법학은 실험실도 없이, 거창한 장비도 없이 그저 강의실 칠판과 백묵만 있으면 척척 돌아가는 분야인데. 법학이야 입만 가지고 하는 학문이 아닌가? 학생 등록금이 고스란히 남아, 순수익이 아주 큰 장사인데. 정신 나간 법대 교수가 있어서 대학원 입시에 불합격자를 내더라도, 본부에서는 이를 뒤집어 지원자에게 합격 통보를 보내 버린다. 본부의 그러한 처사에 반항할 교수는 없다.

한편 L군은 L군대로 대학을 운영하는 장사꾼들의 그런 사정을 구태여 생각할 필요가 없다. 지방 대학에서 학부 생활을 한 L군은 그저 서울로 올라와서 공부해보고 싶은 심정에, 자신의 소원을 푼 것으로 족하다.

"제가 교수님 덕에 살았네요. 이 은공을 앞으로 어떻게 갚을지 모르겠습니다."

"뭐 그런 걸 가지고⋯. 자네가 합격할 만하니까 합격한 거지. 그런데 자네가 민법에 관심이 있으면, 앞으로 내 밑에서 공부해보면 어떻겠나? 법학의 기초는 뭐라 해도 민법이야. 민법 공부를 튼튼히 해야 다른 분야도 쉬워지는 거야. 내가 자네를 키워보고 싶네."

L군은 차교수가 그렇게 고마울 수가 없다. 낯선 대학에 와서 뭐가 어떻게 돌아가는지 눈치보기 바쁜데, 교수 한 분이 관심을 가지고 자기를 지켜 주겠다니, 타향살이 설움이 단숨에 날아가 버린다. 순식간에 든든한 버팀목 하나가 생겼다. 자신을 아주 운 좋은 사람이라고 생각한다.

"그러지 않아도 교수님 같은 분한테서 마음껏 공부해보고 싶었습니다. 드디어 제 꿈이 이루어지는 것 같습니다."

이로써 차교수는 오합지졸이기는 하나, 성을 지킬 군사를 하나 더 늘렸다. 오늘 하루는 무척 성공적인 날이다. 흐뭇하다.

다음은 왕치지 교수를 맡은 페터스 대원의 차례다.

"왕치지 교수도 신학기 초에 자신의 성 안에 입대시킬 군사를 찾아봅니다. 자신의 조교 이군을 부릅니다."

〈왕치지 교수〉

"이 조교, 만난 지 벌써 여러 날이 지났구먼. 그동안 잘 지냈겠지. 자네를 보자고 한 건 다름 아니고 새 학기에 우리가 신경 좀 써야 하는 일이네. 이번에도 쓸 만한 대학원 제자들을 골라 보아야 하지 않겠나? 자네가 애써 주어야 하겠네."

"예, 이 말씀하시기 전에 벌써 교수님의 뜻을 받들어, 제가 알아볼 걸 다 알아보았습니다."

"사정이 어떤가? 여학생도 한 사람 들어와야 되지 않겠어? 남학생들만 있으면 분위기가 딱딱해. 여학생은 인물도 좀 생각해야지. 인물 좋은 여학생이 하나 들어오면, 남학생들이 줄줄이 따라 들어와. 남자란 예쁜 여자한테 사족을 못 쓰게 되어있어."

"선생님, 이번에 정말 눈이 확 뜨이는 여학생이 대학원에 입학했습니다. 이 여학생을 끌어들이려고 교수님들 간에 경쟁이 치열할 겁니다."

"그 정도로 잘났나? 자네 생각엔 어떻게 하면 좋겠나?"

"교수님께선 미남이시고, 학생들 알뜰하게 잘 거두어 주신다는 평이 있어서 경쟁에 여러 모로 유리하십니다. 제 필살기를 발휘해서 제가 이번 일을 반드시 성취시켜 보겠습니다. 교수님께선 지켜보고만 계십시오. 그리고 대학원 신입생 중에 제 고등학교 후배가 있는데, 교수님께서 맡아 주시겠다면 끌고 오겠습니다."

"물론이지. 이 조교 후배라면 여부가 있겠나? 그리고 아까 말한 여학생과 저녁이라도 할 일이 있을지 모르니, 이 봉투를 받아가게."

왕교수는 현금을 꺼내 봉투에 넣으면서 또 한마디 덧붙인다.

"이 조교도 해봐서 알겠지만, 법학의 최고봉은 헌법이지. 나는 법학을 공부하는 학생들이 왜 헌법을 전공하지 않는지 모르겠어. 헌법을 공부하면 국가를 경영할 경륜이 생기지. 하나의 헌법적 네트워크 안에서 움직이는 국가, 사회조직, 개인이 훤히 보여. 이젠 시대가 시대니 만큼 여학생들도 국가적 안목을 가져야 해. 가정과 애들만 알아서 어쩌겠나? 나중에 아줌마 소리 안 듣게, 학문을 하더라도 큼직한 학문을 해야지. 안 그런가?"

"예, 그래서 그런지 헌법을 전공하는 대학원생들은 그릇이 크고, 벌써 보고 생각하는 게 차원 높습니다. 사법(私法)을 전공하다 보면, 사람이 잘아지는 것 같습니다."

이렇게 해서 왕교수는 성 안에 좋은 꽃나무 한 그루를 심게 되었다. 그 꽃을 보고자 자신의 성에 사람들이 들끓을 것이다. 꽃을 옆에 두고 있을 자신을 상상하니, 기분이 흐뭇하다.

페터스 대원의 차례가 끝났다.

센타크논: "윤태수 교수 성(城)의 군사 모으기는 어떻습니까?"

퓨타고스 대원: "윤교수의 군사는 빈약합니다. 윤교수야 그런걸 아랑곳하지 않지만, 밖에서 보기에는 썰렁합니다. 윤교수 부인의 투기가 심하다는 소문 탓인지, 지도받는 여학생도 찾아보기 어렵습니다. 그 성에는 꽃이 없어 삭막합니다. 그러면 윤교수의 관련 기억정보를 들여다 보겠습니다."

〈윤태수 교수〉

윤교수가 자신의 조교 박군을 오라고 한다.

"박군, 자네를 보자고 한 건 다름 아니고, 이번 학기에 자네 박사 논문 작성 일정을 잡자는 걸세. 일정에 따라 자신을 몰아가지 않으면, 아무 한 일도 없이 어느 새 한 학기가 흘러가 버리지. 그리고 박사논문 자료를 모으고 읽는 데 시간을 너무 많이 보내지 말아야 해. 논문 쓰기에 빨리 착수하게. 이번 학기에 논문 쓰기에 들어가야 하네."

"예, 논문 작성 일정표를 제가 준비해서 다음 주 월요일에 교수님께 보여드리고 지도받도록 하겠습니다. 그런데 신학기 시작이라 다른 교수님들은 이미 대학원 신입생 확보전에 돌입했습니다."

"그래? 금년엔 대학원에 좋은 학생들이 많이 들어왔나? 요즈음은 박사학위를 받아도 교수되기 아주 힘든 상황이 되어서, 대학원 진학을 하려들지 않을 텐데! 걱정이네."

"우리 대학은 그래도 대학원 진학하는 학생들이 좀 있는 편입니다. 다른 대학은 대학원생이 귀해서 학부 학생이 조교를 맡는 곳도 많답니다. 헌데, 교수님 지도받을 신입생을 제가 알아볼까요?"

"자네, 내 지론을 잘 알지 않나? 사람은 하고 싶은 것을 하고 살아야 해. 대학원생들도 공부하고 싶은 분야를 전공하고, 자신이 지도받고 싶어 하는 교수를 찾아 지도받아야 해. 모두들 자유롭게 하고 싶은 공부를 해야 해. 그 어떤 공동체보다도 대학에는 자유가 넘쳐야 해. 자유 없이는 학문의 발전도, 창의적인 생각도 나오지 않아.

하기 싫은 공부를 억지로 하는 것은 사람 머리를 딱딱하게 만들어. 신입생들을 그냥 놔두게. 그들의 자유의사에 맡기도록 하게. 다 큰 사람들인데 알아서 하겠지."

"잘 알겠습니다. 다음 주에는 선생님 지도받는 대학원생들이 전부 모여, 신학기 개강 저녁 모임을 갖게 됩니다. 적당한 요일을 정해 주십시오."

퓨타고스 대원: "윤교수의 군사 모으기는 사정이 그렇습니다. 윤교수는 대학과 학생들이 처한 현실을 너무 도외시한 채로, 자유의 환상에 젖어 있습니다. 경제적으로 쪼들려 아르바이트에 시간과 힘을 빼는 학생들이 어떻게 자유롭게 학문에 전념하겠습니까? 숙식을 해결하는 게 선결문제이지요. 한국의 교육부가 대학원생 1명당 월 100만 원 가량 보조하는 연구지원비를 밀레니엄 법대 대학원에 재학생수 대비 20% 비율로 배정했는데, 그 정도 지원 액수면 숙식을 해결할 수 있습니다. 대학원생이 이 연구지원비를 받는 데에는 수혜자 선발 위원으로 있는 교수들의 영향력이 결정적입니다. 그런 위원직은 왕교수와 차교수가 이룬 동아리 교수들이 맡고 있습니다. 형편이 어려운 학생들은 앞뒤 가릴 것 없이 이런 힘 있는 교수 밑에 들어가야 합니다. 돈이야 다다익선이니, 좀 여유 있는 학생들도 마찬가지입니다. 그게 현실이지요. 윤교수 밑에서 이른바 대학의 자유를 누리고자 하는 학생은 대가를 치러야 합니다. 공짜로 얻는 자유는 없는 법이지요. 학문과 자유는 허상이고, 먹거리와 잠자리는 실상입

니다."

로지티 대원: "대장님, 이제는 대학원 지도 학생들과 그들이 모시는 지도 교수가 학기 초에 상견례를 하는 저녁 모임을 들여다볼까요? 그 장면도 흥미롭습니다."

센타크논: "한번 봅시다. 로지티 대원이 먼저 시작하겠습니까?"

로지티 대원: "예, 해당 장면을 펼쳐 보겠습니다. 제가 차봉구 교수의 기억정보를 편집해서 들려 드리는 것입니다."

〈차봉구 교수〉

차교수의 지도를 받는 대학원생 25명가량이 음식점에 모였다. 2년 전까지 조교를 하고 있었던 최고 연장자인 H군이 사회를 본다. H군은 간단히 인사말을 하고, 마실 주류를 주문하고자 한다.

"교수님, 술은 무엇을 시킬까요?"

차교수는 "소주로 하지 뭐. 달리 마실 술이라도 있나?"라고 말하면서, 주위를 훑어본다. 학생 중 누군가 양주라도 한 병 가져왔나 싶어서 둘러보는데, 아무런 낌새가 없다. 조금 실망한다. H군은 종업원에게 소주 30병과 다소간의 안주를 주문한다. 밀레니엄 법대의 교수 학생 간 회식에서 교수가 마실 술을 정하면, 학생들은 그대로 따라가야 한다. 그게 관습법이다. 술이 약한 학생이 도수가 낮은 술을 마시려고 맥주를 시키고자 시도했다간, 당장 조심하라는 신호를 받거나 모자라는 사람 취급을 당한다. 참석한 전원이 소주를 마신다.

차교수는 술이 세다. 그의 사교술 장기 중 하나가 술이다. 학생 지도도 우선 술로 학생들을 압도해서 기를 꺾어 놓는다. 그는 학생 25명 각자에게 개강의 덕담을 섞어 소주 한 잔씩을 따라 주고, 자신도 각자로부터 한 잔씩 받아 마신다. 25잔을 받아 마시고도 끄떡없다. 조교 김군이 금세 소주 30병을 더 주문한다. 교수와의 술자리에서 주종(酒種)을 불문하고 잘 받아 마시는 학생이 차교수의 눈에 든다. 교수로부터 첫 잔을 받는 의식은 다음 순서로 엄숙히 진행된다. 술을 받게 된 학생은 교수 앞까지 나아가 무릎을 꿇고 교수가 건네는 빈 술잔을 황송한 자세로 받아든다. 교수가 그 잔에 술을 따라주면, 웃어른 앞에서는 감히 맞술을 할 수 없다는 의미에서 술잔을 입술에 댄 채로 고개를 옆으로 살짝 돌린 후 단숨에 마셔야 한다. 다음은 그 학생이 술을 올릴 차례다. 술을 받아 마신 학생은 빈 술잔 윗부분을 싸구려 식탁 휴지로 한번 쓰윽 닦아 가지고 계속 무릎 꿇은 채로 빈 술잔을 교수께 올린 후 공손히 두 손 모아 술을 따르고 나서 교수가 그 잔을 비울 때까지 그대로 있다가, 술잔이 비면 조금 뒷걸음질 치면서 자리를 뜨게 된다. 이 교본대로 첫 잔을 받는 의식이 끝나면, 교수는 기분이 아주 흡족하여 그 학생을 기본 교양을 갖춘 지성인으로 평가한다. 신참 병사가 모시는 성주에게 술을 올린다 하더라도 그 보다 더 격식을 갖추기는 어려울 것이다. 회식 때마다 교수가 내리는 첫 술잔은 그런 의식을 거친다. 대학원생이 교수가 되고 싶어 하는 주요 이유 중 하나는 그런 경배주(敬拜酒)를 받으며 사는 교수가 멋있는 남자로 비쳐지기 때문이다. 나중에 교수가 되면,

자기도 그렇게 하겠다고 의식의 순서를 기억세포에 저장해둔다.

회식에서 대화는 거의 다 교수 혼자 한다. 학생들은 큰 가르침을 받는 양, 교수의 사설(辭說)을 경청해야 한다. 차교수가 학생들과 술을 마시면서 하는 이야기는 자기 자랑투성이다. 밀레니엄 법대를 졸업하고 사법시험에 합격한 후 지금 한창 잘나가는 판사 검사 누구누구가 대학원에 적을 두고 자기 밑에 있었던 제자라는 자랑, 결혼 중매를 서준 제자가 20명이 넘는다는 자랑, 자기가 결혼식 주례를 서준 제자가 벌써 200명이 넘는다는 자랑이다. 입가에 게거품이 흥건하다. 자기 고향과 이름에 관한 자랑도 빠지지 않는다. 차교수는 경상북도 영주 출신이다. 십승지지(十勝之地)의 하나인 소백산 자락에서도 배산임수의 손꼽히는 명당에서 태어났다고 한다. 자신의 이름은 한학자로 이름을 떨친 할아버지가 지어 주셨다고 한다. 봉구(鳳九)라는 이름의 鳳은 상상의 새 봉황이다. 자기가 태어날 때 할아버지가 태몽을 꾸셨는데, 봉황새 아홉 마리가 자기 집으로 날아드는 꿈이었다고 한다. 그래서 받은 이름이 봉구이다.

로지티 대원: "저는 이 정도로 하고, 이젠 왕교수를 담당한 페터스 대원의 이야기를 들어 보시지요."

페터스 대원: "대학원생과 갖는 왕교수의 술자리도 별반 다르지 않습니다. 자기 자랑이 더 심한 것이 다르다면 다른 점입니다. 대장님, 저도 왕교수의 기억정보를 편집해서 하는 이야기입니다."

〈왕치지 교수〉

왕교수의 조교 이군은 온갖 정성과 재주를 다해 미모를 자랑하는 대학원 신입 여학생을 왕교수의 지도학생으로 끌어넣었다. 왕교수의 개강 회식에 그 여학생이 참석했다. 그래서 그런지 지도받는 남학생이 거의 다 몰려와서, 회식 자리가 보통 성황이 아니다. 여학생은 왕교수 옆자리에 앉는다. 그 자리는 왕교수를 모신지 오륙년 되는 박사과정 제자나 앉을 수 있는 높은 좌석이다. 법대 모든 교수가 탐내던 그 여학생이 옆에 앉아 있으니, 왕교수는 날아갈 듯 기분이 좋다. 승리자의 전리품 중에 여자의 쟁취가 으뜸이다. 다른 회식 때보다 웃음과 말이 더 많고, 술도 더 많이 마신다. 남학생들도 덩달아 달아오른다. 젊고 아름다운 여자가 빚어내는 연출력은 신비롭다. 분위기가 술에 취하고 여자에 취한다.

왕교수의 자랑이 줄줄이 나온다. 그저께 정부 요직에 있는 제자가 집으로 다녀갔다고 한다. 그 제자가 양주 발렌타인 30년짜리에 백두산에서 채취했다는 산삼을 넣어 1년을 묵힌 술병을 선물로 가져왔단다. 제자 자신도 마시지 못하는 귀한 산삼주를 스승께 바친다고 가져왔으니, 그런 인품 훌륭한 제자는 출세하기 마련이라고 치켜세운다. 아주 어려운 처지에 놓였던 대학 동기 사업가를 제자인 검사에게 부탁하여 구해 주었다는 무용담은 자랑의 단골메뉴다.

왕교수도 자신의 이름 자랑을 한다. 이름은 개개인의 브랜드다. 브랜드 소개를 잘할 필요가 있다. 브랜드 가치도 높여야 한다. 자신의 이름 치지(治知)에서 治를 '배워 익힌다'는 뜻이 아니라, '다스린다'로 해석해서 지식을 다스리고 학교를 다스리고 나라를 다스릴 사람이라고 떠벌린다. 성이 王이니, 왕으로 다스린다는 생각이다. 그런 자랑이 전혀 무용(無用)한 것은 아니다. 듣는 학생들에게 미약하지만 약간의 암시효과를 준다.

무엇보다도 학생들에게 학구적인 교수로 보일 필요가 크다. 지난 겨울 방학에 심혈을 기울여 연구해서 발간한 책이 문화관광부 우수도서로 선정되었다고 밝히자, 참석한 학생들 모두가 환호한다. 사실 그 책은 겨울에 최측근 제자 몇이서 대신 써낸 책이고, 왕교수가 사교술을 발휘해 우여곡절 끝에 우수도서로 선정된 것이다. 남이야 그런 속사정을 알리가 없다.

페터스 대원: "이 정도로 그치고 넘어 가겠습니다. 다음은 퓨타고스 대원이 맡은 윤교수 차례입니다. 윤교수의 기억정보를 편집한 내용을 소개한답니다."

〈윤태수 교수〉

윤교수도 술을 좋아한다. 술자리에서 지도학생들과 격의 없이 대화를 나누는 것을 더 좋아한다. 8명의 지도 학생이 모였다. 박조교에게 술을 주문하도록 한다. 주종은 맥주, 소주, 막걸리를 각 2병씩 시키도록 한다. 그는 학생들이 교수가 마시는 특정한 술 한 가지만을 좇아 마시는 대학원 풍토를 아주 싫어한다. 각자 기호와 사정이 다른 것인데, 먹고 마시기에 어찌 획일주의나 집단논리가 강요될 수 있는가? 그는 학문 세계에서의 다원주의나 개인논리는 먹고 마시는 일상생활의 연장선상에 있다고 믿는다. 세심히 배려해서, 아예 여러 가지 술을 가져오게 한다. 병뚜껑을 따지 않은 술은 최종 돈 계산 때 공제하면 된다.

윤교수가 학생들과 대화할 때 신경 쓰는 것 중 하나는 혹시 과거에 했던 이야기를 자신이 또 되풀이하는 것은 아닌가 하고 짚어보는 일이다. 자신이 옛날 선배 교수로부터 만날 때마다 똑같은 이야기를 14번이나 되풀이 하는 것을 들었던 끔찍한 경험 이후로, 자신은 절대 그러지 말아야겠다고 결심한 강박증 비슷한 것이 있다. 그래서 이야기를 꺼냈다가 한번 한 적이 있는 것 같다는 생각이 얼핏 들면 학생들에게 물어본다. 이미 한번 했던 얘기가 아닌가 하고…. 만일 학생이 "교수님 말씀은 몇 번을 들어도 매번 새롭습니다"라고 대답하면, 시작한 이야기를 그만 두어야 한다. 학생의 그 말은 한번 들은 적이 있다는 완곡한 표현이다.

교수와 학생들이 사석에서 어울리는 장면을 들여다 본 것이지만, 윤교수의 이러한 학생 지도방식은 획일주의 관습법이 지배하는 밀레니엄 법대 대학원의 질서를 무너뜨리고 규율을 파괴하며 혼란을 초래하고 교수의 권위에 대한 학생들의 복종심을 와해시키는 이단으로 받아들여진다. 윤교수의 다원주의 학문관과 자유주의 교육관은 왕교수와 차교수 동아리로부터 그들만의 은밀한 종교재판에 회부되어 여러 가지 이유로 이단선고를 받고 무너뜨려야 할 대상에 오른다. 이후 왕교수와 차교수는 만나는 상대에게 기회가 될 때마다 윤교수에 대한 험담과 악담을 늘어놓는다.

윤교수는 자신의 이름을 부담스러워 한다. 태수(泰秀)의 泰는 '크다'는 뜻이고, 秀는 '뛰어나다'라는 뜻이다. 크고 뛰어난 사람이 되라고 아버님이 작명해 주신 것인데, 감히 바꿀 수는 없는 노릇이지만, 이름에 걸맞는 사람이 되지 못해 항상 이름쓰기가 내키지 않는다. 이름은 부르기 좋고 소박한 뜻이면 충분하다고 생각한다. 이름에 욕심내는 건 허욕이다.

퓨타고스 대원이 편집한 내용 읽기를 마치자, 센타크논이 촌평을 내린다.

"오늘 들은 내용은 왕교수와 차교수가 살고 있는 제2 밀레니엄기의 '패거리 문화'가 윤교수가 살아가는 제3 밀레니엄기의 '나홀로 문화'를 포위하고 있는 현실 이야기입니다. 포위당한 윤교수의 성이 언제 떨어질 런지, 아니면 그 포위망을 뚫을 수 있을 런지 궁금합니다."

퓨타고스 대원: "지구인은 떼를 지어 생활하는 군집동물입니다. 무리를 지어야만 하는 군집동물이 혼자 밥 먹으러 다니고 혼자 재택근무하며 독신생활을 마다하지 않는 제3 밀레니엄기의 나홀로 문화로 넘어갈 수 있을까요?"

센타크논: "좀 더 두고 보아야 알겠지요. 창발적(創發的)인 활동세계에서는 나홀로 문화가 우세하고, 인습을 따르는 생활영역에서는 패거리 문화가 전승된다는 점만큼은 분명합니다."

로지티 대원: "그러면, 대학은 창발이 장려될 사회인가 또는 인습이 존중될 사회인가에 따라 상반된 대답이 주어지겠습니다. 법학분야는 어디에 속하게 될까요? 아니, 이건 대장님께 드리는 질문이 아니라, 제 혼잣말입니다."

센타크논: "좋습니다. 이제 모두들 돌아가 잠자리에 들 시간입니다. 그런데 어제와 오늘 이틀간 지구인의 대학이야기를 듣다보니, 나 자신의 옛 대학시절이 생각납니다. 내일은 넷이 모여, 우리가 올림포스에서 대학 다니던 시절의 이야기를 해보면 어떨까요?"

페터스 대원: "좋습니다. 오랜만에 고향에서 젊음을 보내던 시절을 이야기하고 싶습니다. 퓨타고스 대원이 가장 최근에 대학을 졸업했으니, 내일 이야기는 퓨타고스 대원이 먼저 시작하는 게 어떻겠습니까?"

퓨타고스 대원: "그렇게 하겠습니다. 모두들 안녕히 주무시기 바랍니다."

제21화
아칸투스호 대원들이 올림포스인의 대학과 사회를 이야기하다.

다른 때보다도 일찍 함장실로 세 대원이 찾아온다. 올림포스에서 대학 다니던 시절이야기를 얼른 나누고 싶어서다. 인사를 하고 나서, 센타크논이 운을 뗀다.

"페터스 대원과 퓨타고스 대원은 대학시절 우주항해술을 전공한 것으로 알고 있습니다. 로지티 대원은 대학에서 무얼 전공했지요?"

로지티 대원: "전 우주탐사 역사학을 했습니다. 그래서 이 우주선에서 정보탐색과 기록을 담당하게 되었습니다. 대장님이 대학에서 무엇을 전공하셨는지 저희들은 아직 정확히 모르고 있습니다. 차제에 알고 싶습니다."

센타크논: "나는 대학에서 최고지도자 과정을 마친 후, 우주선 지도와 관리 분야에 배치되었습니다."

로지티 대원: "대학에서 전공하신 분야도 아닌데, 대장님은 어떻게 우주 항해에 그리 밝으신지요?"

센타크논: "우주선 관리본부에 배치되고 나서 별도의 특별교육과정을 이수하였는데, 그 때 우주항해술과 우주선 구조학에 관하여 비교적 상세히 배웠습니다. 대학 전공은 그렇다 치고, 내가 한 가지 흥미롭게 생각하는 것은 지구인의 대학 관련 용어와 우리의 대학 용어가 아주 다르다는 점입니다. 수고스럽지만 로지티 대원이 지금 언

어소통기 L-350 채널에 접속하여 서로 대비되는 몇 가지 설명을 해주겠습니까?"

로지티 대원이 금방 검색을 끝내고 용어를 정리해서 들려준다.

"우리는 최고 수준의 교육기관을 배움을 종결짓는다는 의미에서 교육종결 학교, 짧게는 종결교(終結敎, terminal school)라고 하잖아요? 지구인의 대학 수준의 학교이지요. 우리의 종결생(終結生)에 해당하는 것이 지구인의 대학생입니다. 지구인 대학에서의 교수가 우리의 예시자(豫示者, prefigurative person)에 해당합니다. 우리는 미리 보여주는 사람이란 뜻에서 그렇게 명명했지요. 지구인 대학의 조교직을 우리 올림포스 대학에서는 보조 로봇이 수행합니다."

센타크논: "도움이 됐습니다. 그런데 지구인에 대한 이해도를 높이기 위해, 앞으로 지구인이 사용하는 대학관련 용어를 그대로 따라하기로 합시다. 지구에는 대학생 수가 무척이나 많아 보입니다. 페터스 대원이 대학 다닐 적에 올림포스 대학생의 수는 어떠했나요?"

페터스 대원: "올림포스인은 대학에 진학하는 비율이 아주 낮습니다. 우리는 21세에 대학 입학을 하게 되는데, 제가 입학하던 해에 올림포스국에서 21세에 달한 젊은이가 30만 명가량이었고 대학 진학자는 3천여 명이었습니다. 제 경우 대학진학비율은 동일한 연령의 인구 대비 100분의 1정도였습니다."

퓨타고스 대원: "제가 대학에 입학할 때도 그 정도 비율이었습니다."

센타크논: "내가 대학에 들어갈 때, 올림포스국의 대학은 모두 3

년제에 국립이고, 대학생들은 기숙사 생활을 해야 했습니다. 대학도 남학교와 여학교가 구별되었지요. 퓨타고스 대원이 대학 다닐 때도 그 사정은 마찬가지였나요? 그리고 대학 시절 공부가 어땠는지 좀 들려주세요.”

퓨타고스 대원: “제가 다니던 대학의 큰 틀도 대장님 경우와 같았습니다. 이제 제 대학생활 이야기를 해 보겠습니다. 저는 21살에 올림포스 대학교의 우주항해 학과에 입학했습니다. 이 학과의 신입생은 8명이었고, 8명에게 지도 교수 한 분이 배정되었습니다. 입학 직후에 있은 교육 첫 주에 신입생 8명은 우주선을 타고 두 달 동안 우리의 항성 누스(Nus)계의 행성 12개를 탐사하는 긴 항해를 했습니다. 항해가 끝나고, 대학 내 묵상실에 들어가 각자 사흘 간 묵상시간을 가졌지요. 그 묵상 중에 학생들은 우주에서 펼쳐지는 법칙을 조금이나마 더듬어보고자 애씁니다.

그 후 지도교수는 강의시간에 들어와 학생 각자가 우주항해와 관련하여 일주일 정도의 기간을 잡아 맨 먼저 하고 싶은 것이 무엇인가를 알아봅니다. 저는 우주선을 조종해보고 싶다고 했습니다. 다른 학생들 대답은 ‘올림포스 최고의 우주물리학자로 알려진 유니스(Yunis) 교수와 일상생활을 함께 해보고 싶다’든가 ‘우주 기록물과 영상물을 실컷 들여다보고 싶다’, ‘우주항해고 뭐고 간에 여자 생각이 자꾸 나서 못 살겠다’ ‘우주 항해에는 체력이 탄탄해야 하는데, 체력 보강 시설에 가고 싶다’, ‘나이 70세로 현재 은퇴했지만 올림포스의 전설적인 우주선 선장 오디소스(Odisos)와 같이 생활해 보고 싶다', '우주선을 건조하는 공장을 견학하고 싶다'라는 것이었습니다. 저는 우주선 조종 시뮬레이션 센터에 보내져, 일주일간 실제와 다름없는 우주선 조종을 해보았습니다."

로지티 대원: "나는 우주물리학자 유니스 교수의 일상생활이 궁금하군요. 생활을 함께 했던 학생은 어떻다고 하던가요?"

퓨타고스 대원: "예, 말씀드리지요. 학생들의 1주일간의 소원풀기가 끝나면, 모두 모여 각자의 소감을 교환하는 이틀을 보냅니다. 그리고 나선 또 이틀간 개인적으로 묵상의 시간을 갖지요. 그 후에 지도교수는 재차 학생 8명을 상대로 우주항해와 관련하여 꼭 해보고 싶은 것을 묻습니다. 2차 소원풀기에서 저 역시 유니스 교수와 일상생활을 함께 해보고 싶었습니다. 그래서 저는 일주일간 유니스 교수의 집으로 보내졌지요. 제가 직접 겪은 것이니까, 로지티 대원이 궁금해 하는 그분의 일상생활을 말씀드릴 수 있습니다.

유니스 교수는 아침 4시경 일어납니다. 새벽은 영성 충만한 시간이어서 새벽 시간을 흠뻑 누리고자 합니다. 그 분의 일과표는 다음과 같습니다. 일어나서 세면과 같은 하루 시작의 일을 합니다. 한 시간 새벽 묵상을 합니다. 반시간동안 아침 산책을 합니다. 물론 묵상과 산책은 혼자입니다. 간단한 아침식사를 듭니다. 오전엔 연구와 집필을 합니다. 보통 부인과 점심식사를 합니다. 푸짐하고 균형 잡힌 식단입니다. 채식주의자가 되고 싶은데, 뜻대로 되지 않는다고 하십니다. 마음은 채식주의자이고, 입은 잡식이라고 한탄하십니다. 점심 후 한 시간가량 산책과 가벼운 운동을 합니다. 산책 중에 좋은 아이디어가 많이 떠오른다고 합니다. 오후에는 강의가 있으면 강의를 하고, 강의가 없는 날엔 취미생활을 합니다. 취미는 다양합니다. 음악, 그림, 스포츠, 영화 등을 번갈아 즐깁니다. 저녁엔 별도의 식사 없이, 과일과 음료 정도를 앞에 놓고 가족이나 친구, 동료교수, 제자들과 모임을 갖습니다. 그리고 몸을 씻고 일찍 잠자리에 듭니다. 평범하다면 평범한 일과입니다.

그 분의 일상생활을 지켜보면서 제가 크게 깨우친 게 있었습니다. 유니스 교수는 연구에도 그리고 다른 일상사에도 담담했습니다. 어찌 그리 담담한지 모르겠습니다. 최고의 학자는 주위를 의식하지 못할 정도로 연구에 집중하고 몰두하는 줄로만 알았습니다. 그런데 그게 아니었습니다. 그래서 제가 질문했지요. 연구에 빠져든다기보다 왜 그리 담담한 자세를 견지하는가 하고 질문했습니다. 그 분 대답은 이러했습니다. 수준에 오른 학자는 남다른 집중력을 갖고 있다. 그 집중력을 100% 발휘하다가는 부작용이 온다. 두뇌신경이 과열되는 것을 피해야 한다. 지나치게 집중하거나 몰두하지 않도록 해야 한다. 보통 사람들은 집중하지 못해서 탈인데, 그 분에게는 너무 집중하는 게 문제였습니다. 그 분은 두뇌를 식혀가면서 일해야 했습니다. 목표하는 일로부터 적당한 거리를 두고, 또 일이 끝나면 일에서 철저히 벗어나고자 합니다. 그 분은 목표로부터 '거리두기'와 '벗어나기'를 실천하는 것이 담담한 생활을 가져온다고 합니다. 그 분은 '담담하기'가 폭넓고 깊은 사고를 가능하게 한다고 믿습니다. 창의적인 착상도 담담한 가운데 떠오른다고 믿습니다. 그 분의 대답을 듣고, 제가 느끼는 바가 있었습니다."

로지티 대원: "저도 그런 분을 여럿 보았습니다. 퓨타고스 대원이 그런 분을 만나, 같이 1주일을 보낸 것은 큰 행운입니다. 그런데 '우주항해고 뭐고 간에 자꾸 여자 생각이 나서 못 살겠다'라고 대답한 학생은 소원풀기가 어떻게 되었습니까?"

퓨타고스 대원: "지도교수가 응대하기를 '여학교에 알아봐서, 남자 생각이 자꾸 나서 못 살겠다는 여학생을 찾아보겠다'고 했습니다. 남녀상열지사(男女相悅之事)라 그런지, 실제 그런 여학생이 있었고, 둘이 만나게 되어, 일주일간 '여자가 뭔지, 남자가 뭔지' 하는 공부에 열중했다고 합니다."

센타크논: "남녀상열지사가 궁금해서 다른 일체의 공부가 머리에 들어오지 않으면, 그 방면의 공부를 먼저 해야 합니다. 그 지도교수가 제대로 지도한 겁니다. 퓨타고스 대원은 지도교수를 잘 만났구면요."

퓨타고스 대원: "올림포스 대학에서의 교습방법이 현명하다고 생각합니다. 대학에 입학해서 4개월간의 호기심 채워주기 - 우리 학생들은 이를 '소원풀기'라고 불렀습니다 - 기간이 끝나자, 너나 할 것 없이 저절로 체계적 이론공부를 해야겠다는 생각, 우주항해에 필요한 기술을 습득해야겠다는 욕구가 솟아올랐습니다. 대학에 입학하자마자 처음부터 이론공부에 들어갔더라면, 따분한 대학생활이 되었을 것입니다. 일 년 반의 이론 학습기간과 그 다음 일 년간의 실습기간을 거치고 대학을 졸업했습니다."

센타크논: "퓨타고스 대원 이야기를 잘 들었습니다. 나는 그 전설적인 우주선 선장 오디소스의 이야기를 듣고 싶습니다. 오디소스 선장의 업적은 대단하지요?"

퓨타고스 대원: "그 선장과 일주일을 같이 지낸 학생의 말로는 자신의 영원한 우상으로 자리매김했다고 하더군요. 올림포스국이 3년 전 항성 누스(Nus)계의 12행성 대탐사 완료 1500주년 기념 금화를 발매했을 때, 그 금화에 새겨진 인물이 바로 오디소스 선장입니다. 그 분은 대학을 졸업하고 우주선에 몸을 담은 후 은퇴하기까지 40년 이상을 우주에서 체류하였습니다. 올림포스국에서 편히 보낸 시간은 5년이 채 되지 않습니다. 우주를 누비느라고 결혼도 못한 분입니다. 제7행성 3km 지하에서 삼중수소가 풍부히 농축·밀폐된 대규모 암석층을 처음으로 발굴하였고, 오래 전 우주에서 수수께끼처럼 사라져 온갖 억측을 불러일으켰던 우주선 페리투스(Perithus) 호를 표면이 거의 바다로 덮인 제10행성 해저 20km 지점에서 발견하는 등, 혁혁한 업적을 남긴 분입니다. 우주항해를 전공한 학생들에게는 그런 분들의 불굴의 우주탐험 정신이 깊이 새겨져 있습니다."

센타크논: "우리의 지구탐사 대장정도 후대의 우주개발에 역사적인 이정표가 될 것이고, 젊은이의 모험정신에 뚜렷한 각인으로 남을 것입니다. 로지티 대원도 들려줄 대학생활이 있을 텐데요. 여학교를 다녔으니, 남학교와 다른 색다른 이야기가 있나요?"

로지티 대원: "남자나 여자나 대학시절을 보낸 공통분모는 대원 여러분이 잘 아실 거구요. 대장님 말씀처럼 여자대학 나름의 특징을

좀 이야기 해보겠습니다. 올림포스에서 남녀 간 성별에 따른 차별은 없습니다. 저 자신이 차별을 경험한 적은 없습니다. 여성 모두가 당연히 직업을 갖고 있는데, 여성에게는 임신과 출산 그리고 육아라고 하는 여성 특유의 임무가 더해집니다. 훌륭한 올림포스인을 출산하고 훌륭히 키우는 일이 직업보다 더 중요한 일이라고 생각하기에, 여대생들 대부분은 여자대학에서 행해지는 별도의 자녀교육 강좌를 이수하려고 합니다. 의미심장한 강좌는 '아이와의 예비 우주항해'입니다. 아시다시피 올림포스에서는 낳은 아이가 10살과 12살 되었을 때 두 번에 걸쳐, 어머니와 아이 단 둘이서만 소형 우주선을 타고 열흘간의 우주항해를 하게 됩니다. 장차 있을 아이와의 우주항해를 미혼의 여대생들에게 미리 준비시키고 예행연습하고 어머니와 아이 둘에게 어떠한 의미가 있는 것인가를 숙지하도록 하는 강좌입니다. 캄캄하고 망망한 우주를 어머니와 어린 아이 단 둘이서 항해하면서 느끼는 그 결속감 그리고 단 둘이서 나누는 대화는 아이에게 결정적 영향을 미치게 되고, 우주선 안에서 어머니가 들려준 말을 아이는 평생 잊지 않게 됩니다. 미래의 어머니는 이 강좌에서 그 준비를 하는 것이지요."

센타크논: "로지티 대원의 그 이야기를 들으니, 내가 40여 년 전에 어머니와 단 둘이 겪었던 우주여행이 새삼스럽습니다. 요즈음도 잠자리에 들어, 그 때 광경을 자주 떠올리곤 합니다. 그 열흘의 우주항해 기간 동안 어머니는 참으로 많은 것을 가르쳐 주셨지요. 그 항해에서 어머니란 존재는 아이를 출산한 후에도 아이와 탯줄로 이

어져 있구나 하는 느낌이 들었습니다. 소중한 느낌이었지요. 어머니는 태어난 아이에게 정신적인 탯줄을 통해서 가르침을, 용기를, 인내를, 너그러움을, 지혜를, 사랑을 부어넣어 주지요. 나의 어머니가 그 항해에서 '우주를 네 어머니처럼 생각해라. 그러면 우주에 대한 모든 두려움을 떨치고, 우주를 사랑하게 될 거다.'라고 하신 말씀은 내 평생의 좌우명이 되어 있습니다. 아이와의 그토록 소중한 경험을 위해서 여자대학에 예비 강좌가 설치되어 있는 거네요."

로지티 대원: "대장님이 옛 생각하시면서 은근히 어머니를 그리워하시네요. 우리까지도 감상에 젖어들까 봐, 화제를 돌려야겠습니다. 제가 지구인의 밀레니엄 법대 이야기에 동참하면서 올림포스와 다른 여러 가지를 떠올리게 되었는데, 우리 올림포스국에는 법대가 없잖습니까? 이 점을 페터스 대원은 어떻게 생각하시는지, 한 말씀 듣고 싶습니다."

페터스 대원: "올림포스 대학교에서 법과대학이 없어진 지는 벌써 3천년이 지났습니다. 법치라는 건 통치자의 권력 남용을 막기 위해 법으로 구속을 가하자는 건데, 법치도 사실은 법에 의한 통치가 아니라 법을 세우고 집행하는 사람에 의한 통치인 이상, 결국 사람의 문제가 됩니다. 법치도 본질적으로는 법의 문제가 아니라 사람의 문제로 돌아가는 거지요. 올림포스에서는 사람의 문제가 해결되니, 자연히 법치는 뒤로 물러나게 되었습니다. 법과대학도 쓸모가 없게 된 거지요."

로지티 대원: "그러나 사람 사는 곳에 범죄가 있고 분쟁이 있기

마련인데, 법이 없다면 어떻게 해결하겠습니까? 저는 아직도 그 분야에 모르는 게 많습니다."

페터스 대원: "우리 올림포스에서도 아주 드물게 범죄도 발생하고, 돈을 놓고 분쟁도 생깁니다. 당연히 범죄자를 처벌하고 분쟁을 해결할 재판이 필요하지요. 재판이 필요한 사건이 발생하면, 인공지능 로봇이 사실조사를 담당합니다. 로봇은 조사한 사실을 상세한 재판 인자별(因子別)로 분류하고 정리합니다. 그 결과를 각종 재판 인자로 구성된 컴퓨터상의 재판자료 기재표에 입력하면, 컴퓨터가 재판인자의 분석과 종합 기능을 수행한 후, 최종적으로 선고할 판결문을 작성하고 출력까지 마칩니다. 사실을 조사하는 인공지능 로봇과 재판인자의 분석 및 종합 기능을 가진 컴퓨터가 판결을 선고하는 것이지요. 재판자료 기재표 입력과 판결 선고내용의 상관관계는 올림포스에서 지난 5천 년간 축적된 재판상의 선례(先例)를 처리해 놓은 빅 데이터에서 도출된 것이므로, 이 표에 의거해서 선고된 판결에 대하여 어느 누구도 이의를 제기하지 않습니다. 사람에 의한 재판은 연고와 정실이 작용해서 공정을 잃을 우려가 큽니다. 올림포스의 재판은 재판용 로봇과 컴퓨터의 오작동 그리고 조작이 없도록 감시만 하면 되는 것이지요. 그래서 올림포스의 재판은 빅 데이터 컴퓨터 재판이고, 단심제이며, 사건 제기 후 10일 내에 판결이 선고되는 스피드 재판입니다. 이러한 처리과정은 법치라기보다는 일종의 재판 기술이라고 칭하는 것이 적절합니다."

센타크논: "또 한 가지, 올림포스에는 없지만 지구인이 가지고 있

는 것이 있습니다. 올림포스에는 국회와 국회의원이 없는데, 지구에는 대의정치라고 해서 국회의원이 강력한 권한을 행사하고 있지요. 지구인은 그렇다 치고, 우리는 그럴 필요가 없는 점을 여기서 다시금 짚어볼까요? 모른다고 하면서 너무 겸손해하지 말고, 로지티 대원이 복습하는 의미에서 그 점을 한번 설명해보세요."

로지티 대원: "지구인 중에도 국회를 비능률적이고 비용이 많이 드는 무용지물이라고 하는 사람이 많습니다. 지구인도 이제 정보통신기술이 발달하여 국회를 없애고 직접 민주정치를 할 만한데, 귀추가 어떨지 모르겠습니다. 우리 올림포스국에서는 명실상부한 직접 민주정치가 시행되고 있습니다. 국가의 대소사는 모두 국민투표에 부쳐지고, 모든 국민은 집에 구비된 인터넷 컴퓨터 망으로 재택 투표하여, 국가적 의사결정을 합니다. 우리의 국민투표제도는 투표와 검표, 집계가 신속·정확·편리하고 비용이 거의 들지 않는 전자투표제도입니다. 투표용 컴퓨터상의 오작동과 조작이 없도록 감시만 하면 됩니다. 한 달에 몇 번이고 국민투표가 행해집니다. 국가의 안위에 관한 중대한 안건과 입법사항도 있지만, 소소한 안건도 국민투표에 부쳐집니다. 제가 이 우주 항해를 시작하기 전에 투표하고 온 안건은 화물 수송용 우주선 2척 건조 여부, 전투용 우주선 1척 건조 여부, 도시 중앙 공원에 대형 공연장과 수영장 설치 여부였습니다."

센타크논: "오늘은 대학시절 이야기를 비롯해서 고국을 회상하는 시간을 가졌습니다. 이만하기로 합시다. 모두들 돌아가서 어머니 생각하면서 잠자리에 들고, 내일 새로운 기운으로 만납시다."

센타크논이 자기 전에 고향을 그리워하는 시를 읊는다.

"은하 건너 아득히 오니
고향 그리움 더하구나,
늦은 밤 젊은 시절 회상하니
지친 몸 누일 고향집 그립구나,
언제 갈까 기약 없는 여행길
고향 찾을 날 더욱 그립구나,
떠날 때 부풀었던 젊은 마음
돌아갈 날 애틋하게 기다리네,
그리운 얼굴
날 잊었을까,
그 얼굴 내겐 더욱 사무치네,
잠자리 이리 뒤척 저리 뒤척
포근한 고향집 내몸 감싸 안네,
나 어찌하나
눈물 핑 도는 그리움을."

제22화
센타크논이 한국의 학문 풍토를 알게 되다.

센타크논이 함장실로 들어서는 대원들에게 인사한다.

"어젯밤에는 고향 꿈이나 어머니 꿈을 꾸었음 직한데, 다들 잠자리가 어땠나요?"

"전 꿈속에서 가족 모두를 만났습니다."

"전 오래간만에 숙면을 취했습니다."

"전 오디소스 선장 꿈을 꾸었습니다."

대원들 대답이 각각이다. 그러나 모두들 얼굴은 기운차 보인다.

센타크논이 묻는다.

"오늘은 무슨 이야기를 하게 됩니까?"

페터스 대원: "밀레니엄 법대에 있는 세 교수의 저술관(著述觀)을 통해서 한국의 학문풍토를 짐작케 할 수 있는 이야기입니다. 별로 유쾌한 이야기는 아닙니다. 역시 퓨타고스 대원이 대화를 이끌어 나가겠습니다."

퓨타고스 대원: "밀레니엄 대학 이야기를 준비하다 보니, 한국의 대학교수 직업이 참 좋은 거로구나 하는 생각이 들었습니다. 한국에서는 이런 농담들을 합니다. '강의만 안 한다면, 교수 직업이 최고야! 기사만 안 쓴다면, 기자 직업이 최고야! 설교만 안 한다면, 목사 직업이 최고야!' 이 농담은 직업상 해야 할 제1의 책무가 그만큼 어

렵고 점점 하기 싫은 게 되어 버린다는 걸 풍자하는 겁니다. 그런데 교수는 정말 강의하지 않아도 되는 기간이 길어서 앞의 농담이 진담이 되는 좋은 직업입니다. 교수는 여름방학, 겨울방학 두 번의 방학 기간을 맞아 일 년에 4-5개월은 강의하지 않아도 됩니다. 게다가 6년 동안의 강의년 다음에 7년 째는 안식년을 맞아, 1년 동안 강의를 하지 않습니다. 안식년은 강의를 하지 않고 연구만 하라는 취지에서 대학에선 연구년이라고 합니다. 세상에 그런 직업이 어디 있습니까? 강의하는 학기 중에도 강의를 일주일 중 3일에 몰아서 하면, 예컨대 월, 화, 수요일에 붙여서 강의하면, 일주일 중 남은 4일은 강의에서 해방됩니다. 이런 자유시간을 연구에 선용하지 않고, 학문은 뒷전이요, 속물의 행복을 앞세우는 교수가 수두룩합니다. 그런 교수는 강의마저도 해묵은 내용을 학기마다 레코드처럼 반복하기 일쑵니다. 이렇게 해서 남는 시간에는 혹시 학교 밖에서 건질 거라도 없나 하고 이리 저리 기웃거리고 다닙니다. 교수 직업을 거지에 빗대어 '오라는 데는 없어도, 갈 데는 많다'라고 하지요. 학교 안에서도 한 자리 할 게 없나 하고, 대학 본부나 재단 사무실을 이리 저리 기웃거리고 다닙니다. 교수의 본분 두 가지, 강의와 연구에 성실한 교수를 찾아보기 어렵답니다.

이러한 실태 파악을 사전 지식으로 삼아, 오늘은 윤태수, 왕치지, 차봉구 등 세 교수의 저술활동을 살펴보겠습니다. 먼저 나이가 50줄에 들어선 윤교수의 기억정보입니다."

〈윤태수 교수〉

내가 교수로 전공분야에 몸담은 지 15년가량 되었으니, 전공과목 교과서를 집필할 때도 되었지. 다른 교수들은 교수된 지 얼마 지나지 않아 형편없는 교과서를 쓰고 나서 우쭐대면서, 아직 전공서적 한 권 내지 못한 나를 우습게 여기고 있어. 그동안 함부로 책을 내지 않겠다는 내 조심성과 겸허함을 이해하는 사람이 없는 것 같아. 이제까지의 내 학문을 정리도 할 겸, 내 능력이 어떤지 나의 내재가치를 발휘해 보아야겠어. 곧 다가올 연구년을 100% 활용해서 형법 교과서를 써야지. 번잡한 서울을 떠나 집필에 몰두할 환경을 만들어야겠어. 서울서 멀찍이 떨어진 시골 농가 한 칸을 빌려, 1년간 두문불출 은둔생활을 하면서 책쓰기에 전념해야지.

책쓰기의 기본구상을 해야겠어. 먼저 법학서적에 한자쓰기 문제야. 법학 교과서나 법전에 아주 어려운 한자어가 많아서, 법대 저학년 학생들은 한자 공부한다고 힘을 낭비(濫費)하고 있어. 한글로도 의미 소통이 된다고 보니까, 법학 교과서이지만, 과감히 한글 전용으로 나가야겠어. 필요하면 한글 옆에 괄호로 한자를 달아주어야지. 우리나라, 중국, 일본은 한자 문화권이니까, 한자를 알긴 알아야 해. 한자 같은 표의문자는 나름대로 가르쳐주는 게 많아. 대학졸업 후 사회에 진출해서 필요를 느끼면, 그 때 가서 한자 공부를 하면 되지. 공부는 평생 하는 건데, 나는 단계적 한자 습득을 주장하는 거야. 교과서 수준의 서적은 한글전용으로 출간하기로 하자.

기본구상의 두 번째 문제는 교수들이 표절로 책을 쓰는 거야. 표절의 고수는 외국 서적 베끼기이지. 자연과학은 몰라도 법학이야말로 외국과는 실정이 무척이나 다른데, 어떻게 외국 이론을 그대로 베끼듯 들여올 수 있는 거지? 법전상의 조문이 다르고, 법문화가 다르고, 국민의 법의식이 다른데, 어떻게 외국법 해석론을 그대로 옮겨 놓을 수 있는 거야? 외국 교과서의 번역본이나 다름없는 법서를 내놓고서, 어떻게 책 이름을 한국헌법, 한국민법, 한국형법이라고 붙일 수 있는 거야? 외국 책을 베끼고도 역서가 아니라 저서로 발간하는 것은 표절이야.

외국 서적을 베끼는 것은 그래도 외국어 실력이 필요하니, 기특한 측면도 있지. 심각한 표절은 국내 서적 베끼기야. 여기 저기 남의 책에서 조금씩 글을 떼어내서 그럴 듯하게 자기 책을 만들어내는 거지. 그것도 자신이 직접 하면, 읽느라고 공부가 좀 되지. 정말 파렴치한 것은 대학원 제자를 몇 명 불러다 놓고, '김군은 제1장, 제2장을 맡아 쓰고, 이군은 제3장부터 제5장까지를, 박군은 나머지 부분을 쓰도록 하게'라고 지시해서 하청을 주는 거야. 당연히 제자들은 맡은 부분을 표절해서 써가지고 오지. 표절은 글 도둑이야. 도적질하는 교수가 무얼 가르치겠어. 학문이 아니라 도적질 가르치는 거지. 요즈음은 또 '표지갈이'라는 도적질 수법이 생겼다지. 다른 사람이 쓴 책의 내용을 그대로 둔 채, 겉표지, 제목, 목차, 저자 이름만 바꿔서 마치 자기가 저술한 책인 것처럼 출판하는 수법이라고 하던데. 종래의 표절이 뛰는 놈의 수법이라면, 근래의 표지갈이는 나는 놈의 수법이야. 이 정도 되면, 교수가 도둑놈에다가 사기·협잡꾼까지 되는 거지.

이 때 센타크논이 말을 중단시킨다.

"퓨타고스 대원! 그런데 왜 한국의 교수들이 남의 글을 표절해서까지 책을 내려고 하지요? 그 이유가 뭡니까?"

"정부와 대학 당국에서는 교수들의 연구와 집필을 장려하고 촉구하기 위하여 여러 가지로 당근과 채찍을 마련하고 있습니다. 교수들은 채찍을 피하고 당근을 받아먹으려고 연구와 저술의 실적을 부풀리는 농간을 부리는 겁니다."

센타크논: "최고의 지성인들이 모인다는 대학과 대학인이 이토록 썩고서도, 지구가 썩지 않는다면 오히려 이상한 일일 겁니다. 이야기를 계속합시다."

〈윤교수 기억정보 계속〉

알 수가 없어. 책 쓰느라 왜들 표절을 하는 거지? 글쓰기의 기쁨이 얼마나 큰 건데. 생각을 가다듬어, 숱한 어휘 중에서 적절한 것을 머리에 떠올리고, 떠올린 어휘와 표현을 짜임새 있게 잡아주며, 문장들을 이리저리 놓아 가면서 전체적인 체계를 구성해 내면, 글이 빚어내는 조화(造化)야말로 환상이고 신비야. 글쓰기는 사색의 창작이고, 문자의 예술이야. 좋은 글을 쓰는 기쁨을 어디에 비교하겠어? 왜 그런 글쓰기의 즐거움을 버리고, 표절을 하는 거지? 정말 알 수가 없어. 사람이란 서로 간에 그렇게 다른 건가?

나는 책 쓰면서, 글을 좀 더 알차게, 좀 더 정성스럽게 가꾸려고 노력할거야. 어휘 하나, 문장 하나 적절히 가다듬고자 고심하겠어. 나만이 쓸 수 있는 글, 나만이 할 수 있는 표현을 끌어내고자 진력할거야. 학자의 기쁨과 보람은 그런 글을 쓸 때 나오는 거야. 표절은 수치스러운 일이야. 있을 수가 없어. 표절을 지적당하면 최소한 부끄러워하고 사과하고 시정하겠다고 약속을 해야지! 뻔뻔스럽게 표절 사실을 부정하거나, 다른 이도 표절했다고 맞받아치기나 하고.

퓨타고스 대원: "그러한 저술관으로 책을 썼으니, 윤교수의 형법 교과서는 명저가 되지 않을 수 없습니다. 책을 출간하자마자 전국의 법대생들이 애독하는 법서가 되었습니다."

페터스 대원: "윤교수의 책이 법학도의 애독서가 되자, 표절로 책을 낸 왕교수와 차교수가 마주 앉아 속내를 드러내는 이야기가 재미있습니다. 한번 들어보시지요."

〈왕치지, 차봉구 두 교수의 기억정보〉

왕교수: "내 대학원 제자들 심기가 많이 불편합니다. 윤교수 책이 나오고 나서, 내 헌법교과서나 차교수 민법교과서가 형편없는 책으로 매도되는 분위기랍니다. 차교수도 그런 얘기 들어보았습니까? 원, 내 참."

차교수: "여부가 있습니까? 혼자 법학의 바이블이라도 펴낸 양, 윤교수가 온갖 고상한 냄새를 풍기고 다닌다지요."

왕교수: "법학이 뭔지나 알고 설치는 건지? 법학은 미래를 내다보는 학문이 아니에요. 법학은 과거를 되짚어보는 학문이지요. 과거와 전통을 존중하지 않는 법학교과서는 알맹이가 없고, 오래 읽힐 수가 없는 겁니다. 그 책은 잠시 반짝하고 꺼질 거예요. 두고 보세요."

차교수: "맞는 말씀입니다. 법학에 뭐 새로울 게 있나요? 옛 것 갈고 닦아서, 현재에 쓰기 좋게 준비해주면 되는 거지요. 그러니 법학서적에 어떻게 한자어를 쓰지 않을 수 있습니까? 전문용어란 게 왜 존재합니까? 법학 전문용어는 전래의 한자어를 쓰게 마련이고, 또 어려울 수밖에 없어요. 법의 대중화는 한계가 있는 겁니다. 그리고 전문가도 먹고 살아야 하잖아요? 누구나 쉽게 알아차릴 수 있는 법이라면, 법학자나 법조인이 어떻게 먹고 삽니까? 윤교수의 책이 쉽고 평이하다고 하는데, 그런 점에서 착각하는 거지요. 또 어려운 책은 씹을수록 맛이 납니다. 쉬운 책은 곧 싫증나서 내던지게 되어 있어요."

왕교수: "나와 생각이 똑 같습니다. 차교수와는 말이 통해서 좋습니다. 세상이 발전하니, 조금 새로워지는 게 있긴 하겠지요. 그러나 그리 대단한 건 아닙니다. 우주비행사가 달나라에 갔다 왔다고 해서, 우리가 갑자기 달나라에서 생활하게 되는 건 아니잖아요? 또 표절 얘기를 해봅시다. 새로울 게 없는 학문이 법학이고, 옛 것 상고(尚古)하는 게 법학의 본령(本領)이라면, 법학은 그 자체가 표절 학문입니다. 선대 법학자의 학문을 그대로 이어받는 게 법학 연구가 아닙니까? 옛 것 따르는 게 왜 표절입니까? 전통의 존중이고, 선배

에 대한 예의이지요. 책에 새로운 것 들여온다며, 전통을 뒤집어엎고 웃어른들을 내치고 법학계의 질서를 어지럽히는 게 학자가 할 일입니까? 어린 학생들을 별난 이론으로 홀려 가지고 학문의 미로에서 오래 방황하게 만든다면, 그 책임을 어떻게 감당하려고 하는지 모르겠습니다. 직접 윤교수를 맞대놓고 이런 이야기를 할 수는 없는 거고, 언제나 철이 들런지 한심합니다. 우리 학교에 교수 하나 잘못 들어온 거지요."

차교수: "표절이야기인데요. 윤교수는 표절 안합니까? 책 속의 그 많은 내용이 모두 윤교수의 머리에서 나옵니까? 이미 있던 법이론을 대폭 옮겨놓고, 새로운 거랍시고 살짝 더해놓으면, 그런 책은 표절이 아닌 겁니까? 각주에 인용한 출처를 달고 안달고가 사실 뭐 중요합니까? 과거에 없던 새로운 이론인지, 아닌지, 그게 중요한 거지요. 인용한 문장을 반드시 각주 처리해야 한다면, 법학에서는 쓰는 문장 하나하나에 모조리 각주를 달아야 할 거에요. 당연한 것은 그냥 당연한 것으로 알고, 넘어갈 것은 그냥 넘어가야지요. 윤교수는 공대에 가서 기계나 만졌어야 할 사람이에요. 법대로 잘못 와서 사람과 사회를 다루는 학문을 하게 됐으니, 그 사람 학자생활은 퍽이나 고달플 겁니다. 우리는 그 사람을 불쌍히 여겨야 해요. 다른 대학에도 그런 교수들이 종종 있다고 합니다. 그래서 교수 뽑을 때 인성(人性)을 보고 잘 뽑아야 합니다. 앞으로라도 교수 뽑을 때 조심합시다."

왕교수: "윤교수를 불쌍히 여기자는 차교수의 생각이 퍽이나 너

그렇습니다. 하여간 우리가 윤교수를 통해서 느끼는 게 있어 다행입니다. 차교수는 매일 아침 골프 연습장에 나가 땀을 빼고 온다는데, 골프 많이 늘었나요?"

차교수: "이제 우리 나이엔 운동이 필수입니다. 골프는 사교에 그만입니다. 내가 아는 정계의 실력자 동향분과 가끔 골프를 같이 치는데, 세상 물정을 알아가는 재미도 쏠쏠합니다. 왕교수는 취미로 하는 바둑 실력이 대단하다면서요? 요즘 들리는 소문으로는 짠 1급으로 실력이 늘었다고 하데요?"

왕교수: "그건 좀 과장이 있습니다. 짠 2급 정도지요. 바둑은 인생의 축소판이라서 변화무쌍한 맛이 밤새도록 바둑을 두게 만듭니다. 내가 바둑에 빠져드는 만큼 헌법학 연구를 했다면, 헌법학자로서 최고봉에 섰을 겁니다."

차교수: "최고의 헌법학자가 되면 뭣 합니까? 학생도 그렇지만 교수에게도 행복은 성적순이 아니잖아요? 사람 사는 촉촉한 맛을 보고 살아가는 게 인생이 아닙니까? 윤교수처럼 사막에서 드라이하게 사는 게 인생입니까? 그 사람은 사막의 가시달린 선인장입니다. 학문은 인생의 한 장면에 불과한데, 학문이 인생의 전부인 양 매달리는 게 과연 잘 하는 건지 생각해보아야지요. 외골수는 자신도 피곤하지만, 주위 사람들도 피곤하게 만듭니다. 나도 학문 좀 해보겠다고 몰두해 본 적이 있었지만, 인생이 그게 아니다 싶어서, 좌우에 있는 사람들과 어깨동무하고 살아갑니다. 학문에 몰두하면 주위 사람들이 점점 멀어지더군요. 부인도 강아지도 싫어해요. 외로워집니다."

페터스 대원: "두 교수의 이야기가 다른 방향으로 넘어가기 때문에, 이쯤 해서 중단해야겠습니다."

센타크논: "표절을 바라보는 시각이 교수에 따라 그렇게 달라지는구면요. 우리 올림포스에서는 교수들의 표절이 문제된 적이 없는 것으로 기억하고 있는데, 우리는 나름대로 표절을 걸러내는 그물망을 갖고 있는 건가요?"

로지티 대원: "제가 대학 다닐 때, 대장님이 그물망이라고 표현하신 표절 걸러내기 장치에 관하여 비교적 소상히 들은 적이 있습니다. 그 이야기는 좀 길어질지 모르는데, 해도 될 런지요?"

센타크논: "지구인 교수들의 표절은 학문 풍토의 문제이고, 나아가 인간 심성의 문제이며, 대학사회의 고질적인 병폐인 만큼, 좀 긴 이야기라 하더라도 한번 들어봅시다. 로지티 대원이 뭔가 좋은 내용을 들려줄 것 같습니다."

로지티 대원: "제가 대학에서 우주탐사 역사학을 전공했다고 말씀드렸지요. 교수들의 전공 강의 중에 우주탐사 인물사(人物史)와 우주탐사 우주선의 역사라는 강좌가 특히 학생들의 인기를 끌었습니다. 제가 들은 우주탐사 우주선의 역사 강의는 엔치모스(Enchimos) 교수가 담당했는데, 그의 저서 '우주탐사 우주선의 역사'는 명저로 높은 평가를 받고 있습니다. 강의의 기본 교과서로 수강생 모두가 탐독했었지요. 어느 강의에서 학생들이 엔치모스 교수에게 그러한 명저를 저술하게 된 이른바 집필사(執筆史)를 이야기해달라고 졸라서, 교수가 소상히 밝힌 책 쓰기 스토리를 듣게 되었습니다. 다

음은 그 분 말씀입니다."

〈올림포스의 엔치모스 교수 이야기〉

대학에서 전공 교과서로 사용하는 서적은 전공 분야의 기본 지식을 심어주는 것이기 때문에, 대학 당국이 매우 중시하고 국가도 그 저술사업에 전폭적인 지원을 아끼지 않는다. 나는 '우주탐사 우주선의 역사'라는 교과서를 집필하고자 올림포스 대학에 집필 신청서를 제출하였다. 대학 교과서 집필은 대학 교수 10년 이상의 경력이 있어야만 신청할 자격이 있고, 집필 기간은 6개월 단위로 하되 연장하는 경우 최장 3년까지 가능하다. 집필기간 동안에는 강의가 면제되고 저술에만 전념하게 한다. 보수 등 대학으로부터의 대우는 변함없이 제공된다.

집필은 대학과 집을 떠나 '교과서 인큐베이터'(Textbook Incubator)라고 부르는 저작자 작업지원시설에서 수행하게 된다. 국가가 설립한 시설이다. 이 저술 작업장은 호젓한 오지에 마련되어 있는데, 교과서 집필교수들을 모아 집중적으로 지원하는 편의시설이다. 집필자는 집필기간 동안 이 시설을 떠날 수 없다. 저술에 전념하여야 한다. 저술에 필요한 모든 지식과 정보자료는 인터넷으로 공급될 수 있기 때문에 1인 1실의 집필 작업장, 즉 개인 서재 안에서 저술작업을 해내게 된다. 이 교과서 산실(産室)에서의 생활 수칙은 독거(獨居)와 묵언이다. 구내식당에서 식사하는 시간이나 입실자들이 서로 대화를 나눌 수 있다. 그러나 묵언이 원칙이다. 산책, 운동,

1인 취미생활을 위한 시설 그리고 오랜 폐쇄생활에서 오는 스트레스 해소용 설비까지 잘 갖추어져 있다.

저자가 교과서 집필을 완료하면, 대학 당국에 출판 신청을 한다. 그러나 출판에 넘겨지기 전에 집필내용에 대한 대학당국의 확인절차가 진행된다. 교수의 오랜 정신적 노고를 존중하는 의미에서 집필내용에 대한 심사 또는 검토가 아니라, 확인 정도의 작업이 행해지는 것이다. 확인의 핵심절차는 저술내용에 대한 저자의 '암송 발표'(recitation)이다. 관행으로 행해져 내려오는 것인데, 매우 독특한 절차이다.

저자는 집필내용을 3인의 확인 위원에게 전송한다. 그 후 정해진 암송발표일에 3인의 위원 앞에서 저자는 텍스트를 보지 않고 자신의 집필내용을 암송한다. 위원들은 전송된 텍스트를 보면서 저자의 암송이 정확한가를 확인한다. 저자의 암송은 세 가지 중에 하나를 선택할 수 있다. 제1은, 집필한 교과서 내용 전부를 문자 그대로 암송하는 것이다. 제2는, 소소한 부분은 제외하고 - 중요도가 낮은 단어와 문장은 빼버리거나 틀리더라도 무방하고 - 집필의 줄거리를 모두 암송하는 것이다. 제3은, 집필내용 중 저자의 독창적인 부분을 사전에 텍스트에 표시해서 위원들에게 전송해 놓고, 독창적인 부분만큼은 그 모두를 암송하는 것이다. 가장 영광스러운 암송은 제1의 방법이다. 암기력이 뛰어나고 지능이 높은 저자들은 제1의 암송을 선택한다. 최소한 제3의 암송을 해내야만 집필한 책은 출판에 넘겨진다.

암송도 기계처럼 딱딱하게 할 것이 아니라, 집필내용이 저자의 몸에 녹아내린 듯 자연스러운 암송이 권장된다. 재능있는 저자가 마음을 다해 저술한 내용을 낭랑한 목소리로 울려 퍼지듯 암송하는 것을 듣고 있노라면, 그 자리에 있는 확인 위원들은 감격하고 탄복한다. 암송은 저자의 드높은 사상, 예리한 정신, 단순·명료하고 논리적인 이성을 운율의 형식으로 드러낼 수 있는 기회다. 간결하면서 힘찬 암송은 아름답다. 그래서 최고의 암송은 최고로 아름답다. 올림포스에서 저자의 암송시간은 책 쓰기의 마감이며, 절정이고, 정수(精髓)이다. 암송은 말로 한다. 듣고 사라질 암송을 확인위원들은 꼭 책으로 남겨야한다는 사명감을 느낀다. 그것이 출판이다. '말은 짧고, 글은 길다.' 올림포스에서 걸작은 그렇게 탄생한다.

암송에 실패하면 집필한 책이 출간되지 않을 뿐더러, 그 집필교수는 두 번 다시 교과서 인큐베이터에서의 집필을 신청할 수 없다. 이 암송발표는 강제되는 의무는 아니지만, 선대(先代) 학자들로부터 내려오는 거부하기 어려운 관행이다. 이 절차를 거부하는 것은 자신의 무능을 드러내는 것이나 다름없고, 집필 내용에 표절이 있을 수 있다는 것을 묵시적으로 자인하는 것이 된다. 이러한 암송발표는 교수사회에 주지되어 있어서 교수들은 함부로 교과서 집필에 나서지 않는다.

이 암송발표 절차가 시사하는 바는 분명하다. 저자는 자기가 직접 집필한 내용만큼은 암송할 정도로 기억하고 있어야 한다는 것이다. 자기가 쓴 글은 기억하기 마련이다. 억지로 기억하려고 해서 기억하는 것이 아니라, 연구하고 숙고해서 나오는 글은 기억되게 마련이다. 표절한 글은 한 두 페이지 정도는 암송할 수 있겠지만, 책을 쓸 정도로 많은 분량의 표절 내용은 기억하기 어렵다. 그러니까 집필 내용의 표절 여부는 암송 가능 여하에 달려있다. 교과서를 집필하면서 한 자 한 자, 한 구절 한 구절, 한 문장 한 문장에 정성을 기울여 글을 쓴다면, 글 내용은 저자의 머리에 새겨지고 온 몸에 녹아내려, 저자의 일부가 될 것이다. 그러한 저술을 하면서 학자에게 지식이 쌓이고, 지식이 고여 지혜가 솟는다. 저자는 시를 낭송하듯 자신의 저서를 암송할 수 있을 것이다.

로지티 대원: "엔치모스 교수의 집필사를 들어보면, 왜 올림포스에는 교수들의 표절 문제가 발생하지 않는가를 이해할 수 있을 겁니다."

센타크논: "올림포스 교수들이 하는 집필내용의 암송발표 절차를 지구인 교수들이 감당할 수 있을 런지 모르겠습니다. 그러나 한 가지는 명백합니다. 교과서를 저술한 교수가 강의 시간에 들어가서 거의 텍스트를 보지 않고 강의하고 있다면, 그 교과서는 표절 없이 쓰여진 것이라고 말할 수 있을 겁니다. 그러나 자기가 쓴 교과서를 들고 들어가 줄곧 텍스트를 읽어 내려가는 강의를 한다면, 그 저자 교수는 표절해서 책을 썼을 가능성이 다분합니다. 강의 스타일이 일응 표절 여부의 판별기준이 될 수 있습니다. 대원 각자가 맡은 밀레니엄 법대 세 교수의 강의방식을 지금 검색해 볼 수 있겠지요?"

그 자리에서 세 대원은 각자 소지한 칩을 꺼낸 후, 맡은 교수의 기억정보에 들어가 강의방식을 검색한다. 손놀림이 날렵한 로지티 대원이 맨 먼저 검색을 끝내고, 재미있다는 듯 보고한다.

"대장님, 차봉구 교수의 강의방식을 들어 보시지요. 1인칭을 3인칭으로 바꾸어 들려드리겠습니다. 차교수는 강의시간에 교과서를 천천히 읽어 내려갑니다. 끝도 없는 읽기 강의에서 진저리가 난 어떤 학생이 참다못해, 손들고 일어서서 항의합니다. '교수님, 그렇게 교과서만 읽는 강의라면, 저희들이 뭐하러 강의 들으러 여기까지 오겠습니까? 그런 건 집에서도 얼마든지 할 수 있습니다.' 아주 용기를 낸 학생이었습니다. 차교수가 대답합니다. '그래, 좋아. 다음 시간부터는 교과서를 읽지 않겠다.' 다음 시간이 되었습니다. 차교수는 두꺼운 판례집을 가져왔습니다. 그리고 한 마디 합니다. '지난 시간에 한 학생이 교과서를 읽는 강의를 싫다고 하기에, 앞으로는 판례집을 읽기로 하였습니다.' 그는 판례집을 천천히 읽기 시작합니다. 지난 시간에 항의했던 학생은 너무도 기가 막혀 아무 소리 못하고 입만 벌리고 앉아 있습니다. 재미있지 않습니까? 그런 강의를 가만히 듣고 있는 학생들이 무척이나 착하지 않습니까?"

페터스 대원: "그런 대학에서, 그런 강의에서, 그런 학생들이 익혀 나가는 건 체념과 굴종일 겁니다. 그런데 왕치지 교수의 강의방식도 차교수와 진배없습니다. 다른 점이 있다고 한다면, 그는 자신의 저서 이외에 다른 교수의 교과서까지도 드문드문 읽어준다는 통큰 배려심입니다. 왕교수는 헌법상 주요 논점에 대한 학생의 질문을

받고서, 자기가 쓴 교과서에서 자신이 어떠한 주장을 하고 있는지조차 모르고 있는 경우가 허다합니다. 왕교수는 휴강도 아주 잦습니다. 휴강은 학생들의 리포트 제출로 대체합니다."

센타크논: "강의를 소홀히 하는 교수는 대학에서 제재를 받지 않나요?"

페터스 대원: "학교에 밉보인 교수는 약점이 있을 때 가혹한 제재를 받지만, 왕교수처럼 대학 경영층과 친밀한 관계를 맺고 있는 교수는 그런 잘못이 문제시되지 않습니다. 그게 한국 대학의 현실입니다."

센타크논: "똑같이 잘못한 사람을 칼로 쳐야 할 때, 혼낼 사람은 칼날로 치고, 봐줄 사람은 칼등으로 치는 게 인간세상이지요. 이번에는 윤태수 교수의 강의방식을 들어 볼까요?"

퓨타고스 대원: "윤교수의 강의방식은 올림포스에서 책쓰기의 저자가 하는 암송발표와 흡사합니다. 윤교수는 교수생활 초창기부터 강의할 내용을 철저히 암기해서 강의실에 들어갔습니다. 그의 초창기 강의는 생경했지만, 점차 노련해져서 나중엔 전공지식을 자유자재로 구사하는 수준이 되었습니다. 그는 강의실에 법전과 백묵 하나만 갖고 들어가는 교수로 유명했습니다. 교과서를 내고 난 후에도, 텍스트를 안보고 자연스레 입에서 흘러나오는 그의 강의는 대학가에서 명강으로 소문났습니다. 그가 강의할 내용은 그의 머릿속에 다 들어있었습니다. 책을 읽을 필요가 없었습니다."

센타크논: "올림포스에 이런 격언이 있지요. '아홉 번 잊고 나서

열 번째 기억하는 것이 참 지식이다.' 그렇습니다. 배움과 익힘의 기본은 암기입니다. 암기가 쌓여 지식이 되고, 암기가 고여 지혜가 됩니다. 윤태수 교수는 그러한 이치를 알고 있는 사람입니다. 오늘 우리는 매우 유익한 시간을 보냈습니다. 특히 로지티 대원에게 감사합니다. 이제 모두 돌아가, 좋은 꿈꾸고, 내일 다시 만납시다."

제23화
윤태수 교수가 마법학교의 주문을 가르치다.

오늘은 페터스 대원의 생일이다. 페터스 대원의 48번째 생일을 축하하기 위하여 저녁식사에 특식이 마련되었다. 아침 일찍 모듈 5호기가 우주선 밖으로 출동하여 그럴싸한 참치 한 마리를 잡아왔다. 페터스 대원은 참치의 머릿살 부위를 좋아한다. 요리를 잘하는 로지티 대원이 참치구이를 해서, 산호로 장식한 머리부위 고기를 페터스 대원의 식탁자리에 올려놓는다. 볼에 뽀뽀도 선사한다. 화끈한 뽀뽀다. 페터스 대원이 얼굴을 붉힌다.

저녁식사 후 함장실에 세 대원이 들어온다. 오늘 차례는 퓨타고스 대원이 윤태수 교수의 인상적인 강의 하나를 들려주는 시간이 된다고 예고한 바 있어서, 다른 대원들은 마음 편히 듣는 자세로 앉는다. 퓨타고스 대원이 입을 연다.

"생일을 맞으신 페터스 선배 대원에게 다시금 축하인사를 드립니다. 오늘 저는 윤교수의 강의 하나를 소개하려고 합니다. 아주 짧은 강의입니다. 그 내용은 그의 기억정보를 그대로 살린 것입니다. 강의실에 들어간 윤교수는 다음과 같이 형법 강의를 시작합니다. 편하게 들어주시기 바랍니다."

〈윤태수 교수〉

"소설로나 영화로나 해리 포터 이야기는 세계적으로 큰 성공을 거두었습니다. 주인공 해리 포터(Harry Potter)는 마법학교에 입학하여 마법을 배웁니다. 마법사가 마법을 하는 데에는 반드시 두 가지가 등장합니다. 그 하나는 마술봉이고, 또 다른 하나는 마법의 주문입니다. 나는 이제까지 여러분에게 형법 강의를 해왔지만, 아직 마법의 주문을 가르쳐준 적이 없습니다. 오늘 강의에서는 여러분에게 마법의 주문 하나를 가르쳐주려고 합니다. 그 주문은 라틴어로 되어있습니다. 내가 그 주문을 외우겠습니다. 잘 듣고 기억해주기 바랍니다. '눌룸 크리멘 시네 레게, 눌라 포에나 시네 레게.'(Nullum crimen sine lege, Nulla poena sine lege)

이것은 형법의 최고원리인 죄형법정주의를 불러내는 주문입니다. 죄형법정주의란 '일정한 행위를 범죄로 하고, 이에 대하여 일정한 형벌을 부과하기 위하여는 반드시 행위시 이전에 명확히 제정·공포된 성문의 법률을 필요로 한다는 원칙'을 말합니다. 국가의 형벌권력은 그 어떠한 권력보다도 강력합니다. 국가가 국민 개인에게 행사하는 물리력 중에 가장 강력한 형태가 형벌권력입니다. 형벌권력은 한 개인의 생명을 빼앗을 수도 있고, 사람을 평생 감옥에 가두어둘 수도 있고, 그의 모든 재산을 빼앗을 수도 있으며, 한 시민의 발목에 전자발찌를 채워 모든 행적을 감시할 수도 있으며, 그의 명예를 짓밟아 인격살인을 할 수도 있습니다. 이 모두가 합법적으로 행해집니다. 어떤 국가권력이 그렇게 강력한 힘을 행사할 수 있겠습니까? 국가의 형벌권력은 소설 '서유기'에 나오는 손오공의 신출귀몰한 힘보다도 더욱 강력합니다. 그 손오공의 힘과 재주를 한번 짚어 볼까요?

　손오공은 불교 경전을 얻으려고 천축국으로 험난한 여행을 하는 삼장법사를 수행하여 모든 위험을 제거하는 임무를 맡습니다. 고난의 여행길을 통해서 힘들게 얻은 불경이야말로 진정한 가치가 있음을 깨닫게 하기 위하여 석가여래불은 삼장법사에게 81가지 난관을 헤쳐 나가도록 예정합니다. 석가의 명을 받은 관세음보살은 돈독한 불심(佛心) 이외에는 아무런 능력이 없는 삼장에게 온갖 요괴와 싸워 사악한 힘을 물리칠 수 있는 재주꾼 손오공을 수행인으로 붙여줍니다. 손오공은 72가지 술법을 익혀 변신술과 분신술에 뛰어나고, 단숨에 십만 팔천리를 날아갈 수 있는 구름을 탈 줄도 알며, 신통한 무기 여의봉도 갖고 있는 인간원숭이입니다. 그런데 손오공은 변덕스럽고 장난기가 많습니다. 수행을 거부하고 삼장에게서 도망치기도 합니다. 그래서 관세음보살은 무능한 삼장에게 재주꾼 손오공을 제어할 수 있는 단 한 가지 능력을 부여합니다. 관세음보살은 먼저 손오공의 머리에 벗을 수 없는 쇠테를 씌웁니다. 그리고 삼장법사에게 주문을 가르쳐줍니다. 삼장법사가 그 주문을 외우면 머리에 씌워진 쇠테가 조여져서 손오공에게 견딜 수 없는 엄청난 고통을 가합니다. 신출귀몰한 재주를 가진 손오공도 삼장법사의 주문걸기에는 꼼짝을 못하고 항복하고 맙니다. 손오공의 막강한 힘을 제어하는 것은 삼장법사의 주문입니다. 무능력한 삼장법사이지만, 이 주문 하나를 가지고 손오공을 마음대로 부립니다.

되풀이하는 말입니다. 국가의 형벌권력은 손오공의 막강한 힘보다도 더욱 강력합니다. 그토록 강한 형벌권력을 행사하는 재주꾼은 검찰, 법원, 경찰, 교정시설, 국회 등 여러 곳에서 진을 치고 있습니다. 국민은 삼장법사처럼 무력하기 짝이 없지만, 형벌권력을 손에 쥐고 있는 약아 빠진 재주꾼들을 제어할 수 있는 단 하나의 주문을 갖고 있습니다. 그것이 바로 죄형법정주의를 불러내는 주문입니다. 국민에게는 이 주문이 있기에 국가의 형벌권력을 통제할 수 있습니다.

그러나 국민을 압제하는 형벌권행사에 대하여 그저 죄형법정주의의 주문을 주저리주저리 외운다고 되는 게 아닙니다. 주문 걸기에는 절실한 염원이 실려 있어야만 효력이 나타납니다. 그래서 마법학교에서는 주문 걸기에 절실한 염원을 싣는 법을 가르칩니다. 절실한 염원이 주문에 염력(念力)을 실어줍니다. 염력이 실릴 때, 비로소 주문은 뭉게뭉게 퍼져나가면서 사악한 기운을 몰아내고 악령을 잠재웁니다. 악령과 대결하다가 숱하게 꺾인 선대 마법사들의 고난의 역사를, 그리고 하나의 주문을 갈고 닦아 만들어내기까지 절억(節抑)의 십만 시간을 보내야 했던 선대 마법사의 각고의 노력을 간절한 염원으로 담아 주문을 걸 때에만 그 주문은 힘을 발휘하기 시작합니다.

죄형법정주의의 주문도 마찬가지입니다. 시종이 떠먹여주는 호화진미에 둔보가 된 법조 귀족의 어처구니없는 단 한마디에 온 집안이 결딴나고 마는 죄형전단주의에 항거하여 세상을 바꾸어보겠다고 나섰던 투사들이 뿌린 원한의 피, 형벌권 행사의 전횡이 횡행하는 사회에 대항하여 세상을 바꾸어보겠다고 나섰던 혁명가들이 차고 습한 감옥 바닥에 떨어진 음식을 혀로 핥아 먹으며 뿌린 울분의 눈물, 선대의 이러한 피와 눈물을 실어서 간절히 죄형법정주의의 주문을 외울 때, 비로소 그 주문은 우렁차게 돌아가기 시작하면서 마력(魔力)을 내뿜습니다.

법학을 공부한 여러분들은 맨 앞줄에 서서 죄형법정주의의 주문을 간절히 외쳐야 합니다. 여러분들은 선창(先唱)해야 합니다. 결코 뒤로 물러서서는 안 됩니다. 여러분들은 왜 법학을 공부합니까? 여러분들은 법대에서 정의와 약자의 인권을 공부합니다. 아마도 비참하게 억눌려온 집안에서 자라온 여러분들은 법대에 들어오기 전부터 정의와 약자의 인권을 지키겠다고 마음속으로 굳세게 맹세하고, 지금 이 자리에 앉아 있을 것입니다. 여러분이 앞으로 법조인이라는 가진 자의 편한 자리에 앉게 되더라도, 어린 시절의 그 맹세를 잊어서는 안 됩니다. 우리는 죄형법정주의의 주문이 얼마나 절실한 염원으로 외쳐져야 하는지를 알게 되었습니다. 빵 한 조각을 훔친 죄로 감옥에서 10년을 보낸 배고픈 이를 위해, 마차 위에서 평등한 세상을 실현하자고 외친 죄로 평생 동안 감옥에 갇힌 이를 위해, 썩어빠진 권력자를 내쳐야 한다고 감연히 앞장선 죄로 목이 잘린 이를 위하여, 우리는 다 함께 죄형법정주의의 주문을 무릎 꿇고 외쳐야 합니다. 우리 법학도가 아니면 누가 하겠습니까?"

퓨타고스 대원: "윤교수는 말을 더 이상 이어나가기가 어렵게 되었는지, 강의를 하다가 여기에서 중단합니다. 그는 강단을 내려가

그날 강의를 이 짤막한 열변으로 끝냅니다. 강의는 짧았지만 여운은 길었습니다. 제가 들려 줄 이야기도 여기서 중단하지 않을 수 없습니다. 그리고 대장님이 오늘 밤만큼은 페터스 선배 대원의 생일을 축하하는 댄스파티를 열어도 좋다고 허락하셨습니다. 밤 10시에 시작되는 댄스파티에 가자면, 오늘의 지구인 이야기는 여기서 마쳐야 하겠습니다."

옷을 갈아입고 나서 댄스파티에 참석한 페터스, 로지티, 퓨타고스 세 사람은 빙글 빙글 춤을 추면서 오늘 알게 된 주문을 자꾸 외운다. '눌룸 크리멘 시네 레게, 눌라 포에나 시네 레게'라고. 그들은 마치 우주에 걸린 마법을 풀려는 양 그 주문을 자꾸 중얼거린다.

제24화
윤태수 교수가 밀레니엄 대학교를 위기에서 구하다.

우주선에서 댄스파티가 열린 다음 날이다. 댄스파티에 참석하지 않았던 센타크논은 함장실에서 대원 셋을 마주한다. 댄스파티와 같이 신이 나야 할 자리에 자신이 임석하면 분위기가 딱딱해지지나 않을까 싶어, 센타크논은 어젯밤 함장실에 머물러 있었다.

센타크논: "어제 댄스는 즐거웠나요?"

페터스 대원: "예, 아주 즐거웠습니다. 제 생일이라고 해서 댄스파티를 허락해주신 데 대하여 대장님에게 감사드립니다. 모처럼의 기회라서 모두들 춤을 만끽했습니다."

로지티 대원: "아름다운 지구이지만 그래도 낯선 행성이기에 대원들에게 쌓였던 긴장을 얼추 다 풀 수 있는 좋은 파티였습니다. 오늘은 벌써 대원들의 일하는 품이 달라졌습니다."

퓨타고스 대원: "대장님, 가장 젊은 마로스 대원과 아포티 대원 두 사람은 얼마나 춤을 잘 추던지, 다들 깜짝 놀랐습니다. 그 두 사람이 어젯밤 우주선 무도회의 남녀 주인공이었습니다."

센타크논: "진작 춤 잔치를 열어줄 걸 그랬습니다. 우주탐사 여행에 필요한 엄격한 기율 탓에 오랫동안 몸을 흔들고 싶은 본능을 잊고 살았지요. 그런데 오늘은 무슨 이야기를 하게 되나요?"

퓨타고스 대원: "윤태수 교수가 위기에 처한 밀레니엄 대학교를

구하는 이야기입니다. 여기서 학생들을 아끼는 윤교수의 마음이 드러납니다. 윤교수의 기억정보에서 관련부분을 살펴보겠습니다."

〈윤태수 교수〉

새 학기에 들어선 해맑은 봄철이다. 봄은 학생들 데모의 계절이다. 이번 봄은 심상치 않다. 어제 운동권 학생들이 밀레니엄 대학교의 본부건물을 기습적으로 점거했다. 대학 본부에는 대학을 이끌어 나가는 집행부와 각종 지원 업무를 담당하는 사무 부서가 자리하고 있다. 총장실과 재단 사무실, 학생 업무를 담당하는 학생처, 교수 업무를 지원하는 교무처, 학교 살림을 맡아 하는 총무처 등이 몰려 있다. 이 모든 곳을 학생들이 순식간에 습격하여 총장, 재단직원과 사무직원을 모두 몰아내고, 현장을 접수하였다. 총장은 본부에서 멀리 떨어진 대학원장실을 임시 집무장소로 삼고 있다. 직원들은 뿔뿔이 흩어져 여기저기 적당한 장소를 잡아 피난살이를 하고 있다.

점거사태가 발생한 지 일주일이 지났다. 강의를 제외한 학교의 모든 행정 업무가 정지되었다. 학교가 마비상태에 이르렀다. 강의만이 정상적으로 진행되고 있다. 그 외의 일은 교수들이나 학생들이나 불편함이 말이 아니다. 점거농성 학생들은 과거에 학생시위로 제적된 학생들을 모두 복적시키라든가 재단이 학교에서 물러나라든가 하는 학내문제뿐만 아니라 정권퇴진 등 정치문제도 들고 나온다.

이 와중에 사태를 어렵게 만드는 사건이 발생했다. 운동권 학생들이 본부를 기습 점거하면서 접수한 재단사무실에서 고약한 문건을 찾아낸 것이다. 순식간의 점거 사태여서 재단직원들이 갖고 나오거나 폐기해야 할 문서와 컴퓨터 저장기록이 사무실에 그대로 남아 있었던 것이다. 문제의 문건은 밀레니엄 대학교의 모든 교수들에 대하여 재단 측이 작성한 비밀 신상파악 카드였다. 그러한 비밀 존안 카드가 있다는 사실은 재단관계자 이외에는 아무도 몰랐다. 그 카드는 교수 개인별로 주요 신상기록과 함께 간략한 평가문(評價文)이 달려 있었다. 그런데 이 평가문이 문제였다. 재단이 해당 교수를 어떻게 보고 있나 하는 은밀한 판단이 고스란히 드러나는 부분이기 때문이다. 점거학생들의 공개로 자신의 신상파악카드를 읽어본 교수들은 격노했다. 이런 작태를 저지른 재단은 교수들로부터도 축출되어 마땅한 대상이었다. 이 문건을 입수하여 공개하게 된 사건은 학생들의 점거농성사태에 좋은 명분을 주었다.

대량 복사로 학내에 나돌아 다니는 교수 신상파악 문건을 윤교수의 제자들이 갖고 왔다. 윤교수도 당연히 관심을 갖고, 그 문건을 살펴보았다. 교수 평가문은 두어 문장 정도로 짧게 작성되어 있었다. 신체에 이상이 있는 교수는 그 사실도 적혀 있었다. '다리를 약간 절고 있음' 이라든가 '얼굴이 얽었음' 등이다. 왕치지 교수와 차봉구 교수에 대한 평가문이 궁금했다. 왕교수에 대하여는 '매우 정치적인 사람임. 조심해야 함.'이라고 적혀 있었고, 차교수에 대하여는 '음모를 꾸미기 좋아하는 사람임. 학문과는 거리가 멈.'으로 되어 있었다. 윤교수는 자신에 대한 평가문을 읽었다. '아직 기대에 못 미침.'이라고 적혀 있었다. 윤교수는 쓴 웃음을 지으며 독백했다. '맞

는 말이로구면. 내 이름 泰秀가 크고 뛰어난 사람되라는 뜻인데, 내가 못 미처도 한참 못 미치지.'

점거농성사태는 장기화되었다. 정권을 쥔 권력층은 학생들의 점거농성을 강제 해산시키기 위하여 경찰력을 동원하는 것을 거부하였다. 자유와 자치가 존중되어야 할 성역으로 간주된 대학 구내에 경찰이 들어와 무력을 행사하는 것은 과거에 비추건대 사태를 악화시키기 일쑤였고, 오히려 농성 학생들이 투쟁전략상 바라는 바였다. 이 사태는 대학이 자체적으로 해결해야 했다.

길어야 2-3주 정도 끌게 될 것으로 예상되었던 점거농성사태는 두 달을 넘겼다. 대학본부 기능의 마비는 심각한 결과를 가져왔다. 이를 테면 졸업생이나 졸업반 학생들이 취업에 필요한 졸업증명서와 성적증명서를 발급받지 못하는 기간이 너무 길어졌다. 위기라고 할 만한 사태에 접어들었다. 교직원들에게 월급이 나오는 게 신기했다. 아마도 농성학생들이 교직원에게 보수를 지급하는 업무만큼은 협조를 했을 것이다. 업무마비사태는 학생들에게도 큰 지장을 초래했기 때문에 학생들 사이에서도 불만이 싹텄다.

윤교수는 강의진도표를 인터넷상의 개인 홈페이지에 올리고, 이 홈페이지에 질의·응답과 의견 교환 등 수강학생들과의 대화창구를 열어놓고 있다. 이번 학기 그의 형법강의의 수강생은 180명가량이다. 수강생이 많은 편이어서 대형 강의실과 마이크를 사용한다. 법조인 자격검정 국가시험인 사법시험에 응시하는 밀레니엄 대학교

학생들에게 윤교수의 형법강의는 인기가 있다. 수강생 중에는 사법시험을 보려는 비법대생들도 40여명이나 된다. 영문학전공의 문학도, 컴퓨터공학전공의 공학도, 역사교육학전공의 교육학도, 경영학도, 경제학도, 철학도 등 수강생의 전공분야는 다양하기 그지없다.

내일 강의할 형법부분은 긴급피난이다. 윤교수는 홈피에 접속하여 수강생과의 대화창을 열어본다. 한 학생의 질문이 눈에 들어온다. 질문한 학생은 행정학 전공자이다.

'학내의 현재 사태를 놓고, 긴급피난에 관하여 질문합니다. 교내 농성사태에 대하여 적극적 행동이 필요하다고 생각하는 일부 학생들이 대학 본부건물에 들어가 점거농성을 풀고자 하는 경우에 농성학생들과의 충돌을 예상할 수 있습니다. 그 충돌 과정 중에 학생들 간에 다소의 폭력이 행사되어 부상자가 생기고 기물이 파괴될 수도 있습니다. 그 폭력행사와 기물손괴행위에 긴급피난의 법리가 적용될 수 있는가요?'라는 것이 질문 내용이었다.

이 질문을 읽고, 윤교수의 고민이 시작되었다. 학생들 간의 충돌사태에 긴급피난의 법리가 적용될 수 있고, 따라서 필요로 사용했던 폭력행위는 범죄로 성립하지 않는다는 따위의 책상물림 학자의 이론 전개는 문제의 초점이 아니었다. 폭력을 사용하는 위기상황이 발생하지 않도록 예방하는 것이 급선무였다. 학생들 간에 난투극이 벌어져 피를 흘리는 참상을 막아야 했다. 밀레니엄 대학을 끌어나가는 총장 등 보직교수들은 사태 해결에 무능하였다. 재단이나 집행부서에 있는 어떤 교직원들도 이 위기상황에 무력하였다. 이들은 애당초

운동권 학생들의 안중에 들어오지도 않았다. 장기 농성 학생들은 밀레니엄 대학을 해방구로 만들려고 작정한 듯 했다. 이러다간 밀레니엄 대학은 학문의 요람이 아니라, 정치투쟁의 전장(戰場)으로 바뀔 것 같았다. 본부의 보직을 맡고 있지 않은 평교수들은 아무도 사태 해결에 나서려고 하지 않았다. 학생에 대한 교수의 권위는 이미 떨어진지 오래고, 직책상 비상사태를 해결하고자 나설 이유도 없으며, 해결하고자 해도 아무런 능력이 없었다. 이 위기에 교수들은 지위 고하를 막론하고 완전히 무력하였다. 그저 방관하고 있었다. 해결책은 보이지 않았다.

윤교수는 절망하였다. 집에 돌아와 땅거미 질 무렵에 다시 시작된 고뇌는 사위(四圍)가 캄캄해지도록 지속되었다. 어떻게 해서라도 학생들 간의 물리적 충돌사태만큼은 막아야 할 텐데. 다치는 학생이 나와서는 안 될 텐데. 무슨 묘책이 없을까? 현실에 아둔한 윤교수의 머리는 이곳저곳을 헤집고 다녔다. 그러다가 문득 묘안이 떠올랐다. Eureka! 잘 하면, 내 생각이 대학을 위기에서 구할 수 있을 것이다. 그는 편히 잠들었다.

다음날 형법강의시간에 윤교수가 들어와 180여명의 수강생 앞에 서서 강의를 시작한다. 수강생 중에는 질문을 했던 학생이 잔뜩 긴장하고 앉아 있을 것이다.

"오늘 강의할 부분은 긴급피난입니다. 본론을 시작하기 전에, 한 가지 내 개인적 의견을 피력하고자 합니다. 내 홈피에 행정학과 수강생 한 명이 질문을 해 왔습니다. 우리 대학 본부의 점거농성사태라는 현재의 위난에 처하여 이 농성사태를 종식시키고자 본부 건물에 들어가서 농성학생들과 물리적 충돌을 일으킬 수 있는 일부 학생들의 폭력행사행위가 긴급피난으로 성립할 수 있는가?라는 질문이었습니다. 나는 오늘 이 강의가 그 학생의 질문에 대한 대답으로 긴급피난 성립 여부의 법리를 논할 자리가 아님을 잘 알고 있습니다.

필요한 대답은 학생들 간에 그러한 불행한 충돌사태가 발생하지 않도록 방지할 수 있는 방책을 제시하는 것입니다. 나는 그 학생의 질문을 외면할 수 없습니다. 그 어느 교수가 학생들이 다치는 사태를 보고만 있겠습니까? 이 점거농성사태는 평화적으로 그리고 이 시점에서는 반드시 해결되어야만 한다고 생각합니다. 그래서 나는 학생 여러분에게 다음과 같은 해결책을 제안합니다.

학기 초에 대학 본부의 점거농성에 대해 학생들의 의견을 묻는 여론조사와 찬반 투표를 학생회 측에서 실시하였습니다. 학생회 측은 학교 캠퍼스 곳곳에 투표함을 설치해놓고 여러분들의 의견을 물었습니다. 비록 기습적 점거방법에 대한 의견까지 물은 것은 아니었지만, 본부 점거 농성안은 여러분 다수의 지지를 얻었습니다. 민주적이고 대학인다운 방법이었습니다. 시작은 그러했습니다. 그런데 농성이 장기화되면서 대학 기능은 마비상태에 이르러 우리 대학은 무기력한 모습을 보이고 있습니다. 그렇기 때문에 일부 적극적인 학생들이 강제로라도 농성사태를 해결하고자 나설 수 있습니다. 여기에 나는 점거농성의 시작이 민주적이었기 때문에, 농성의 종식도 학생들의 민주적이고 자치적인 방법으로 행해질 것을 제안합니다. 여러분들이 빠른 시일 내에 앞장서서 캠퍼스 곳곳에 투표함을 설치하고 점거농성 종식에 대한 전교생의 의견을 물어보십시오. 찬반 투표에 부치십시오. 여러분 다수 의견이 농성의 종식을 원한다면, 농성학생들은 그 농성을 풀지 않을 수 없을 것입니다.

그리고 여러분들이 전교생을 상대로 투표절차를 진행하자면 적지 않은 비용이 들 겁니다. 투표 학생 명부의 작성에서부터 캠퍼스 곳곳에 투표 시설을 설치하고 도우미 학생들에게 음료와 식사를 제공하는 등, 비용이 소요됩니다. 그런데 그 비용을 결코 학교 당국에 요청하지 마십시오. 학생들이 자치적으로 행하는 투표절차는 그 비용도 학생들이 추렴해야 합니다. 캠퍼스 곳곳에 투표비용 모금함을 설치하십시오. 100원 짜리 동전이나 천 원짜리 지폐가 모일 것입니다. 그 고사리 돈을 모아 일을 치러낼 수 있을 겁니다. 자원봉사자도 구하십시오. 내 제안은 그러합니다. 이제부터 본격적인 강의에 들어가겠습니다."

사흘 후 정말 신기한 일이 일어났다. 대학 본부를 점거했던 운동권 학생들이 조용히 아무 조건 없이 순식간에 대학 본부건물을 빠져나간 것이다. 법대생들이 주축이 되어 농성 종식에 대한 찬반 투표 준비가 시작되었을 것이다. 그 소식에 농성 학생들은 상황판단을 했을 것이다. 무엇이 현명한지 알았을 것이다.

위기 해결의 지혜는 민주와 자치의 원리에 있었다. 그러한 간단한 진리를 그 어떤 교수도 생각지 못했고, 그 어떤 교수도 나설 생각을 하지 않았다. 위기는 방관하는 자세에서 온다. 대학 본부와 재단에서는 오래 골치를 썩이던 그 농성이 어떻게 스르륵 풀렸는지 알고 있을 것이었다. 그러나 학교를 위기에서 구한 윤태수 교수에게 일언 반구도 없었다.

  퓨타고스 대원: "대학을 위기에서 구할 묘책은 윤교수의 학생 사랑에서 나온 것이지요. 어느 학생도 다쳐서는 안 된다는 고심 끝에 그런 생각이 떠오른 것이니까요. 제 이야기는 여기서 마치겠습니다."

제25화
윤태수 교수가 개혁이냐, 혁명이냐?를 고심하다.

아칸투스호는 올림포스국의 지구프로젝트 지휘본부와 하루에 두 차례 정기적인 교신을 나눈다. 양측의 교신자는 광속으로 1년 남짓 걸리는 통신거리에 서로 떨어져 있기 때문에 통신 내용은 1년이 지난 것들이다. 센타크논은 우주선의 통신담당 헤레스 대원을 통해 오늘 오전에도 정기 교신 내용을 보고받았다. 본국 올림포스에서 화산활동이 더욱 거세지고 있다는 소식이었다. 매우 큰 화산폭발이 있었다는 흉보도 함께 전해졌다. 이런 소식은 올림포스인의 지구에로의 이주계획에 박차를 가하게끔 한다. 센타크논은 지구탐사임무가 그만큼 막중하다는 것을 새삼 의식한다. 다른 저녁 때 보다 긴장된 자세로 함장실로 들어오는 대원 세 사람을 맞이한다.

센타크논: "이리들 와 앉아서, 우선 탁자 위에 있는 해물 구이를 좀 먹어보세요. 지구인이 전복이라고 부르는 해물입니다. 올림포스에서는 먹어보지 못한 지구 특유의 음식일 겁니다. 클라네스 대원이 한국인의 조리법에 따라 참기름을 발라 구워서, 조금 전 내 방으로 가져왔습니다. 따끈할 때 먹어야 한답니다."

네 사람은 잘근잘근 탄력있게 씹히는 식감을 주는 전복을 먹어본다. 다들 맛은 잘 모르지만 호기심에 전복 서너 점을 시식해본다. 호기심은 긴장감을 활기로 바꾸어준다.

센타크논: "오늘 이야기는 우리가 처음 맛보는 이 전복 음식처럼 지구 특유의 내용이었으면 합니다. 퓨타고스 대원이 시작하겠습니까?"

퓨타고스 대원: "예, 이번에도 제가 이야기를 주도하게 되었습니다. 오늘 들려드릴 이야기는 윤태수 교수가 사회변혁의 방법으로서 개혁과 혁명 사이에서 고뇌하는 내용입니다. 혁명이란 단어는 우리 올림포스인에게는 거리감이 느껴지는 단어입니다. 올림포스에서는 사회제도나 인습에서 뭔가 바꾸어야 할 것이 있을 때 또 뭔가 새로운 것을 들여와야 할 때 서서히 개혁해나가는 방법이 지극히 자연스럽고도 당연한 정서로 배어있습니다. 급격하고도 충격적인 방법인 사회혁명은 오래된 역사책의 회상기록으로나 남아 있습니다. 개혁과 혁명 사이에서 고심하는 윤교수의 이야기는 대장님이 언급하신 전복만큼이나 지구인에게 특유한 고뇌일 수가 있습니다.

윤교수의 고뇌에 직접 도화선이 된 것은 한국에서의 법학교육개혁입니다. 한국에서 법학교육을 개혁하고자 도입한 제도가 구체화된 것은 새 천년이 시작되고 10년이 지난 시점에 개원한 법학전문대학원입니다.

한국에서 종래 없었던 법학전문대학원을 새로이 설치하여 법학교육과 법조인양성 시스템을 개혁하고자 한 골자는 다음과 같습니다. 법학교육은 국·공립 혹은 사립의 대학에서 담당하지만, 판사, 검사, 변호사와 같은 법조인이 될 자격시험은 국가시험으로서 국가가 주관해서 시행합니다. 사법시험이라고 부른 종래의 법조인 자격

검정 국가시험에는 학력을 묻지 않고 누구나 응시할 수 있었습니다. 법대를 졸업할 필요도 없고 심지어 초등학교를 나오지 않아도 사법시험에 응시하여 합격하면 법조인이 될 수 있었습니다. 그러나 새로이 도입된 3년제 법학전문대학원은 4년제 대학을 졸업한 사람만이 입학할 수 있고, 또 사법시험을 대체하는 변호사자격시험에는 법학전문대학원 졸업(예정)자만이 응시할 수 있게 바뀌었습니다. 이것은 미국식 Law School 제도를 본뜬 것입니다.

이제 법조인이 되려는 사람은 반드시 대학원과정의 정규 법학교육기관에서 3년간 공부를 해야 하니까, 법학교육이 그만큼 강화되고, 국가시험에 응시할 수 있는 자격은 그만큼 제한되는 겁니다. 법학전문대학원을 설치하게 된 대학교는 기존의 법과대학을 폐지하면서 새로이 강화된 법학교육을 담당할 수 있는 인적 자원과 물적 시설을 갖추어야 했습니다. 그 인적 자원이 바로 교수진입니다. 한국에서는 사법시험에 합격하지 못하고 법조경력이 전혀 없다고 하더라도 국내·외의 일반대학원에서 소정의 법학교육과정을 이수하면 법학교수가 될 수 있습니다. 그러나 법학전문대학원에는 사법시험에 합격하고 법조실무를 경험한 경력자를 대폭 교수로 채용하여 인적 자원을 보강할 필요가 있었습니다. 또 법학전문대학원에 몰려드는 우수한 4년제 대학 졸업생들을 제대로 가르칠 수 있는 우수한 교수요원을 채용할 필요성도 컸습니다.

윤교수가 근무하는 밀레니엄 대학교는 국가로부터 법학전문대학원을 설치할 수 있다는 인가를 받았습니다. 법학교육을 개혁하는 이 시점에 윤교수가 갖고 있었던 생각을 그의 기억정보에서 추려내 보겠습니다."

〈윤태수 교수〉

고등교육의 성패(成敗)를 가르는 핵심요소는 학생의 소질과 교수의 자질이다. 밀레니엄 대학교 법학전문대학원의 성패는 우수한 학생과 우수한 교수의 확보에 달려 있다. 우수한 학생은 교육환경이 좋은 대학 그리고 교수진이 우수한 대학을 골라서 입학하고자 할 것임에 틀림없다. 따라서 밀레니엄 대학교는 한편으로 법학교육환경을 개선해야 하고, 다른 한편으로는 우수한 법학교수진을 갖춘다는 목표로 종래의 법과대학을 일신(一新)해서 법학전문대학원 체재 수립에 임해야 한다.

내가 보기에 현재 밀레니엄 법대 교수진의 수준은 법학전문대학원의 교육을 담당하기에 현저히 못 미친다. 교수진의 물갈이가 반드시 필요하다. 양질(良質)의 교수들을 새로이 영입해야 하고, 수준이 떨어지는 교수들은 법학전문대학원 교수가 되지 못하도록 막아야 한다. 미국식 로스쿨을 지향하는 현금(現今)의 법학교육개혁을 내가 찬성하지 않는다고 하더라도, 그 개혁이 법학교수들의 자격과 능력을 다시 심사해서 대거 교체할 수 있는 기회가 된다면 나는 전적으로 환영이다. 법대에 엉터리 교수, 쓰레기 교수가 너무 많다. 밀레니엄 법대에서도 왕치지 교수와 차봉구 교수 같은 이들은 새로이 발족하는 법학전문대학원 교수가 될 자격이 없다. 이들을 교수진에서

퇴출시키는 것은 생존권 차원에서 차마 하기 힘든 일일 것이다. 그들도 가족을 부양하며 먹고 살아야 할 테니까. 그러나 법학전문대학원 교수가 되는 것만은 막아야 한다. 법학전문대학원이 개원하고 현재의 법과대학이 문을 닫게 되면, 그들을 사회과학대학이나 교양학부에 소속시켜 대학생 일반에게 교양강좌로서의 법학개론이나 헌법개요, 민법개요 강의를 하게끔 전출시키는 방안을 고려해야 한다.

법학실력이 미진한 탓에 사법시험에 합격하지 못하고 차선책으로 법학교수나 되어 볼까 하고 사교술을 발휘하여 교수가 된 사람보다 열심히 노력하여 사법시험에 합격한 후 판·검사를 해 본 사람이 훨씬 우수할 것이다. 사법시험에 합격하지 못한 내 자신도 한 급 떨어지는 법학자 취급을 받지 않았던가! 법학전문대학원 교수진에 법조경력자를 우선적으로 영입하여야 한다. 그렇게 되면 대학다운 대학이 될 것이다. 학교 분위기도 모리배들의 장터에서 선비들의 학당으로 바뀔 것이다. 나는 그러한 대학을 꿈꾸어 왔는데, 앞으로 잘 하면 실현될 수 있을 것이다.

퓨타고스 대원: "윤교수는 한국의 법학교육개혁을 법학교수들의 물갈이 기회가 될 수 있을 것으로 낙관하고 있었습니다. 그런데 법학전문대학원이 개원한 지 5년 정도가 지나 윤교수의 낙관론이 비관론으로 돌아서는 시점의 기억정보를 들여다 볼 필요가 있습니다. 다음은 윤교수가 실망하는 내용의 기억입니다."

〈윤교수 기억 계속1〉

아니, 이게 어찌된 일인가? 법학전문대학원이 문을 연지 5년이 지난 이 시점의 교수진의 수준이 5년 전 밀레니엄 법대의 수준보다 더 떨어지다니! 어떻게 이럴 수가 있는가? 실망이 이만 저만이 아니다. 이렇게 된다면 한국의 법학교육개혁은 실패다. 다른 이유는 둘째 치고, 내가 보기에 법학 '교수' 개혁이 실패했기 때문에 법학 '교육' 개혁이 실패하는 거다.

왕치지 교수와 차봉구 교수는 법학전문대학원 교수로 건재해 있고, 그 패거리 교수들의 좌장으로서 학교를 지배하고 있다. 법조경력자로서 새로이 채용된 교수들이 다수 있으나, 채용된 이후 그들의 적나라한 모습은 정말 실망스럽다. 그들의 우수함, 사법시험을 준비하면서 각고면려 노력하던 그들의 강인한 정신력은 지금 어떻게 발휘되고 있는가? 내가 그들에게 기대했던 청사진은 이렇게 구겨지고 마는 것인가?

법조경력자들은 왜 법학전문대학원 교수가 되려 하는가? 그들은 대체로 판·검사직에 있다가, 퇴임 후 변호사를 하던 중 교수로 전향한다. 변호사 개업 직후 전관예우를 받아 수십억 원 정도, 많게는 백억 원대까지 재산을 모은다. 그러나 변호사 직업을 오래 할 건 못된다. 소송의뢰인을 감언이설로 끌어들여야 하고, 후배 판·검사들에게 구차스러운 모습을 보이는 게 싫다. 교직은 성직이라 사회에서 존경을 받는데다가, 교수는 방학이니 연구년이니 자유로운 시간이 많고, 상사의 지시를 받는 직업도 아니다. 돈은 어느 정도 있으니, 이보다 더 좋은 자리가 어디 있겠는가? 거의 다 나이 50을 바라보거나 50을 넘긴 연령이니까, 그들에게 사법시험을 공부하던 젊은 시절처럼 학문 연구에 매진하길 기대했던 것은 내 착각이다. 그들은 이제야말로 태평성대가 왔다는 듯, 진정한 평안을 선사할 교수직에 들어선다. 그러니 공부할 게 많고 가르치기 어려운 과목의 강의는 한사코 맡지 않으려 한다. 학문에 헌신하고 학교를 곧게 세워 나가줄 줄로 믿었던 법조경력 교수들의 실제 모습은 무사안일주의이다. 학문적 기초나 진지한 연구 자세는 찾아보기 어렵다. 그들은 법조경력을 죽을 때까지 우려먹고 사는 퇴물에 지나지 않는다. 한국의 법학교육을 개혁해 나가리라고 믿었던 그들이 종내에는 법학교육을 망치는 주범으로 등장한 것이다. 서글픈 일이다.

그리고 한국의 법학전문대학원이 미국의 로스쿨 교육방식을 모델로 한다면, 케이스(Case) 식 강의를 원칙으로 하고 교수와 학생 간에 질의·응답이 활발해야 하는데, 이러한 강의를 해낼 수 있는 실력있는 교수를 찾아보기 어렵다. 그러한 실력을 갖추려고 아예 노력하는 것 같지도 않다. 교수들은 학생의 발표시간을 도입하기는 했어도, 아직 일방주입식 강의를 벗어나지 못한다.

퓨타고스 대원: "여기에 더하여, 윤교수는 법학전문대학원에 입학한 학생 개인의 집안 배경이 장래 진로에 큰 영향을 미치는 것을 보고, 법학교육개혁이 실패했음을 통감합니다. 그러한 기억의 편린이 여기에 있습니다."

〈윤교수 기억 계속2〉

기억1: 학교가 밀레니엄 법학전문대학원 신입생을 환영하는 만찬을 일급의 호텔 연회실에서 개최했다. 둥근 테이블 하나에 교수 1명과 신입생 7~8명이 자리를 함께 한다. 무작위로 자리를 배정한 듯하다. 윤교수는 처음 만나는 신입생들과 인사를 나누고 식사를 하며 대화를 이끌어 나간다. 갑자기 대학의 재단 관계자 두 명이 나타나 윤교수에게는 눈길조차 주지 않고, 같은 테이블에 앉아 있는 한 여학생에게 다가가 깍듯이 인사를 올린다. 나중에 들으니 그 여학생의 아버지는 재단을 맡고 있는 재벌 그룹에서 괜찮은 사장직에 있다고 한다.

기억2: 윤교수는 신입생 중 두 명을 개인적으로 지도할 학생으로 배정받는다. 남학생과 여학생이 각각 1명이다. 지도할 학생은 3년간 교수와 수시로 만나 긴밀한 관계를 쌓아나간다. 윤교수는 맡은 여학생이 똑똑하고 열심이라서 장차 법조인이 된다면 똑 소리 나는 일꾼이 될 것이라고 확신한다. 다만 아버지가 퇴직한 은행원이라니, 집안 배경이 보잘 것 없는 것을 걱정한다.

이 여학생이 3년 후 졸업과 동시에 취업하게 될 즈음이다. 취업이 안 된다고 해서 윤교수는 가까이 알고 지내는 변호사에게 부탁을 해 본다. 그는 중견 로펌의 대표변호사이기에 윤교수는 내심 희망을 품고 있다. 그 로펌으로부터 연락을 받고 면접심사를 거친 후, 여학생이 문자메시지를 보내왔다.

"교수님, 오늘 소개해주신 곳에 다녀왔습니다. 그런데 면접 볼 때부터 취업이 안 되겠구나 라는 걸 느낄 수 있었습니다. 면접하는 변호사님이 제가 보기에 뽑을 마음이 없는데, 할 수 없이 형식적으로 면접을 보는 태도였습니다. 표정도 귀찮아하시고 질문도 형식적이고 면접도 10분 만에 끝났었거든요. 그래도 이번 기회를 잘 살려서 그 분의 마음을 사로잡았어야 하는데, 그러기엔 역부족이었나 봅니다. 취업이 참 힘드네요. 제 나름대로 여기저기 알아보면서 계속 도전하고 있습니다. 좋은 소식 있으면 바로 연락드리겠습니다."

이 문자메시지에 윤교수는 마음 아파한다. 취업은 고사하고, 면접 보는 변호사가 기본적인 예의조차 차리지 않았구나 하고. 이 여학생이 마음에 큰 상처를 받았겠구나 하고. 이 여학생이 울고 있을 거라고 생각하면서 윤교수는 짧은 위로의 답신을 보낸다.

"경아야! 울지 마라! 마음을 매섭게 다잡아야 한다."

답신을 작성하는 윤교수의 눈에서도 눈물이 흐른다.

법학전문대학원을 이수하고 나서 학생들이 치르는 변호사자격시험은 합격 여부만을 고지한다. 국가의 방침은 시험 성적을 공개하지 않는 것으로 정해져 있다. 또 대학원 재학 중의 학교성적은 졸업생들 간에 고만 고만하다. 졸업 후 취업에는 졸업생 개인의 집안 배경이 결정적으로 작용한다. 좋은 집안의 졸업생은 좋은 자리에 취업하고, 보잘 것 없는 집안의 졸업생은 보잘 것 없는 자리에 취업한다. 실력과 소양, 정신자세는 별로 작용하지 않는다. 말이 법학교육개혁이지, 신분 고착이 뚜렷이 보인다.

퓨타고스 대원: "한국의 법학교육 개혁과정을 체험하면서 개혁 실패로 단정지은 윤태수 교수는 정치철학적 고뇌에 침잠합니다. 그는 끊임없이 자문합니다."

〈개혁이냐? 혁명이냐?를 고심하는 윤태수 교수〉

왜 개혁은 실패하는 것일까? 실패한 개혁과 성공한 혁명의 경계는 어디란 말인가? 개혁은 과거의 것을 어느 정도 남긴 채로 하기 때문에, 또 옛 뿌리를 수용하기 때문에 그 찌꺼기로 말미암아 실패하는 것이 아닌가? 과거를 모조리 청소해 없애야만 개혁이 성공하는 것은 아닐까? 그러한 개혁은 혁명이 아닌가? 신구(新舊)의 접목(接木)은 말단지엽에서는 성공하지만, 뿌리에서는 실패하는 것이 아닌가? 뿌리의 혁신은 삽목(揷木) 방법을 취해야만 성공하는 것이 아닌가?

사람이 준비되어 있으면 개혁이 가능하지만, 사람이 준비되어 있지 않으면 혁명이 불가피한 것은 아닌가? 개혁은 타협하는 것이지만, 혁명은 관철하는 것이다. 개혁은 설득시키지만, 혁명은 체득시킨다. 그래서 혁명은 직선적이고 급속하며 확실한 것이 아닌가? 개혁은 말로 하는 것이고, 혁명은 피로 하는 것이 아닌가? 피가 말보다, 웅변보다 훨씬 진한 것이 아닌가?

그런데 피로 하는 혁명은 초법적 폭력혁명이 아닌가? 나는 법학자야! 초법적 폭력혁명을 어떻게 용납할 수가 있겠어? 그건 안 돼! 유일한 합법적 혁명은 선거혁명밖에 없어. 그러면 선거혁명은 과연 성공할 수 있는 것일까? 선거란 결국 여러 사람 중 한 사람을 선택하는 거야. 사람 뽑는 게 선거야! 비록 선거를 거치긴 하지만, 만약 사람을 잘못 뽑으면, 선거를 통한 혁명도 실패하는 거지. 정치가란 교활하고 노회하기 그지없고 변신술, 위장술이 뛰어난 고급 사기꾼인데, 민중이 그걸 간파해낼 수 있을까? 민중이 옥석을 가려낼 수만 있다면, 선거혁명이 최상의 방법인데, 역사상 숱하게 실패해왔지. 민중을 어떻게 현명하게 만들 수 있을까? 나 윤태수도 숱하게 속고 살아왔는데. 나 윤태수가 어떻게 하면 사기꾼 정치가인가? 아닌가? 를 분간할 수 있을까? 자꾸 속아보는 수밖에 없다고? 아니야, 그건 아니야, 과거에 진정한 혁명가가 어찌 했는가를 보고 식별할 수 있지 않을까? 인류역사상 인도의 간디, 아르헨티나의 체 게바라, 베트남의 호치민, 유대의 예수는 진정한 혁명가였어. 혁명가는 자신이 진정한 혁명가라는 것을 고난과 죽음으로 입증했지. 그렇다면 위장된 고난과 위장된 죽음을 식별해낼 줄 알아야겠지. 첩첩산중이네. 아니야, 고난과 죽음만큼은 위장하기 어려워.

결국 혁명의 2대 요소는 바꾸기와 죽음이야. 혁명의 골격은 혁신과 사투(死鬪)야. 혁명을 못하는 것은 죽음이 두려워서 그런 거야.

그런데 혁명은 반드시 다수인이 조직적으로 결성해서 집단으로 해야만 하는 것일까? 개인이 혼자서 혁명을 할 수는 없는 것일까? 혁명이 혁신과 사투라면, 그걸 혼자라고 해서 못 할 건 아니야. 혁명에는 집단혁명도 있고 개인혁명도 있어. 오히려 개인혁명이 생생하고 효과적인 것이 아닐까? 어떤 조직의 내부고발자는 개혁을 희망하는 것이어서 실패하지. 내부고발자는 고발에 그칠 것이 아니라, 조직 내부에서 개인혁명을 해야 마땅해. 조직의 부패를 눈감아 주면서 바깥 세상을 뜯어 고치겠다고 나서는 사람은 가짜야. 자기 주변부터 뜯어 고쳐야 하는 게 순서에 맞지 않겠어? 사회 전체를 혁신한다고 나서기보다 자기가 처한 환경부터 혁신해야 되지 않을까? 개인을 둘러싸고 있는 가정, 개인이 몸담고 있는 직장을 혁신하려는 개인혁명이 사회전체를 혁신하려는 집단혁명보다 더 용기를 필요로 하고 구체적이며, 변화의 충격효과가 더 크지 않아? 자신의 바로 옆에 있는 부패한 가족이나 동료를 끊어내는 게 더 혁명적이야. 실패하면 조직의 배신자로 낙인찍혀 파멸할 것을 각오해야지.

퓨타고스 대원: "오늘 제 이야기는 여기까지입니다. 윤교수가 개혁과 혁명을 숙고한 것은 내일 들려드릴 이야기와 깊이 맥이 닿아 있습니다."

센타크논: "잘 들었습니다. 오늘 이야기와 맥이 닿아 있다는 내일을 기다리기로 합시다."

제26화
왕치지와 차봉구 두 교수가 교수채용의 간계를 실행하다.

　퓨타고스 대원이 오늘은 조금 일찍 함장실에 들어와 센타크논과 사담을 나누고 있다가, 페터스 대원과 로지티 대원이 들어서자 인사를 하고 나서 먼저 말머리를 뗀다.

　"오늘은 밀레니엄 법학전문대학원에서 교수 한 사람을 채용하는 문제를 둘러싸고 벌어지는 대학사회의 부패상을 목도하게 됩니다. 뻔뻔스럽기 짝이 없이 벌어지는 이 부정(不正)은 내일 이야기할 참극으로 이어지게 됩니다."

　바로 그 때 우주선 아칸투스호의 거대한 선체가 세 차례나 크게 요동친다. 함장실에 있던 네 사람은 화들짝 놀란다. 해저 10km 아래에 정박하고 있는 아칸투스호는 이제껏 미동조차 하지 않고 마냥 조용했었다. 마치 바다 깊이 가라앉은 침몰선처럼 숨어 지내는 우주선은 해저 정박 이후 단 한 번도 선체 이동을 한 적이 없다. 그러던 차에 우주선이 크게 흔들리니까, 해저 지진이라도 발생했는가 싶어 모두들 긴장한다. 센타크논은 즉각 부함장인 페터스 대원에게 지시한다.

　"곧바로 나가 무슨 일인지 알아보시오. 필요한 모든 조치를 취하고 돌아오기 바랍니다. 이 돌발 사태의 원인을 알아내야 합니다. 이 일을 최우선으로 하세요. 페터스 대원이 돌아온 후에 오늘 할 이야기를 계속하기로 합시다."

30분가량이 지나 페터스 대원이 함장실로 돌아와서 보고한다.

"대장님, 지금으로서는 우주선이 흔들린 원인을 알아내지 못했습니다. 해저 지진이 발생한 것은 아닙니다. 원인 규명에 다소 시간이 필요합니다. 걱정하실 필요는 없습니다. 지금 당장 우주선에 위험이 닥친 것은 아닙니다. 선체가 요동친 것 이외에 아무런 이상은 없습니다. 그러나 잠잠한 해저에서 거대한 선체가 흔들린 것은 무언가 심상찮은 이유가 있을 겁니다. 밖에 있는 모든 대원들에게 원인을 알아보라고 지시했습니다. 그리고 원인이 밝혀지는 대로 함장실로 직보하도록 마로스 대원에게 단단히 일렀습니다. 마로스 대원이 오늘 밤샘 근무를 하게 되어 있습니다."

센타크논: "잘 조처하였습니다. 마로스 대원에게 원인을 알아내는 즉시 내 방으로 오라고 하세요. 내가 자고 있더라도 개의치 말고 들어와, 날 깨워 보고하라고 하세요."

페터스 대원은 센타크논의 엄한 지시를 받자, 곧 바로 마로스 대원에게 전한다.

센타크논: "사태 규명을 다른 대원들에게 맡겼으니, 우리는 할 이야기를 계속하기로 합시다."

센타크논은 퓨타고스 대원에게 이야기를 시작하라는 눈짓을 보낸다.

퓨타고스 대원: "그럼 시작해보겠습니다. 극적인 이야기를 하게

될 날 저녁에 하필이면 우주선에도 극적인 일이 발생하네요. 제게는 우연치곤 의미있는 우연으로 느껴집니다. 오늘과 내일 이야기는 밀레니엄 법학전문대학원에서 교수를 채용하는 일이 발단이 되어 벌어지는 사건입니다. 그런 까닭에 이 대학원에서의 교수 채용 과정을 알아볼 필요가 있습니다. 다음은 교수채용 절차의 개요입니다.

대학 당국에서 교수를 채용하기로 결정하면, 채용할 전공분야, 인원수, 지원자의 자격과 요건, 채용절차 등을 공고합니다. 여기에 지원하는 후보자들의 신청이 마감되면, 대학은 지원자의 형식적·실질적 심사 절차에 들어갑니다. 실질적 심사는 대학 본부에서 하지 않고, 해당 전공분야의 교수들 또는 전공교수들의 소속 대학에서 진행합니다. 실질적 심사는 지원자의 연구업적과 학문적 경력 및 능력 그리고 교수로서의 강의 역량을 초점으로 하는 것이기에 당연히 해당 전공 교수들의 전권사항에 속합니다. 전공교수가 아니면 지원자의 자질을 전혀 가늠할 수 없기 때문입니다. 그러니까 실질심사의 첫 단추는 전공교수들이 열거나 잠급니다. 지원자의 자격이 부족하다고 판단해서 전공교수들이 첫 단추를 잠가 버리면, 두 번째 단추를 여는 단계로 넘어갈 수 없습니다. 그러나 전공교수들이 채용하기로 결정한 지원자를 대학 당국에서 채용하지 않기로 최종 결정할 권한은 있습니다. 첫 단추를 전공교수들이 열었지만, 대학 본부가 두 번째 단추를 잠가 버릴 수는 있는 겁니다. 전공교수들도 얼마든지 정실 인사라든지, 판단 착오를 할 수 있으니까요. 그런 최종 결정은 보통 대학 본부 인사위원회에서 내려집니다. 대학 본부는 교수채용에 있어서 소극적인 비토권은 갖고 있는 셈입니다. 그러나 대학 본부가 지원자 중 채용대상자를 일방적으로 심사·결정해서 전공 교수들에게 하달하는 식의 절차는 원칙에 어긋납니다. 새 천년에 들어선 이후, 적어도 밀레니엄 대학교에서 그런 몰상식한 교수채용이 발생한 적은 없습니다.

밀레니엄 법대의 소속 교수 숫자가 얼마 되지 않을 때에는 법대교수 전원이 법학교수의 채용에 관여했습니다. 그러나 법학전문대학원이 발족하여 소속 교수가 수십 명을 넘게 되자, 보다 세분된 법학분야의 전공교수들이 주축이 된 교수채용 특별심사위원회를 구성하여 실질적 심사권한을 행사하도록 위임하게 됩니다. 밀레니엄 법학전문대학원은 금년 초 대학 당국이 배정한 형사법분야의 교수 한 명을 채용하는 절차에 들어갑니다. 대학원 전체 교수회의가 열리고, 여기서 형사법교수채용 특별위원회를 구성해서 지원자에 대한 실질심사를 담당하도록 위임합니다. 이 특별위원회는 법학전문대학원 원장으로 있는 왕치지 교수와 부원장으로 있는 차봉구 교수 그리고 형사법을 전공하는 윤태수 교수와 다른 2명의 교수들, 도합 5인으로 구성됩니다. 이 특별위원회에서의 실질적 심사를 거쳐 대학 본부의 최종 채용결정에 이르기까지의 우여곡절이 앞으로 이야기할 본론에 해당합니다. 이 본론 부분은 페터스 선배 대원의 이야기를 들어보는 것이 좋겠습니다."

페터스 대원: "대장님, 방금 퓨타고스 대원이 설명한 형사법분야 교수채용사건을 말씀드리겠습니다. 제가 맡은 왕치지 교수와 로

지티 대원이 맡은 차봉구 교수의 기억정보를 합성·편집한 것입니다."

〈왕치지 교수와 차봉구 교수〉

왕교수와 차교수 단 둘이 원장실에 앉아서 소근 소근 밀담을 나눈다.

"차교수, 이번 형사법교수 채용 건을 어떻게 처리해야 할 지, 우리 머리를 모읍시다. 본교 법조동문회 회장단 두 분이 며칠 전 우리를 저녁 초대해서 만나지 않았습니까? 그 자리에서 법조동문회의 최변호사를 이번에 모집하는 형법교수로 채용해달라고 간곡히 부탁을 하던데, 어떻게 생각합니까? 무시할 수 없는 부탁이 아닙니까?"

왕교수가 대학원 원장이 되자, 왕원장을 대하는 차교수의 어투는 존칭으로 바뀌어 있다.

"그 부탁을 받고 제가 최변호사에 관해 알아본 것도 있습니다. 원장님은 본교 출신이 아니기 때문에 법조동문회가 본교에서 갖고 있는 파워를 잘 모르실겁니다. 저는 법조동문회의 모임에 모교 교수의 자격으로 거의 빠짐없이 참석해서 사정을 익히 알고 있습니다. 우리나라의 대학교라면 모두들 온갖 법적 분규에 끊임없이 시달립니다. 대학에 법률문제가 발생하면 어느 대학이건 간에 그 대학이 배출한 법조인들이 관여해서 문제해결에 큰 도움을 줍니다. 우리 대학도 검찰이나 법원에 들락거려야 할 어려움에 빠졌을 때 법조동문회가 나서서 해결해준 사건이 부지기수입니다. 그 뿐만이 아닙니다. 우리 대학의 재단을 맡고 있는 재벌 업체의 각종 법률분쟁에도 법조동문회가 음양으로 지원해주고 있습니다. 학교가 우리 법학전문대학원의 부탁이라면 거의 그대로 들어주는 것도 사실은 그런 까닭입니다. 동문 출신인 현직 판·검사들의 파워만을 의식하고 있는 것이 아닙니다. 이번 정권의 요직에 모교 법조동문들이 기용되어 국가의 중추 세력으로 나서고 있다는 것도 크게 작용하고 있습니다. 지금 법조동문회가 학교에 미치는 영향력은 예상하기 어려울 정도입니다. 최변호사는 판사로 재직하던 시절에 모교일이라면 발 벗고 나서서 도와준 애교심 지극한 동문으로 알려져 있습니다. 법조동문회 회장단의 사랑을 받고 있는 변호사입니다. 대학 본부 요직에 있는 최변호사의 대학 동기도 제게 부탁을 해왔습니다. 동문회의 부탁을 들어주는 것이 좋다고 생각합니다."

왕원장이 차교수의 말을 들어보니, 최변호사를 모교 교수로 밀어넣기 위한 정지작업은 이미 상당한 단계에 접어들어 있다. 그리고 며칠 전 동문회장단과의 저녁 모임에서 동문회장이 왕원장을 별실로 불러 둘이만 있는 자리에서 은근히 던진 추파의 말을 잊을 수가 없다.

"왕원장님, 학교 총장의 임기가 다 되어, 한 달 후 쯤 대학 재단 이사회를 열어 새 총장을 선출하게 된다는 걸 알고 계시지요? 왕원장님이 어디 원장직으로 그칠 분이십니까? 경륜이나 자질로나 그동안 학교 행정을 이끌어 오신 솜씨로 보나, 이젠 총장을 하셔야 할 분이십니다. 재단이 총장 선출에 우리 법조동문회의 의견을 무시하지 못할 겁니다. 이번 최변호사의 교수 채용 건에서 총장하실 분의 솜씨를 한번 보여주십시오. 동문회에서 꼭 보답할 겁니다."

법조동문회장은 왕교수의 심리적 약점을 간파하여, 정곡을 찌르는 화살을 날린다. 그렇다. 왕교수는 밀레니엄 대학교의 총장을 꼭 해보고 싶었다. 오래 근무한 직장의 총수가 정말 되고 싶었다. 총장직에 딸려오는 온갖 영광의 파노라마가 눈앞에 어른거렸다. 자신의 이름의 治는 '다스릴 치'이니, 항상 다스릴 자리를 노려온 사람이고, 총장은 이 대학교 전체를 다스리는 통치자가 아닌가? 자신의 인맥을 활용하고, 법조동문회의 지원을 받아 총장이 될 수 있는 절호의 기회가 온 것이다. 기분이 한껏 업(Up)된다. 그 당시를 떠올리던 왕원장은 다시 제 정신을 차려, 차교수와의 대화를 재개한다.

"차교수, 우리 한번 일을 만들어 봅시다. 우리 둘이 나선다면 못해 낼 일이 아니지요."

차교수는 동문인 최변호사와 평소 잘 알고 지내는 사이인 데다가 여러 곳에서 청탁을 받은 것도 있고 해서, 이미 마음을 정하고 있다. 자신의 고향인 영주의 현역 국회의원이 친밀하게 지내는 법조동문인데, 얼마 전 골프모임에서 최변호사 부탁을 하면서 자신의 은밀한 계획까지 밝혀 주어서 차교수는 충격을 받았었다. 김의원은 곧 의원직을 사퇴하고 장관으로 나가게 될 예정이라고 귀띔을 준다. 그렇게 되면 자신의 지역구 국회의원 보궐선거가 있게 되고, 이 기회에 차교수가 선거에 입후보하는 것이 어떻겠느냐는 것이었다. 자신의 지역구 조직을 고스란히 차교수에게 물려주겠다는 것이다. 영주는 여당의 텃밭이니, 여당인 김의원의 말대로라면 자신이 국회의원이 되는 것은 보증수표나 다름없는 것이었다. 온 몸의 열기가 확 치밀어 올랐다. 그 당시를 떠올리던 차교수는 다시 제 정신을 차려, 왕원장과의 대화를 재개한다.

"동문회장단은 벌써 대학 본부의 집행부 그리고 재단 관계자와 상의해서 최변호사 건을 성사시키겠다는 내락을 받았습니다. 우리 대학원 측에서 밟아야 할 절차를 잘 꾸며서 대학 본부 측에 넘기면, 다음 절차는 본부에서 알아서 처리할 겁니다. 사실 우리가 적극 나서는 모양새를 취할 필요는 없습니다."

"그러면 곧 형사법교수채용 특별위원회를 개최해서 최변호사를 교수임용 후보자 명단에 끼워 넣어가지고 대학본부로 넘기는 수순을 밟기로 합시다. 최변호사가 일단 후보자가 되면, 후보자 중에서 한 명을 본부가 선택하는 것은 본부의 권한이라고 해서 책임소재를 흐리게 할 수 있지 않겠습니까? 문제는 최변호사의 경력이나 자격에 비추어 후보자 명단에 넣는 것조차 곤란하다는 점입니다. 틀림없이 윤태수 교수가 반대하고 나설 것입니다."

"저도 그 점이 제일 마음에 걸립니다. 최변호사가 대학원 특별위원회의 실질심사에서 채용 후보자 명단에 들어가는 것은 거의 불가능합니다. 그만한 자격과 요건을 갖추지 못한 것이 부정할 수 없는 사실입니다. 그러니 좀 거북하긴 해도 꾀를 짜낼 수밖에 없습니다. 혹시 원장님에게 좋은 방안이 없으신지요?"

둘은 한참 머리를 굴린다. 음모꾸미기에 재간이 있는 차교수가 먼저 제안한다.

"원장님, 이번 일을 순리로 푸는 것은 불가능하다고 봅니다. 발상 전환을 해서, 후안무치하긴 하지만 윤교수가 상상할 수 없는 뒤통수 치기 방법을 사용합시다."

"그게 무언데요? 한번 들어봅시다."

"지원자 중에서 어떤 면에서나 가장 유력한 사람을 우리가 강력히 지지합시다. 최변호사가 자격 미달이라는 점을 순순히 긍정합시다. 그러면 윤교수는 우리를 믿을 겁니다. 그리고 나서 대학 본부는 경쟁의 원리에서 교수채용 후보자의 복수 추천을 요구한다고 하면서, 절대 채용될 일이 없을 테니 모양새를 갖추는 의미에서 그냥 최변호사를 복수 후보에 끼워 넣어 본부로 보내자고 합시다. 일단 최변호사가 후보자 리스트에 올라가서 본부에 넘겨지면, 본부에서 뒤집기 전략을 구사하지요. 본부에서 최변호사의 교수 채용을 최종 결정하고 나면, 그 후엔 불가변력·불가쟁력이 발생해서 윤교수가 펄펄 뛰더라도 기차 떠난 후 세우려는 손짓에 불과합니다."

"그렇게 되면 윤교수가 나를 개잡놈으로 취급할 텐데요?"

"뭘 그런 걸 걱정하십니까? 큰일을 하는 데 윤교수의 사사로운 감정쯤이야 대수겠습니까? 이런 일은 뻔뻔스러워지지 않고서는 해낼 수가 없습니다. 여기엔 시간이 약입니다. 시간이 좀 지나면, 더러운 것, 쓰라린 것 모두 다 묻혀버리지요. 묻힌 후엔 잊혀집니다."

"그러나 내가 원장 자격으로 대학본부의 인사위원회에 나가 최변호사의 교수 채용을 결정하는 자리에 있는 것은 좀 꺼림칙합니다.

다음 주에 내가 외국에서 열리는 학회에 참석하게 되어 있으니, 그 때를 맞추어 본부 인사위원회를 개최하도록 일정 조정을 하고, 부원장인 차교수가 나를 대리해서 인사위원회에 참석하여 일을 처리하도록 했으면 합니다. 그리고 대학원 특별위원회는 이번 주에 열기로 합시다."

"예, 좋습니다. 원장님이 앞으로 윤교수를 상대하려면, 인사위원회 자리를 피하는 것이 나을 듯합니다. 제가 대학 본부에 지금 세운 우리의 계획을 알려, 협조를 요청하겠습니다. 대학원의 특별위원회는 사흘 후 소집하겠습니다."

페터스 대원: "이렇게 두 사람의 밀담이 끝나고, 사흘 후 교수채용 특별위원회가 개최됩니다. 그 회의 내용을 왕교수와 윤교수의 기억정보에서 끄집어 내보겠습니다."

〈왕치지 교수와 윤태수 교수〉

채용할 형사법교수 지원자들의 자격을 심사하는 특별위원회가 열렸다. 위원 5인이 참석했다. 왕원장이 회의 개최의 인사말을 하고 나서, 위원들은 지원자의 이력서와 지원자가 제출한 각종 증명서 및 관련 자료를 검토한다. 어느 정도 시간이 흘러 자료 검토가 끝난 후, 지원자에 대해 위원 각자가 알고 있는 사실과 간단한 인물평을 늘어놓는다. 그리고 자료를 검토한 의견을 더해서 지원자 한사람 한사람에 대해 결론적인 심사 의견을 제시한다.

최변호사에 대해서는 형사법 교수인 위원 3인이 모두 고개를 내

젓는다. 최변호사는 형사법분야에 관한 단 한편의 연구논문도 없고, 대학에서 강의한 경력도 전무하며, 대학원 학위과정을 이수한 경력도 없다. 교수후보자로서 내놓을 카드가 한 장도 없다. 그저 모교출신으로서 판사를 지낸 경력밖에 없다. 그걸 갖고 교수적격자라고 주장할 정신 나간 위원은 한 사람도 없다. 그래서 최변호사를 자격 미달로 후보자 대열에서 제외시키기로 결정한다. 여러 지원자 중에서는 현재 다른 대학에 재직 중인 모교 출신의 송교수가 가장 높은 평가를 받는다. 송교수는 40대 초반의 한창 나이에 학문 활동도 왕성하고 바른 소리를 하는 기개도 살아있어서, 윤교수도 호감을 갖고 있는 사람이다. 위원들의 중론은 송교수를 채용하기로 정해진다. 송교수를 대학본부에 단수 후보로 추천해서 그의 채용을 그대로 확정짓기로 하고 회의를 마무리한다. 이 때 지나가는 듯한 어투로 왕원장이 후렴의 말을 덧붙인다.

"그런데 대학 본부에서는 교수후보 추천을 할 때 복수 추천을 하도록 새삼 강조하고 있습니다. 최변호사를 선발하지 않도록 우리가 결정을 내렸으나, 복수 추천의 모양새를 갖추기 위해 형식적으로나마 최변호사를 후보 명단에 올려 본부로 보내겠습니다. 그런 고충이 있다는 점을 양해해 주시기 바랍니다. 그리고 다음 주에 본부 인사위원회가 열려 형사법 교수 채용 건을 다룰 예정입니다. 나는 일본 동경에서 열리는 학회에 참석하게 되어서 본부 회의에 부득이 빠지게 되고, 부원장인 차교수가 나를 대신해서 인사위원회에 나가기로 했습니다."

윤교수는 언뜻 의심스런 생각이 들었으나 그냥 넘어가기로 한다. 대학원 특별위원회에서 채용하지 않기로 결정한 사람을 본부에서 채용하리라는 것은 도저히 상상할 수 없는 일이라고 윤교수는 생각한다. 자신이 밀레니엄 대학에 봉직한 이래 그런 일은 한 번도 발생하지 않았다. 의심하는 일을 왕원장에게 구태여 지적해서, 발생하지 않도록 해야 한다고 다짐을 받는 것은 점잖지 못하다고 생각한다. 회의는 그렇게 끝났다.

로지티 대원: "제가 맡은 차봉구 교수가 밀레니엄 대학 본부에서 열린 인사위원회에 부원장 자격으로 참석합니다. 인사위원회 멤버인 총장과 본부의 핵심보직자들은 최변호사를 교수로 채용할 잔꾀를 세워 놓고 일사천리로 밀고 나갑니다. 두 후보자인 송교수와 최변호사를 위원회에 초치하여 인터뷰 시간을 가진 뒤에, 위원 각자가 평점을 매겨 총점이 높은 후보자를 채용하기로 결정합니다. 최변호사가 높은 총점을 받게끔 예정되어 있습니다. 인사위원회에서는 새삼 최변호사의 자격을 검토하지는 않습니다. 그저 인터뷰 내용만을 가지고 점수를 매깁니다. 그런데 인사위원회 위원들은 본부 핵심 멤버들이 누구를 지지하는가 하는 낌새를 알아채는 데에는 귀신이라서, 평점이 최변호사에게 쏠릴 것은 당연합니다. 오로지 차교수만이 송교수에게 1점을 더 준 평점표를 제출합니다. 차교수가 후일 발뺌을 할 근거를 만들어 놓는 겁니다. 이 모두가 본부 측과 짜고 벌이는 촌극입니다. 대학본부 인사위원회는 최변호사를 교수로 채용하

기로 최종 결정을 내리고 회의를 종료합니다."

페터스 대원: "인사위원회의 회의 결과를 그 즉시 전화로 통지받은 바 있는 왕치지 원장은 본부 회의가 열렸던 다음 날 동경 학회에서 귀국합니다. 돌아오는 길에 윤태수 교수에게 전화를 걸어 급히 만나자고 약속하고는 학교로 향합니다. 두 사람은 오후 늦은 시각 윤교수 연구실에서 마주합니다. 다음은 두 사람이 나눈 대화입니다."

〈왕교수와 윤교수〉

"윤교수, 교수채용 안건으로 어제 열렸던 본부 인사위원회의 결정을 알려드리려고 만나자고 한 겁니다. 그런데 우리가 전혀 예측할 수 없었던 일이 발생했습니다. 본부에서는 최변호사를 채용하기로 결정했습니다. 회의실에서 두 후보자를 인터뷰하고 위원들의 평점을 취합한 결과, 최변호사의 점수가 월등히 높았다고 합니다. 본부의 최종 결정이니 받아들이는 수밖에 없지 않겠습니까? 이제 와서 손 쓸 여지가 없는 일이 되어 버렸습니다."

윤교수는 왕원장의 말에 경악이라고 할 만큼 충격을 받는다. 그는 어안이 벙벙하여 아무 말도 하지 못하고 한동안 잠잠하다. 일은 완전히 망쳐진 것이다. 왕원장이 교수후보자 명단에 형식적으로 최변호사를 끼어 넣어 본부로 보내자고 한 것, 동경 학회를 빙자하여 왕원장이 본부 인사위원회에 빠진 것, 부원장인 차교수가 총대를 맨 것 등등의 간계를 윤교수는 이제서야 확연히 간파한다. 그동안 대학 본부가 연출하고 왕교수와 차교수가 주연이 된 교수 채용의 사기ㆍ협잡극이 상연되었던 것이다. 충격을 받은 윤교수는 순식간에 기력이 빠져 어눌한 어조로 간신히 말을 꺼낸다.

"원장님, 본부가 교수 후보자를 반드시 복수 추천해야 된다고 해서 형식상 최변호사를 후보 명단에 올린 것이 아닙니까? 그 사람이 자격미달 후보자라는 사실이 어떻게 본부에 전달되지 않을 수가 있습니까? 그 점이 이해가 되지 않습니다."

"내가 우리 행정실장에게 법학전문대학원 특별위원회의 지원자 심사결과보고서를 작성해서 본부에 올리라고 했는데, 행정실장이 최변호사에 대한 자격미달 취지의 결정을 누락하고 보고서를 작성해서 본부에 올린 모양입니다. 실장의 실수가 있은 듯합니다."

왕원장은 사무직원인 행정실장에게 책임을 돌린다. 왕원장의 이런 비겁함은 윤교수에게 괘씸죄까지 불러일으킨다.

"원장님, 본부의 잘못된 결정에 무슨 사후조치 방안을 강구해야 되지 않겠습니까? 이 사태는 원장님이 최소한 행정책임이라도 져야 할 일입니다."

왕원장은 이 사태에 대하여 사후대처를 한다든가 자신의 책임을 운위하고 싶어 하지 않는다. 그런 행동은 인사문제에 있어서 자신의 중대한 잘못을 외부에 노출하는 것이기 때문에 그대로 덮어 두려고 한다. 원래 세운 간계가 그런 것이 아니었던가? 그는 윤교수의 제안에 전혀 관심이 없다. 좀 더 두고 생각해보자고 대답하고, 왕원장은 윤교수의 연구실을 나간다.

퓨타고스 대원: "대장님, 밀레니엄 법학전문대학원에서 교수채용을 둘러싸고 벌어진 추잡한 이야기는 여기서 마치겠습니다. 내일은 이 사태가 불러온 비극적 결말을 이야기하게 됩니다. 안녕히 주무십시오."

센타크논: "지구인은 교수채용절차를 투명하게 공개하고, 학생 측에게도 교수채용에 참여할 권한을 준다면, 그 폐단을 줄일 수 있을 터인데, 그렇지가 않군요. 학생들이 교수채용에 있어서 최소한 비토권이라도 가져야 할 텐데요. 다들 추적 관찰을 하느라고 수고가 많았습니다. 돌아가, 편안히 휴식을 취하기 바랍니다."

제27화
윤태수 교수가 왕치지와 차봉구 두 교수를 처단하다.

함장실로 세 대원이 들어온다.

센타크논: "어제 이야기의 끝부분은 교수채용에 있어서 왕교수와 차교수의 간계를 윤태수 교수가 알아차린 내용이었지요. 이렇게 혼탁한 대학사회를 윤교수가 그러려니 하고 받아들일 사람이 아닌데요? 퓨타고스 대원이 어떤 이야기를 할 지 무척이나 궁금합니다."

퓨타고스 대원: "대장님, 대학교수들이 벌였던 사기·협잡극이 극적인 결말로 치닫는 이야기를 오늘 들으시게 됩니다. 두 선배 대원들이 맡은 왕교수와 차교수가 죽음을 맞이하게 되는 날이지요."

페터스 대원: "대장님, 제가 담당한 왕치지 교수가 죽게 되는 이야기가 끝나면, 저녁 후 함장실 모임에서의 제 역할도 끝이 납니다. 로지티 대원도 마찬가지입니다."

센타크논: "벌써 그렇게 되어가나요? 밀레니엄 대학교 교수인 지구인 세 사람의 이야기가 막바지에 이르렀다는 말이지요? 결말이 썩 좋지 않을 듯합니다. 그러면 오늘 이야기에 들어가기로 합시다. 퓨타고스 대원이 시작하는 거지요?"

퓨타고스 대원: "다음은 윤교수가 왕원장으로부터 대학본부의 교수채용 결정내용을 통보받고 한참동안 충격에 잠겨 있다가 제 정신을 차려나가는 과정입니다. 윤교수는 취미가 검도입니다. 학교연구

실을 나와 평소 다니던 검도 도장에 나가 운동을 하고 귀가하여 그
날 밤을 넘깁니다."

〈윤태수 교수〉

윤교수는 왕원장을 만난 직후 감정적으로 격앙하여 자신이 정상
적 사고를 할 수 없다고 생각한다. 한잠 푹 자고 하루가 지난 후에
이 초유의 사태 발생에 대해 생각하기로 미룬다. 잠이 제대로 올 리
없으니, 검도 도장에 나가 온몸이 녹초가 될 때까지 격렬하게 운동
을 하고자, 학교를 나선다. 도장에서 대련할 상대자를 구한다. 도복
과 보호구를 착용하고 죽도를 들어 두 사람은 서로 치고 받는 대련
에 들어간다. 윤교수는 오늘따라 살벌할 정도로 동작이 거세다. 윤
교수는 죽도를 가지고 죽도록 때리고 죽도록 얻어맞는다. 대련 상대
방이 더 이상 못하겠다고 물러선다. 도장의 사범이 대련 상대자로
나선다. 윤교수는 이번엔 사범을 상대로 해서 죽도록 때리고 죽도
록 얻어맞는다. 온몸에 땀이 비 오듯 하고 숨을 헐떡이며 지쳐 나가
떨어진 윤교수는 도장 마루 바닥에 한참을 누워 있다가 집으로 향한
다. 집에서 아내가 차려준 저녁을 먹는 둥 마는 둥하고 나서, 큰 잔
에 양주를 가득 부어 단숨에 들이키고서 침실에 들어가 세상모르게
잠을 잔다.

그 다음날 아침잠을 깬 윤교수는 세수를 하자마자 서재에 들어가
꼼짝 않고 상념에 빠져든다. 학교에 나갈 생각이 전혀 없다. 집에서
하루를 보내기로 한다. 서재에 앉아 가만히 생각할수록 분노가 치밀

어 오른다.

'시정잡배만도 못한 왕교수와 차교수의 협작극! 그들이 교수란 말인가? 그들이 학생을 가르친다고 교탁 앞에 나설 수 있는 인간들인가? 그들은 교수는 차치하고 인간말짜가 아닌가? 대학 본부는 어떤가? 악취가 코를 찌르는 곳이 그곳 아닌가? 끊임없이 음모와 거래가 벌어지는 곳이지. 어떻게 세계 100대 대학에 들어가겠다고 허풍을 떨 수 있는가? 영국 옥스브릿지 대학의 교수채용에서도 그런 일이 벌어질 수 있을까? 이건 대학이 아니야. 밀레니엄 대학은 새 천년에 들어선 한국의 젊은이들에게 건강한 혼을 불어넣어 주려고 설립한 대학인데, 속고 속이는 야바위판이 되어 버렸어.'

정의감이 넘치는 윤교수는 생각할수록 분이 치밀어 오른다. 사태를 냉정히 분석하고 저울질하기에 앞서, 치밀어 오르는 분노를 가누지 못한다. 분노의 불길이 하늘을 찌른다.

퓨타고스 대원: "바로 이 시점에 왕치지 교수와 차봉구 교수의 상황을 오버랩시켜서 볼 필요가 있습니다. 그 장면은 두 선배 대원들에게 넘기겠습니다."

페터스 대원: "이 시점에 왕교수는 원장실에 앉아 법조동문회 회장이 건 전화를 받습니다. 회장은 최변호사가 교수로 채용된 결과에 만족을 표시하고 왕원장에게 감사 인사를 합니다. 그리고 곧 있을 재단 이사회의 총장 선출에 좋은 결과가 나올 것이니 기다려 보라는 약속을 합니다. 다음은 이 때 보인 왕교수의 심경입니다."

〈왕치지 교수〉

흠, 일은 잘 되어 나가고 있는 거야. 펄펄 뛸 줄 알았던 윤교수가
의외로 무기력하게 무너지고 말았어. 세상은 세계 나갈 필요가 있
는 거야. 법조동문 회장의 말대로 한 달 후면 나는 이 대학 총장실
에 앉아 있게 되는 거야. 축하객이 줄지어 들어오면서 총장실은 매
일 웃음바다가 되는 거지. 일소일소 일로일로(一笑一少 一怒一老)
라고, 나는 날로 젊어지고 윤가 놈은 날로 시들어가는 거지. 인생은
이기고 봐야 돼. 총장이 되고 나면 내 앞날엔 창창한 대로가 열리
게 되어 있어. 대학 총장에게는 나라를 주물럭거리는 거물들과 자리
를 같이 하는 기회가 널려 있어. 비로소 내 사교술을 마음껏 발휘할
수 있는 큰 물에서 놀게 된 거지. 큰 대학 총장은 교육부총리쯤 되
는 장관직으로도 나가고, 심지어 국무총리로 나가는 경우도 있으니,
모든 게 내가 하기 나름이지. 총장 다음에 꼭 장관이나 총리를 하고
말거야. 그 때가 되면 대학총장실 안에 퍼지는 웃음소리쯤은 아무
것도 아닐 거야. 그 땐 코리타분한 교수들과는 안녕이야. 총장, 다
음에 장관, 다음에 국무총리! 내 이름이 왕치지가 아닌가. 왕이 되
는 수는 없는 걸까? 참, 내 욕심이 보통이 아니네! 왜 내 온몸이 이
렇게 후끈 달아오르는지 모르겠어!

페터스 대원: "왕교수의 욕심이 치달려서 총장, 장관, 국무총리
자리를 넘나드는 이 시점에 그의 탐욕 에너지가 극도에 달합니다.
바로 이 시점에 차교수의 심경을 보도록 합시다. 로지티 대원 차례

입니다."

로지티 대원: "차교수는 연구실에 앉아 그의 동향 국회의원인 김
의원의 전화를 받습니다. 김의원은 차교수와 골프 약속을 하려고 전
화했다가, 최변호사가 교수로 채용되었다는 차교수의 말을 듣고 흡
족해 합니다. 김의원은 최변호사가 판사를 하던 시절에 자신의 지역
구 유지의 굵직한 송사(訟事)를 잘 처리해 준 은혜를 입은 터에 그
빚을 갚은 듯하여 아주 기뻐합니다. 자신이 의원직을 사퇴한 후 차
교수가 고향을 맡아 잘 해달라고 당부합니다. 다음은 전화를 끊고,
차교수가 빠져드는 꿈속의 기와집 짓기입니다."

〈차봉구 교수〉

만사가 잘 되어나가고 있는 거야. 왕원장의 말로는 결과를 통보받
고 펄펄 뛸 줄 알았던 윤교수가 풀이 죽어 항의조차 변변히 하지 못
했다지. 인생은 어쨌든 이기고 볼 일이야. 김의원 전화로는 내가 이
번 학기를 마지막으로 해서 교수 인생은 끝나고 화려하게 정계로 데
뷔하게 되는 거야. 그 좋다는 국회의원 금배지를 달게 되는 거지.
일전에 신문기자가 교수, 장관, 외국 대사, 국회의원, 나중에는 국
무총리까지 해 본 사람에게 '해 본 것 중에 어떤 자리가 제일 좋았던
가' 하고 물어보니, 국회의원이 제일이라고 했다던데, 그 국회의원
자리가 얼마나 좋은 건지 이제 내가 누릴 수 있게 되는 거지. 그 말
이 맞아. 국회의원은 장관도, 대사도, 심지어는 국무총리도 국회로
불러 호통을 칠 수 있으니, 대단한 좋은 자리임에 틀림없어. 내게

국회의원 자리를 물려주는 김의원은 여당 내의 중진이니까, 내가 그 분과 힘을 합쳐 다음 대통령 만들기에 공을 세울 수 있고, 그렇게 되면 내가 나라를 좌우하는 실세그룹에 들어가는 거지. 이번 학기로 아이들 앞에서 판례집 읽는 건 안녕이야! 앞으론 의사당 안에서 장관들을 상대로 보좌관이 써준 호통문을 읽게 되는 거야. 읽는 것도 차원이 달라지는 거지. 수시로 청와대에 들어가 대통령과 식사자리나 술자리를 함께 하는 광경을 상상하니, 벌써 내 온몸이 후끈 달아오르네! 참, 내 욕심도 보통이 아니야!

퓨타고스 대원: "대장님, 바로 이 순간입니다. 윤교수는 분기탱천해 있고, 왕교수는 총장이 되기도 전에 총리가 될 탐욕에 사로잡혀 있으며, 차교수는 여당 중진 의원이 되어 나라를 주물럭거릴 탐욕에 빠져 있는 바로 이 시점이, 아칸투스호를 떠난 모듈 1호기가 서울 상공에서 분노 에너지나 탐욕 에너지가 극심한 지구인을 탐색하고 있던 시점과 일치합니다. 그러니까 이 시점에 우리의 제3의 인체 에너지 감지기가 추적 관찰 대상이 될 지구인으로 이 세 교수를 선정했고, 그 즉시 레이저 광선 발사기로 그들의 두뇌에 나노 칩을 심어 넣게 된 것입니다. 다음 들려드릴 이야기는 윤교수가 개인혁명의 차원에서 왕교수와 차교수를 처단하기로 결심하면서 고뇌하는 장면입니다."

〈두 교수의 처단을 고뇌하는 윤태수 교수〉

집안에, 직장에 쓰레기가 있으면, 누군가 쓰레기를 치워야겠지. 인간쓰레기가 있으면, 그 누군가가 인간쓰레기를 치워야겠지. 누군가가 청소하기를 기다릴 게 아니라, 내가 청소를 해야겠어. 직장에 있는 인간쓰레기를 내가 치워야겠어.

소설 '죄와 벌'의 주인공은 자신이 살해하게 될 전당포 노파에 대해 "못된 노파의 목숨이 무슨 의미가 있겠어? 노파는 해로운 존재니까 이나 바퀴벌레의 목숨, 아니, 그만도 못한 목숨이야."라고 하는 어떤 대학생의 말을 우연히 엿듣고, 자신과 똑같은 생각이라고 공감하는 부분이 나오지. 나 역시 공감해. 그래, 왕치지와 차봉구가 바로 그 늙고 못된 노파야. 왕치지와 차봉구의 목숨이 무슨 의미가 있겠어? 그 둘은 해로운 존재니까, 이나 바퀴벌레의 목숨, 아니, 그만도 못한 목숨이야. 그 둘은 학교와 사회의 해충이야. 해충을 제거해야지.

법학교육개혁도 그런 해충을 남겨둔 채로 시도했기 때문에 실패한 것이 아닌가? 과거의 쓰레기를 모조리 청소해 없애야만 개혁이 성공하는 것인데. 결국 사람이 문제야, 무엇보다도 먼저 내 옆에 있는 인간 아닌 해충을 제거해야겠어. 그 둘을 그대로 놓아두면 자꾸 새끼를 치지. 한 마리의 해충이라도 알을 까고 번식해서 생태계를 몽땅 바꾸어 놓을 수 있어. 생태계가 바뀌기 전에 해충을 잡아야해. 그 둘을 처단하는 것은 개인혁명이야. 히틀러가 집권하기 전에 어느 누군가가 그를 제거했더라면 어땠을까?

개인혁명의 골격도 혁신과 사투야. 혁신을 하자면 과거를 깨끗이 들어내야지. 길을 닦아야 해. 그리고 혁명은 사투인데, 개인혁명도 죽음을 각오해야 해. 탈리오(Talio)법칙에 따르면, 죽음은 죽음으로 갚아야 해. 혁명에 누군가를 죽여야 한다면, 혁명가는 그 누군가의 죽음을 죽음으로 갚아야 하지. 이제 내가 조직 내부에서 개인혁명을 하는 거야. 내 바로 옆에 있는 동료를 끊어내는 혁명을 해야겠어. 그 두 해충이 낳은 새끼들은 나를 조직의 배신자요, 배은망덕한 무법자라고 하겠지.

내가 그 둘을 처단하면, 말 좀 하고 산다는 사람들은 내 행동을 분노조절장애자, 충동조절장애자의 화풀이나 분풀이로 매도하겠지. 기껏해야 나를 또 하나의 유나버머(Unabomber)로 취급할거야. 심지어 내가 정신장애가 있는 사이코패스라고 하면서, 그 근거를 열심히 찾아내려고 하겠지.

사회학자들은 내가 사회화가 덜 된 사회부적응자라고 할 거야. 사회화란 게 뭐야? 사회화란 용어는 어떤 사회인가는 묻지 않고, 사회에 순응하는가 아닌가 하는 점을 문제의 초점으로 삼고 있어. 한심한 사회라고 하더라도 그 사회에 순응하고 살아가면 사회화가 잘 된 성숙한 사람이라는 거지. 북한사회에 순응하고 사는 주민은 사회화가 된 것이고, 못 살겠다고 북한을 탈출하는 주민은 북한사회의 관점에서 보자면 사회화가 덜 된 사람이야. 후자는 학습대상, 인간개조의 대상, 재사회화의 대상이 되는 거야.

북한은 그렇다 치고, 또 우리 사회가 북한보다는 훨씬 낫다고 치고, 너 윤태수가 경험한 한국사회가 제대로 된 사회야? 약아빠진 살살이들에게는 우리 사회가 지상천국일거야. 그러나 덮어 놓고 있어서 그렇지, 썩은 냄새에 코 막고, 터무니없는 억지에 귀 닫고, 더러운 것에 눈 가리고서 체념으로 살아가는 사람들 보고, 정말 할 말 실컷 해보라고 하면, 그들이 우리 사회를 어떻게 말할지 짐작이나 하고 있는 거야? 이 분노사회에서 '묻지마 범죄'가 왜 일어나는지 심각하게 생각해본 적이 있어?

내가 그들을 처단하면, 자식을 키우는 아버지로서 어떻게 살인을 할 수 있느냐고 지탄하겠지. 학생을 가르치는 교육자가 어찌 그런 짓을 하느냐고 돌을 던지겠지. 그래, 내가 자식을, 또 학생들을 볼 면목이 없어. 그러나 내 자식과 학생들이 해충에 물리고 독충에 쏘이는 것을 보고 살 수는 없어. 그걸 어떻게 그냥 놔두고 볼 수 있겠어?

내가 형법교수로서 살인죄를 강의하면서 살인하지 말라는 규범을 어긴 범죄는 도덕적으로도 사회적으로도 비난받을 행동이고 그 책임을 져야한다고 학생들에게 가르쳤지. 맞아. 살인은 객관적 가치에 반하는 행동이야. 그렇다면 두 해충을 처단하는 살인이 옳다는 내 주관적 가치관과 내가 교단에서 가르치는 객관적 가치관의 충돌을 어떻게 이해할 거야? 객관적 가치규범을 강제하는 법은 법을 위반하는 자에게 제재를 가하고 불이익을 주지. 그런데 법을 어기는 사람이 그 제재를, 그 불이익을 감수하겠다고 나선다면, 법규범은 무력해지는 거야. 나처럼 범법자가 되면서 죽음을 각오하고 자신의 생명으로 책임을 지겠다고 한다면, 개인의 주관적 가치가 사회의 객관적 가치 위로 올라가는 현상이 벌어지는 거지. 가장 중한 범죄를 범한 데 대하여 자신의 가장 귀한 생명으로 책임지겠다고 한다면, 법도 힘을 잃고 마는 거지. 그게 확신범이야. 내가 두 마리의 해충을 처단하는 행동은 확신범이야. 확신범은 자신이 추구하고 관철하려는 주관적 가치, 개인적 가치를 위해 최후에는 자신의 목숨을 바쳐야 해! 나는 이제 범죄자가 되는 거야! 나는 더 이상 교수가 아니야! 나는 지금부터 교수이기를 내려놓는 거야. 나는 여태까지의 내가 아니야.

너 윤태수, 이제 준비가 되어 있어? 각오하고 있는 거야? 결심이 섰어?

퓨타고스 대원: "이제 윤교수는 행동에 들어갑니다."

〈행동하는 윤태수 교수〉

두 교수를 처단할 결심을 굳힌 윤교수는 왕교수와 차교수에게 전화를 걸어 만날 약속을 한다. 긴히 할 이야기가 있는데, 원장실은 사람이 붐벼서 적당치 않으니 왕교수 연구실에서 오후 5시경 만나자고 한다. 두 사람은 윤교수의 차분한 목소리를 듣고, 윤교수가 교수채용에 대해 늘어놓을 푸념 정도는 들어 주어야겠다고 작정한다. 그리고 웬만하면 윤교수와 저녁 먹으러 나가서 술 한잔 권하며 이왕지사(已往之事) 교수채용에 얽힌 불편한 마음을 다 털어버리라고 설득할 생각에서 선선히 만날 약속을 한다.

전화를 하고 나서 윤교수는 서재 장롱에 깊숙이 간직하고 있던 물건을 꺼낸다. 바둑이 취미인 왕교수가 좋은 바둑판과 바둑돌을 손에 넣고 기뻐했듯이, 골프가 취미인 차교수가 좋은 골프채를 손에 넣고 기뻐했듯이, 검도가 취미인 윤교수는 오래 전 좋은 장검 한 자루와 단검 두 자루를 손에 넣고 기뻐했었다. 조선 시대의 단조품(鍛造品)이라는 그 장검은 명검이었다. 다만 그 검을 써본 적은 없다.

집안 식구들은 모두 출타하고 윤교수 혼자 남아 있다. 그는 장검과 단검 하나를 장롱에서 꺼내 정성스레 숫돌에 갈면서 날을 세운다. 장검은 주인의 마음을 짐작했는지 윙윙 소리를 낸다. 단검은 주인의 심장을 찌르게 될 자신의 운명을 직감했는지 구슬피 우는 소리를 낸다. 칼 갈기가 끝나고 칼날에 종이를 대어 잘라본다. 칼이 주욱 나가면서 종이는 그대로 두 쪽이 된다. 검의 서슬이 시퍼렇다. 아내가 골프 채 서너 개를 넣어 연습장에 갖고 다니는 소형 골프 가방을 찾아, 그 속을 비우고, 검 두 자루를 집어넣는다. 그리고 골프 가방을 들고 학교로 향한다. 먼저 자신의 연구실로 가서 책상을 정리한다.

운명의 5시가 되자 윤교수는 왕치지 교수의 연구실로 간다. 그 연구실에는 벌써 차교수까지 와서 기다리고 있다. 그런데 예상치 않은 한 사람의 교수가 더 와서 앉아 있다. 제3의 인물은 형사법을 전공하는 문교수이다. 문교수는 그동안 형사법 교수의 채용이 있을 때마다 윤교수가 추천하는 교수를 강력히 지원하겠다고 약속해놓고, 정작 교수회의에서는 돌변하여 다른 후보자에게 표를 던져온 이중인

격자이다. 그리고 나선 사석에서 윤교수에게 무릎 꿇고 잘못했다고 사죄하는 추태를 보여 온 인물이다. 왕원장은 연구실로 오는 길에 복도에서 문교수를 만나자, 윤교수의 동태를 궁금해 하던 문교수와 함께 들어오게 된 것이다. 문교수가 앉아 있는 것을 본 윤교수는 차라리 잘 되었다고 생각한다. 속으로 이런 걸 일석삼조라고 하는 건가 하면서 마른침을 삼킨다.

연구실로 들어서는 윤교수를 보면서 차교수가 묻는다.

"그거 무슨 가방을 들고 옵니까?"

"예, 이거 골프 가방입니다. 요즈음 너도 나도 골프를 치는 마당에 저도 차교수님하고 골프나 치러 다닐까 해서, 오늘 골프 채 몇 개를 사가지고 오는 길입니다."

윤교수가 골프를 치겠다는 말을 차교수가 반긴다.

"그거 잘 되었습니다. 샀다는 골프채 구경을 해봅시다."

"그러지요." 하면서 윤교수는 가방을 열어 날이 시퍼런 장검 한 자루를 꺼낸다. 윤교수의 심장이 심하게 고동친다. 아연실색한 교수 세 사람은 칼을 바라보며 멍하니 의자에 앉아 있다. 윤교수는 검을 꺼내자마자, 오른쪽과 왼쪽으로 비스듬히 두 번 크게 내려친다. 오른쪽 칼질에 의자에 앉아 있던 왕교수의 목이 떨어진다. 왼쪽 칼질에 앉아 있던 차교수의 목이 바닥으로 떨어진다. 칼 허리에 고기 덩어리가 서걱 잘려나가는 느낌이 윤교수의 팔에 전해 온다. 순식간에 벌어진 일이다. 혼비백산한 문교수가 어느 새 의자에서 무너지듯 내려와 바닥에 꿇어 앉아 두 손을 위로 치켜들고 빌면서 외친다.

"윤교수님, 저는 교수님을 항상 존경해왔습니다. 제발 저를 살려주세요!"

그 말이 끝나자마자 장검이 세 번째 윙 소리를 내며 문교수의 목을 향해 날아간다. 단칼에 문교수의 목과 위로 치켜들어 빌고 있던 손목 두 개가 잘려 나간다. 연구실 바닥에 피가 흥건하고, 목이 잘린 세 구의 시체가 널려 있다. 윤교수는 크리넥스 휴지를 집어 칼을 닦은 후 가방 안에 넣는다. 왕교수 연구실의 잠금장치를 안쪽에서 채우고 나서 문을 닫은 후, 밖으로 나선다. 끔찍한 살인을 저지른 윤교수는 혼이 나가, 유령처럼 창백한 얼굴을 하고 자신의 연구실로 돌아가 문을 잠그고 숨을 고른다. 후들후들 떨리는 몸을 진정시킬 수가 없어 몇 모금 양주를 들이킨다. 목이 탄다. 생수 한 병을 단숨에 들이킨다. 의자에 주저앉는다. 일을 벌이고 보니, 정체불명의 공포심이 온 몸을 타고 돈다.

퓨타고스 대원: "대장님, 이처럼 참혹한 이야기에 정신이 뒤숭숭하실 겁니다. 오늘 이야기는 여기서 마치고, 내일은 윤교수가 최후를 맞이하는 이야기를 하게 됩니다."

센타크논: "뒤숭숭한 정도가 아니라, 급격히 전개되는 엄청난 사건에 정신을 차리기가 어렵습니다. 자신이 저지른 참극을 윤교수가 어떻게 감당할지 궁금하다고 해도, 오늘 들은 사태는 악령에 휩싸인 동네에서 벌어지는 유령극 같습니다. 지구 도처에 그런 동네가 있을 수 있겠다 싶어 섬뜩합니다."

페터스 대원: "어제와 오늘에 걸쳐 저희가 들려드린 이야기는 야바위판 대학이 도살장이 되어버린 사건입니다. 기가 막힙니다."

로지티 대원: "이 이야기에 저는 몸이 떨려서 오늘 밤을 제대로 잘 수 있을지 걱정입니다. 빨리 제 방으로 가서 다른 때보다도 긴 묵상시간을 가져야겠습니다. 대장님, 평안한 밤 보내시기 바랍니다."

제28화
윤태수 교수가 최후를 맞다.

페터스 대원과 로지티 대원은 오늘 저녁 함장실 모임에 참석하지 않아도 무방하냐고 센타크논에게 문의한다. 두 대원이 맡았던 밀레니엄 법대의 두 교수는 어제 부(附)로 이야기에서 사라지게 되었으니, 오늘 모임에 꼭 참석할 이유가 없다. 그 두 대원은 우주선이 요동친 원인을 찾는 일이 급선무라고 생각해서 센타크논의 허락을 받고 저녁 모임에 불참한다. 퓨타고스 대원만이 함장실에서 센타크논과 마주 앉는다.

퓨타고스 대원: "대장님, 제 이야기도 오늘로 끝이 납니다. 비교적 오랫동안 밀레니엄 대학교를 무대로 한 지구인 이야기를 나누었네요. 그러면 제가 맡은 윤태수 교수가 최후를 맞이하는 이야기를 들려 드리겠습니다."

〈윤태수 교수〉

세 교수를 처단하고 나서, 자신의 연구실로 돌아와 의자에 앉아 있던 윤교수는 죽음으로 가는 마지막 길에 평안을 찾아야겠다고 생각한다. 상체를 위로 길게 펴고 심호흡을 몇 차례 한 다음, 최후의 명상에 들어간다. 자신의 심상(心像)이 잡힌다. 그리고 절명사(絶命辭)를 남긴다.

"나, 진흙탕 속에서 연꽃을 피워보려 했으나, 내가 딛고 있는 땅은 진흙이 아니라 해충의 소굴임을 알았다. 법의 위장막(僞裝幕) 안에 해충의 소굴이 숨어 있으니, 무슨 수로 해충을 제거할 것인가? 내 손으로 두 마리 해충을 제거하고, 이제 진흙으로 돌아간다."

가느다란 독백을 마친 윤교수는 웃옷을 모두 벗었다. 맨 살의 윗몸을 손바닥으로 한번 쓸었다. 책상 위에 놓인 단검을 쥐고 연구실 바닥에 무릎을 꿇고 앉았다. 부모님과 가족들과 친구들에게 속으로 작별인사를 했다. 자신을 만나 힘들었겠다고, 자신을 용서하라고. 자기 자신에게도 작별인사를 하고, 위로를 건넸다.

"윤태수! 너, 그동안 참 힘들었지? 이제 너는 진정한 평화를 얻는 거야!"

자신을 이해했고, 자신을 끝까지 믿고 따르던 몇몇 제자들 얼굴이 떠올랐다. 그들에게 속으로 작별인사를 했다.

"다들 굳세게 살아야 한다."

그리고 나서 몸 안쪽을 향해 단검 자루를 두 손으로 움켜쥐고, 칼 끝을 심장 위치에 가늠했다. 곧바로 한 치의 주저함도 없이 단숨에 자신의 심장을 찔렀다. 심장에서 피가 뿜어져 나왔다. 몸이 모로 쓰러졌다. 윤태수는 그렇게 최후를 맞았다. 학교 일대에 갑자기 소나기가 몰아쳐 왔다. 윤교수는 살아 생전 비오는 날을 좋아했었다.

퓨타고스 대원이 말을 그친다. 한동안 잠잠하다. 센타크논도 한동안 잠잠하다. 한참 후 센타크논이 장탄식을 하며, 입을 연다.

센타크논: "영성의 문제로다. 진정 영성의 문제로다. 지구인의 비극은 거기서 시작되는 것이야! 영성 없이는 비극의 구렁텅이에서 헤어날 수가 없어! 영성의 바다에서 유유히 헤엄칠 수 있어야 되는데!"

퓨타고스 대원: "그렇습니다. 저도 그렇게 생각합니다. 지구인에게는 하느님이 필요합니다. 지구인은 하느님 없이는 영성을 갖출 수 없는 것으로 보입니다."

센타크논: "그 말은 하느님이 존재하지 않는다고 하더라도, 하느님이 필요하다는 의미지. 그래, 존재한다는 것과 믿는다는 것은 별개의 문제야. 존재하지 않는 대상을 독실하게 믿을 수도 있어. 바로 그렇기 때문에 우리 올림포스인은 영성을 중요시하는 거야."

이처럼 센타크논과 퓨타고스 대원이 영성에 관한 대화를 하는 자리에, 우주선이 요동친 원인을 긴급히 보고하겠다는 사전 예고를 하고 함장실에 들어왔던 A-9 마로스 대원이 가만히 대화를 듣고 있다가, 한 걸음 앞으로 나서면서 센타크논에게 조심스레 묻는다.

"대장님, 말씀 도중에 죄송합니다만, 제가 영성에 관해 오랫동안 궁금해 하던 문제가 있어서 몇 가지 질문드리고 싶습니다."

센타크논: "좋아. 궁금한 게 뭔가? 말해 보게."

마로스 대원: "우리 올림포스인이 가장 소중하게 여기는 말 가운데 하나가 영성(靈性, Spirituality)입니다. 그런데 저는 영성에 관하여 아직도 잘 모르겠습니다. 영성이란 무엇입니까? 영성은 심성

(心性, Mentality)과 어떻게 다릅니까?"

센타크논: "자네 나이가 영성을 이해하기엔 아직 젊어서 그런 거야. 나이가 들수록 영성에 대한 이해가 더해지는 법이지. 심성은 인간의 이치, 마음의 이치인데, 영성은 우주의 이치, 하늘의 이치야. 인간의 심성은 환경에 따라 변할 수 있지만, 영성은 어떠한 환경에서도 변하지 않아. 영성은 성스럽고 경건하며 낮으면서도 고귀한 품성이지. 인간 정신의 최고 경지야.

심성은 선하거나 악할 수 있고, 귀하거나 천할 수 있어. 서로 살육하는 전쟁터에서 인간의 심성은 악마가 되고, 사랑하는 이의 안락한 품안에서 인간의 심성은 천사가 되지. 그러나 영성은 살벌한 전쟁터에서나 안락한 품안에서나 변함없이 성스럽고 정갈하지. 가장 비참하고, 가장 천하고, 가장 고통스런 지옥에 처해서도 영성은 그 고귀한 마음가짐을 잃지 않아. 악행을 자행하고 나서 '오죽하면 그랬겠습니까?' 하면서 환경 탓을 하고 남의 탓으로 돌리는 것은 심성이지만, 영성은 그렇지 않아. 왕좌에 앉아있는 심성은 다 고귀할 수 있지. 그러나 굶주림과 추위와 고름과 넝마와 악취와 비명소리 가운데 앉아 있는 심성은 아수라로 화해 버리지. 하지만 그런 최악의 환경에서도 인간의 이법(理法)에 따르지 않고 하늘의 이법을 따르는 사람이 있어. 그런 사람을 성인이라고 부르지. 영성이 높은 인물이야. 성인은 항상 가장 낮은 자리에서 가장 높은 자신의 영성을 실증하는 사람이야.

높은 자리에서는 영성과 심성이 구별되지 않아. 물론 동일한 환경에서도 사람에 따라 심성이 질적 차이를 보인다는 걸 부정하는 건 아니야. 음치가 있는 것처럼 선과 악 그리고 옳고 그름에 대한 감각이 둔한 사람이 있어. 그런 사람은 영성이 낮은 것은 고사하고 심성조차 결함이 있는 자야. 영성저하자에 심성장애자인 거지.

그리고 심성의 힘인 심력(心力)은 마귀 앞에서 무너질 수 있지만, 영성의 힘인 영력(靈力)은 마귀의 힘에 넘어가지 않아. 오히려 마귀를 쫓아내지."

마로스 대원: "대장님, 우리 올림포스인은 마귀의 존재를 믿지 않잖아요?"

센타크논: "당연한 소리! 단지 자네가 영성을 잘 모른다고 하니까, 비유적으로 설명한 거야. 그리고 우리가 우주선을 타고 캄캄한 우주를 4-5일 날아본 후에 우주를 바라볼 때 빠져드는 느낌이 있지? 그 때 영성을 체험하게 돼."

마로스 대원: "아하! 올림포스인의 영성지수가 왜 높은가 했더니, 올림포스인이 15살이 되면 누구나 의무적으로 해야 하는 한 달간의 우주항해와 어릴 때 어머니와 단 둘이 하는 두 차례의 우주여행 덕택이구만요. 그 우주생활이 올림포스인의 영성을 깊게 해주는 것이네요."

센타크논: "그렇긴 하지. 그러나 그게 전부는 아니야."

마로스 대원: "올림포스 정부가 갖고 있는 인체에너지 감지기 중에서 제1의 인체에너지 감지기가 영성지수를 측정하는 감지기인 것으로 알고 있습니다. 그걸로 측정해보면, 대장님의 영성지수와 제

영성지수는 얼마나 될까요? 그게 궁금합니다."

센타크논: "제1의 인체에너지 감지기의 사용은 올림포스국의 최고지도자만이 할 수 있어. 영성지수의 측정은 무서운 불행을 불러올 수 있기 때문에 오직 한 사람의 올림포스인, 즉 최고지도자만이 그 권한을 행사할 수 있어. 그게 최고지도자의 최고권력이야."

마로스 대원: "영성지수의 측정이 불행을 불러올 수 있다는 말씀이 이해가 되지 않습니다. 왜 그런지 저를 좀 깨우쳐 주실 수 있는지요?"

센타크논: "여러 가지 이유가 있지만, 그 중 하나는 쉽게 말해 이런 거야. 영성지수가 높은 사람은 자신보다 영성지수가 낮은 사람을 악마나 쓰레기로 간주하는 경향이 있어. 그래서 악마나 쓰레기로 생각된 영성지수 낮은 사람을 불태워 없애버리려 하거나 천사로 개조하려고 들지. 머리 좋은 사람이 머리 나쁜 사람을 바보로 생각하는 것은 이에 비해 아무 일도 아니야. 영성 높은 사람은 악마인 인간을 개조하고 지옥인 세상을 개조해서 천국을 만든다고 하지만, 타의(他意)에 의한 인간 개조와 세상 개조가 실은 지옥이야. 육체도 아니고 정신계 중에서 가장 심오하고 오묘한 영혼을 수술한다는 것은 위험천만한 일이야. 아예 영성지수를 측정하지 않도록 하는 것이 근본적인 해결책이지."

마로스 대원: "이해가 될 듯합니다. 그런데 제1의 에너지 감지기를 최고지도자만이 사용할 수 있다고 하셨는데, 그렇다면 아칸투스호의 함장실에 간직되어 있는 제1의 인체에너지 감지기는 무엇하러

있는 겁니까?"

센타크논: "자네 말대로 영성지수를 측정하는 제1의 인체에너지 감지기 상자가 함장실 금고에 소중히 보관되어 있는 게 사실이야. 내가 그 감지기를 사용할 수 있는 건 최고지도자의 최고권력을 대행하는 것이지, 내가 원래부터 갖고 있는 권한은 아니야. 불가측의 험난한 고비가 숱하게 도사리고 있는 기나긴 우주 항해에는 최고권력자가 최고권력의 일부를 함장에게 비상시에 대리 행사할 수 있도록 위임해주는 법이지. 원래 최고권력은 올림포스 국민에게 있는 것이고, 국민이 그 최고권력을 영성지수가 가장 높은 올림포스인에게 위임하는 거야. 그 권력을 위임받은 올림포스인이 다름 아닌 우리의 최고지도자인 거야."

마로스 대원: "가장 영성 높은 올림포스인, 즉 최고지도자나 그 대리인이 가진 영성의 힘, 그러니까 영력의 극치는 어떻게 얻어집니까?"

센타크논: "영력은 아무 때나 아무렇게나 얻어지고 발휘되는 게 아니야. 영력의 극치는 최고지도자가 나흘간 단식하고 닷새째 몸과 의복을 정갈히 한 후 모든 것이 차폐되어 있는 기도실에서 7시간 이상 우주가 탄생한 시점에 정신을 초집중하면서 우주탄생의 힘을 조금만 나누어달라고 간절하게 기도할 때 도달할 수 있지. 그것도 평소 규칙적으로 우주 감응력을 단련해 둔 경우에나 가능하지. 최고지도자라 할지라도 잠시 정신을 풀어놓기만 해도 자신이 가진 영력을 잃고 말아. 항상 경건하고 정결한 생활태도를 견지해야 하는 거야.

우리 올림포스국에서는 부패한 최고지도자란 일순간이라도 존재할 수 없지. '부정의(不正義)로운 최고지도자'란 지칭은 그 표현 자체가 형용 모순이야! 자네, 명심하게. 최고지도자는 그 어느 때고 정의로움을 벗어던질 수 없는 존재야! 최고지도자는 부패하는 순간, 그 즉시 자신이 가진 모든 힘을 잃어버리고 존재근거를 상실하는 거야."

마로스 대원: "가르침을 가슴에 꼭 묻어 두겠습니다. 대장님, 그런데 영력의 극치에 도달한 그 힘은 얼마나 엄청납니까?"

센타크논: "자네 같이 젊은 사람은 힘에 관심이 많구만! 영력의 극치는 직접 경험해보아야 해. 말해보아도 이해가 되질 않을 거야. 영력의 극치에 달한 힘은 상상을 초절(超絶)하는 거지. 그런 힘을 사용할 기회는 발생하지 않는 편이 훨씬 좋아. 이제 이 정도로 하지."

마로스 대원은 온몸에 전율을 느끼면서 그 자리를 떠난다.

그 때 물러가는 마로스 대원을 센타크논이 불러 세운다.

센타크논: "아 참, 우리가 잊었구만, 우주선의 세찬 흔들림은 왜 발생한 거지?"

마로스 대원: "저도 깜빡 했습니다. 그런데 그 이유는 제2권 첫머리에서 말씀드리겠습니다."

센타크논: "자네, 정말 웃기는구먼!"

마로스 대원과 퓨타고스 대원이 물러가자, 한동안 상념에 잠겨 있던 센타크논은 죽은 윤태수 교수에게 바치는 짧은 추도시를 읊는다.

"바른 길

바르게 가려던

한 조각 붉은 마음

자지러지는 죽음으로 마쳤구나.

그 잘 잘못 누가 알랴.

나도 지구인도 알 길 없어.

지구인이 그리는 하느님

잘 잘못 가려주려나.

죽은 이여!

하늘에 잘 잘못 맡기고

죽은 이의 안식 누리소서!"

추도시를 읊조리고 나서, 센타크논은 편안히 잠에 빠져든다.

이내 아주 깊은 잠에 빠져 든다.

죽은 이의 잠이라고 할 만큼 깊은 잠이다.

〈소설 센타크논 끝〉

[작가 후기]

형법교수생활을 35년 가까이 하는 동안 문학을 동경하다가 소설을 쓰기로 마음이 굳어진 결정적 계기는 2011년 11월의 '도가니법'에 있다. 이 법률의 정식명칭은 '성폭력범죄의 처벌 등에 관한 특례법'인데, '장애인'과 '13세 미만의 미성년자'를 성폭력범죄로부터 두터이 보호하고자 종래의 법률에 일대 개혁을 가한 입법조처였다. 도가니법을 탄생시킨 것은 오로지 2011년 9월에 개봉된 한 편의 영화 '도가니'와 그 원작소설인 '도가니'의 힘이었다. 그 많은 형법교수들과 국회의원들도 해내지 못한 법률개혁을 단 한편의 영화, 단 한 작품의 소설이 순식간에 해낸 것이다. 그때 나는 법학보다 더 위대한 예술의 힘, 더 강력한 문학의 힘을 깨달았다. 영화를 제작할 능력이 없는 나는 '소설'을 통해서 법학서적이 결코 낼 수 없는 힘을 발휘해 보기로 작정했다. 2014년 2월 교수직에서 정년퇴임한 후, 나는 소설에 전념할 수 있는 자유를 얻었다. 나이 60대 후반의 뒤늦은 출발이기는 해도 내 마음은 소설 속의 청춘이었다. 나는 서울을 벗어나 영종도에 은둔하면서 소설 센타크논의 집필에 몰두하였다.

이 소설은 크게 네 부분으로 구성되어 있다. 첫 부분은 가상의 행성 올림포스를 출발한 센타크논이 지구를 향해 우주항해를 하는 내용인데, SF소설에 해당한다. 두 번째 부분은 지구에 도착한 센타크논과 그 대원들이 지구인 멸종 여부에 관하여 논의를 벌이는 내용인데, 지구 보전과 인간성 회복을 주제로 한다. 세 번째 부분은 화가 장업의 진면목을 센타크논이 알아가는 내용인데, 순수문학소설에 해당한다. 네 번째 부분은 밀레니엄 대학교를 현장으로 해서 벌어지는 교수 세 사람의 이야기를 센타크논에게 들려주는 내용인데, 사회비평소설에 해당한다.

서로 이질적인 네 가지 요소를 한 권의 소설로 녹여낼 수 있는 것은 지구탐사대장 센타크논이 있기 때문이다. 그래서 소설 이름을 "센타크논"이라고 지었다.

내가 처음 쓴 이 소설을 돌아가신 부모님께 헌정하고 싶다. 나는 무척이나 불효자였다. 내 작품을 부모님이 읽어보시고 '자식을 헛되이 키운 것이 아니었구나'라고 생각해 주신다면, 그보다 더한 보람이 없겠다.

소설을 탈고하고 나서 출판하는 문제로 마음고생을 심하게 하면서 우리나라의 출판문화, 특히 소설을 간행하는 출판계가 어떠한지 알게 되었다. 그 알음알음은 저자로 하여금 자신의 작품을 자주독립의 지위에서 출간할 수 있는 '자비출판'이 최상의 길이라는 결론을 내리게 했다. 자비출판은 출판권력을 민초들에게 넘겨주는 새 천년의 출판양식이라고 확신한다. 저자는 자비출판을 전문으로 하는 여러 회사 중에서 김동명 대표의 '창조와 지식'사와 인연을 맺었다.

세상사는 정말 알 수가 없다. 그래도 살아가면서 깨달은 교훈이 있다면, 힘들여 얻은 것은 소중해진다는 사실이다. 얻는 것이 비록 실패라고 하더라도 그렇다. 어렵고 힘들 때마다 나 자신을 위로하고 희망을 간직한다. 힘들수록 얻게 될 것이 더욱 소중해진다는 사실을 알고 있기 때문이다. 늙어서 삶이 허망하다는 사람이 많다. 그러나 내겐 그렇지 않다. 힘들여 얻은 소중한 것들이 있기에. 그리고 힘들여 얻게 될 소중한 것들이 기다리고 있기에.

2016년 6월
저자 씀